美丽多愁

美丽乡愁·2021

刘醒龙　主编

GUANGXI NORMAL UNIVERSITY PRESS
广西师范大学出版社
·桂林·

美丽乡愁·2021

MEILI XIANGCHOU·2021

《美丽乡愁·2021》编委会　　主　　编：刘醒龙
　　　　　　　　　　　　　　执行主编：宋小词

图书在版编目（CIP）数据

美丽乡愁.2021 / 刘醒龙主编. --桂林：广西师
范大学出版社，2022.12
　　ISBN 978-7-5598-5515-2

Ⅰ．①美… Ⅱ．①刘… Ⅲ．①散文集－中国－
当代 Ⅳ．①I267

中国版本图书馆 CIP 数据核字（2022）第 194442 号

广西师范大学出版社出版发行

（广西桂林市五里店路 9 号　邮政编码：541004）
网址：http://www.bbtpress.com
出版人：黄轩庄
全国新华书店经销
广西广大印务有限责任公司印刷
（桂林市临桂区秧塘工业园西城大道北侧广西师范大学出版社
集团有限公司创意产业园内　邮政编码：541199）
开本：710 mm × 1 010 mm　1/16
印张：12.5　　字数：177 千
2022 年 12 月第 1 版　　2022 年 12 月第 1 次印刷
印数：0 001~3 000 册　　定价：36.00 元

如发现印装质量问题，影响阅读，请与出版社发行部门联系调换。

目 录

万泉之意在于河

刘醒龙

在海南这几天，总听人说，椰子怕鬼。

初听时很是惊奇，之后就不太在意。

站在万泉河边的椰子树荫下，又有人讲这故事，说椰子怕鬼，在荒无人烟的地方，椰子树是不结果实的，即使有果实也是味道不好、营养不佳的残废果实。人越多的地方，椰子树长得越好，结的果实也越多，椰汁清甜，椰肉嫩稠。房前屋后的椰子树比那长得再高也看不到人家屋顶的椰子长得更好，结的椰子也要多很多。说这故事的人，平淡得心如止水，是那种为了说而说，由于说得太多，说过

度了，舌尖都不用打转转就能完整地讲出来，至于是不是故事的本意，那又是说者无心，听者有意了。

从出门之时算起，到海南快 10 天了，有些想家，想睡惯了的枕头，想坐惯了的沙发，想山溪里这几年又有了的马口小鱼，想后门外露台旁新栽的几棵修竹，特别是来到这万泉河边以居家闻名的侨乡村落蔡家宅，此意更甚许多。人言落日是天涯，望尽天涯不见家。默念一遍类似诗句，想法愈发浓烈。好在到蔡家宅是上午，太阳升起来的时间不长，离落日景象还有足够的距离，高温之下流不尽的汗

水，也将思念之情冲淡和化解了，且人的惰性一旦从心里冒出来，值此地步，有一片阴凉遮蔽，相较家的温馨安宁，更具有现实意义。

村头有一条用废弃铁路枕木铺陈的便道，此时此刻，正好有大片树荫铺在飘着焦油气味的枕木上，人往那太阳晒不着的地方一站，如同置身清洌的万泉河水之中。再听一听那椰子怕鬼的故事，仿佛有幽幽的风在后背上轻轻拂拭，在给三魂七魄降点温。

海南的太阳是这个世界上最尽职尽责的，还没到正午，就将河面上的清波晒成了一层火膜，听得见鸟叫，见不到鸟，闻得出鱼腥，见不着鱼。上午的蔡家宅，毫无保留地将一座小小的留客渡交付给骄阳，使得那条伸向河中央的栈桥，成了一副巨大蒸笼里的蒸格。外来人和本地人都害怕站上去被蒸，连目光都躲躲闪闪，担心灼伤，不敢停留。

万泉河边的蔡家宅，下南洋的人很多，他们从不说南洋风，南风凉的时候叫南风，南风热的时候，还是叫南风。眼下这种季节，在蔡家宅以及留客渡的记忆中，万泉河上刮得最多的是南风。南风刮得越多，远走南洋的亲人回来的可能性就越大。南风刮得越猛，远走南洋的亲人回来的路程就越短。那在别处令人恨之入骨的台风，就因为是从南洋一带刮过来的，而让这里的人哭喊着笑，欢笑着哭，渴望从南边吹来的台风里出现一面大帆。实在等不来这样的白帆，就会回过头来好好伺候向北倒下的椰子树。台风从南边来，顶不住那股神力的椰子树，只能顺风势倒下。这样的椰子树，像是一个接一个的航标，沿着弯弯曲曲、浅浅深深的航道归途，从南洋开始，直到每一家的家门口。这样的椰子倒了也就倒了，只要不是倒在家门口，没有人会劳神费力地扶正它，更不会违反台风法则，将倒在地上有些难堪的椰子树，扶起来旋转90度。蔡家宅这里更是如此，那些顺风势倒下来的椰子树，过了几年，就会向上转过90度，让树梢重新向着天空垂直生长。

椰子树只会顺风向北倒。

倒下来的椰子树，都在给下南洋的男人指引回家的路。

关于南洋的概念接触多了，难免会想起小时候，湖北一带，年年都会刮南洋风。南洋风来时，要么是午后小憩之际，要么是晚上乘凉时候。南洋风一来，眼看着大树小树被刮得很张皇，一丝凉意也没有，热气腾腾地像是从蒸笼里吹出来的，将本来就热得不行的气温忽地拉高一大截。大人们每每说南洋风来了时，哪怕是三伏天，无遮无掩晒在屋外的衣服也难得干透。也不知是从什么时候开始的，南洋风没有如期而至。等到大家发现时，都已经过去很多年了。虽然有一种说法，南洋风不是不来，是城里和乡下都不再有乘凉的习惯，南洋风来没来，谁也不知道。这话当然不对，南洋风来时从不会静悄悄的，时间短的也有一天一夜，时间若长一点，三两天都是有可能的。没有南洋风，甚至南洋风这个词也不再有人提及。就像是今天的人不再把下南洋当成发家致富的捷径，南洋风也就成不了气候。直到前两年，夏天又开始刮热风，那天这热风又起时，正与邻居站在院里议论，突然有人说，南洋风来了！一瞬间里，自己也想起来。天地之间有太多事情，不是人所能说清楚的。湖北一带南洋风的时有时无，肯定与大气环流相关。这不是传说，也不是故事。

那些有目的的传说，都是有情怀的。

说椰子怕鬼，只有生长在村落人家附近，才会结出招人喜爱的果实，分明是在暗指椰子树宛若海南女子。亭亭玉立的女子一年年站在家门前伫望，将最好的乳汁挂在最高处，只盼着一年年长在心里的那个男人早些回来。"一去一万里，千之千不还。崖州在何处？生度鬼门关。"这种描写被朝廷贬谪至海南的落魄官吏们的诗句，是相对他们之前在中原过着锦衣玉食的生活而言，如果整个海南真是鬼门关，那世世代代生活在万泉河边的人岂不都是妖魔鬼怪？对舍命前往南洋的海南人来说，比海南有过之而无不及的南洋，又该如何形容？就在这眼前的留客渡上，蔡家宅的老主人，当年与18位同村人一道上船，最终回到这留客渡上的只有3个人。用这诗句代指漂洋过海去南洋讨生活的路途之艰难，或许才是百分之百合适。

从五指山一路流淌下来的万泉河，所汇聚的何止一万股泉水。

每一股流经不同人家的相同清泉所见过的椰子树数也数不清。

每一棵椰子树所蕴含的人间情意却是清清白白，丝毫不做掩饰。

说椰子怕鬼，说椰子树只会顺风倒向北方，所在意的是每个人的家和家乡。

岳石洪村记

刘益善

湖北省鄂州市鄂城区汀祖镇岳石洪村，位于省内黄石、大冶、鄂州三市交界处，地处鄂东南的中国佛教圣地东方山东麓。该村现有人口756人，下辖7个村民小组，10个自然村落，拥有土地总面积4560亩，其中山林面积3700亩，分为八山半水分半田。

岳石洪村的来历追溯，要从西汉说起。村里建有一座东方朔庙和东方朔雕像，说是西汉辞赋大家东方朔到这一带采石挖药，在山中炼丹，炼丹之处被后人称为东方山，是以东方朔之姓命名的。岳石洪村还有一个自然村叫三国湾，村里有刘、孙、曹姓，说是赤壁之战后，魏蜀吴三国后人隐居于此，三姓不再互争，且和睦相处。

岳石洪村不仅历史悠久，且地底下蕴藏丰富。主要有铜矿、铁矿、硫矿、金矿、钼矿、花岗岩6大类，这里有许多古人开矿的遗迹。20世纪80年代，村民在黄土山挖掘出了大量宋代矿井、坑道。村里现有五代时南唐王古矿遗址和现代矿山遗址。

岳石洪村人在20世纪很富裕，祖先在地底下给他们留下了财富，他们就尽情地取用。从20世纪50年代到20世纪末，岳洪石村人只做一件事，就是挖矿。从露天到地下，"挖个稀巴乱，赚了几千万"。那时岳石洪村的10个自然村，村村点火，户户冒烟，一矿为大。村里每年集体收入几百万元，小孩读书不要钱，村人看病不要钱，很多人在黄石、鄂州、大冶买了房子、车子，他们较早过上了城里人的日子。

2000年左右，随着新世纪的到来，祖先留下的矿藏被岳石洪村人挖完了，矿石枯竭了，岳石洪村人一下子傻了眼，怎么矿石这么快就挖完了呢？没有矿，靠什么生活？第一产业种地，全村人平均三分地，种点菜差不多；第二产业工业，没有矿搞什么工业，除了挖矿他们还能搞什么工业；第三产业旅游服务业，看看被挖的山坡和山头，看看山上树砍了，草没了，像个癞痢头。更可怕的是下雨天，山洪暴发，泥石流横冲直撞，人畜房子危险，哪里有人来旅游？别人躲都躲不赢。

没有了资源，没有地种，村里人东奔西走，有的到黄石、鄂州打工，有的到大冶、武汉卖力，有的在家里吃积蓄。积蓄吃完了，就卖那些不用的厂房、采矿机械，没有孩子上学，把学校也卖了。

当时，在张仁舟担任村支书兼村委会主任时，接手的岳石洪村是一个残破的人心不稳的烂摊子。群众迷茫，

看不到前途，情绪低落，心散气多。张仁舟当书记主任，村集体一分钱都没有，他到镇上开会，只坐两块钱的车，然后走40分钟的路回来。张仁舟领头接下岳石洪村这个摊子，家里人和朋友不理解，你年轻出去打工多好，你当个书记主任，把这个烂村子搞好，可能吗？张仁舟没有选择的余地，他是第一个由村民海选出来的干部，他是由村里出钱供他到外面读书培养的人，他要感恩，他有责任回报乡亲。

张仁舟上任后，把村里的老党员老干部找来，开了一个会，岳石洪村不能这样萧条破落下去，岳石洪村要振兴，要保住老根底，党员干部要站出来，牺牲个人利益，为重振岳石洪村出谋划策，贡献力量。

党支部与村委会一起，制订了岳石洪村治理发展三个五年计划，然后召开村民大会进行动员，号召大家齐心协力，把岳石洪村重新建设成一个美丽的乡村。

岳石洪村因矿而富又因矿而衰，现在岳石洪村要以山而强，念好"山"字经。村里有3700亩山林，因为开矿，破坏了生态，山林荒芜，植被遭到毁弃，那么就要修山，养山，将来靠山。

目标确定后，就一步步地去做。多年没有眷顾山林，岳石洪村真的是

积重难返，这些山林他们要一棵树一棵树地去栽，一块儿石头一块儿石头地去搬，一个坑一个坑地去填，一片草一片草地去种。一年一年又一年，张仁舟和村委会一班人带领全村人，他们一个山头一个山头地治理，一个村一个村地去修复，蚂蚁搬家，愚公移山，植树造林，退耕还林，终于取得了初步的效果。

2013年，张仁舟考上了公务员，到汀祖镇当了副镇长，后来又当了镇里的副书记。原来当过矿长，无矿可挖后带着队伍在外面搞建筑的张军平，接任了村支书与村委会主任。张军平在外当包工头，每年收入一二十万元是靠得住的。回村当书记主任，个人收入大减，但他不后悔，共产党员有条件可讲吗？不把衰败了的家乡恢复好建设好，就无颜见家乡父老，无法向后人交代。

张军平是个言语不多注重实干的人，带着党支部和村委会一班人，像老书记张仁舟一样，一棵树一棵树地种，一块儿石头一块儿石头地搬，一个矿洞一个矿洞地补。

岳石洪村村民娶了个媳妇叫杨云琳，是黄石一个大学毕业的大专生。杨云琳嫁来岳石洪村后，因为有文化，人聪明，在村委会干些事，愿意为岳石洪村改变面貌贡献力量。杨云琳入了党，当了妇女主任，后来又当党支部副书记，与张军平积极配合，打理村里的各种事务，当好副手。张仁舟到镇上工作，一有时间就回村来和张军平、杨云琳一起为改变岳石洪村的面貌谋划。

经过10多年的努力，岳石洪村的山林得到了一定的治理，乱石得到了清除，泥石流得到了控制，光秃秃的山上也变绿了。张仁舟和张军平、杨云琳一班人研究商量后，决定岳石洪村做第三产业，搞旅游开发。

搞旅游开发，凭岳石洪村自己的实力肯定是做不了的，必须要引进外面的资金，搞合作开发。他们引进的第一个旅游项目是白马塔景点。本村二组村民周肇祥因为过去开矿，在外面当了老板，张仁舟和张军平、杨云琳等人动员他回村来投资旅游。周肇祥也有回报家乡的意愿，于是在白马塔下建设了睿峰山庄，修建了520级登山台阶，还建了鹊桥。

岳石洪村能得到根本的变化，还是在2018年初，他们碰到了湖北百村集团之后。

湖北百村集团董事长余元兵，一个年轻有为的创业者，搞过文学，当过记者，成立百村集团后，愿望是要把湖北的100个村庄打造成望得见山，看得见水，记得住乡愁的美丽乡村。

余元兵的百村集团遇到岳石洪村，是一种机缘。余元兵到鄂州市鄂城区调研，寻找合作村庄，时任区长现任区委书记的董国平，向他介绍了汀祖镇的岳石洪村。余元兵在汀祖镇副镇长张仁舟的带领下，考察了岳石洪村，发现这个村子是一个理想的投资打造目标，而岳石洪村也在寻找有志的投资者，他们一拍即合。

余元兵和他的团队到岳石洪村，进行了深入的调查，现场的踏访，发现了岳石洪村可供开发的资源十分丰富，不论是自然的还是人文的，都有很高的价值。在调查了解的基础上，百村集团做出了打造岳石洪村旅游名村的总体规划。这个规划做得专业，开发步骤科学合理，可实施性强，是使岳石洪村变富变美变成美丽乡村的一张蓝图，是乡村振兴的样板蓝图。

百村集团的规划蓝图，立即得到鄂州市政府、鄂城区政府的认可，他们表示从政策上给予大力支持。规划蓝图更是得到汀祖镇政府和岳石洪村村委会以及700多名村民的认可，他们认为百村集团是为乡村建设无私奉献的一群人。在百村集团接下来按照规划蓝图实施建设时，村民和百村集团员工打成一片，村支部村委会和百村集团领导有商有量，配合得像一家人。

人心齐，泰山移，百村集团带领村民对被破坏的矿山进行修复，挖排水沟，筑挡土墙，消除灾难的遗患。他们的口号是绿色发展再挖矿，这个矿是绿色的矿，是青山绿水的矿。矿山复垦，渣土外运，填上新土，栽树栽草栽茶叶。国家的城乡建设用地增减挂钩政策，产生的耕地有资金补助。百村集团和岳石洪村一起，把废弃的矿坑填平改成可耕地110亩，按每亩15万元的补助，他们获得资金1659万元。这笔钱扣除村民和员工的工资、机械使用等各种成本，节余了1200万元。这是他们掘得的第一桶金，然后再用这笔钱进行下一个项目。从2018年始，将近三年里，百村集团和岳石洪村建了酒店，修建了停车场、接待中心等旅游设施，营建了茶叶基地300亩，并有茶叶加工配套设施。还建有盆景花卉基地、学生自然教育科研基地、乡村花坊、创作中心、书法工作室等等。

岳石洪村村民自己经营的农家乐有五家，经营得都还不错。

岳石洪村的公路，是国家村村通公路的项目资金完成的。为了打造旅游景点，营造绿色生态旅游环境，他们在岳石洪村辖区的几座山沿山的等高线上修建了一条碧道，长达28公里，游客可以沿着这条碧道尽情感受岳石洪村的山林秀色。

自然景观充分挖掘打造，而人文景观更是丰富多彩，底蕴深厚，他们在人文景观的建设上也不遗余力。已经和正在建设的人文景观有：

红色文化。土地革命时期，以于凤麟为首的7名共产党人在大冶县委的领导下，在岳石洪村开展了轰轰烈烈的土地革命运动，打土豪，分田地，最后因叛徒出卖而英勇牺牲，现存七烈士墓、马家冲会议遗址、烈士故居等革命纪念地。革命烈士纪念碑即将落成。

历史人物遗迹。清朝顺治年间，大冶茗山人余国柱年少时在举人沟的草堂里闭门苦读，顺治九年（1652年），余国柱中举，以一甲中进士，历任御史、巡抚、户部尚书等职。康熙二十九年（1690年）授武英殿大学士，入阁拜相，人称余相爷。举人沟留有余国柱的草堂、洗笔池、文房四宝等遗址和传说。

东方古道。十八折是岳石洪村通往东方山的一条地势险要的山路，呈之字形曲折盘旋，共十八道弯，路又窄又陡，只能容一人通行，是四方善男信女朝拜必经之路，相传东方山智印祖师为方便下山弘法布道开凿而成。李白在"酒隐安陆，蹉跎十年"时，到东方山游玩，每次必与寺中长老畅饮。

那天，大雪封山，途经十八折，酒力发作，见路旁一石崖，高数丈，方8尺，遂醉卧于此，后人为此将这块巨石称为醉仙崖。醉仙崖边建有醉仙亭，亭两侧立柱有联题为：把酒凌虚，问谪仙何去？他年为谁醉风月；对景排怀，看石崖仍在，我辈因伊抚古今。

矿冶文化。这里矿冶文化悠久，自古以来，就留下古人开矿遗迹。五代十国时期，南唐中主李璟为抵御后周入侵，以图中兴，于958年迁都洪州（今南昌）后，大办炉冶，猴子山因矿石优良，成为当时重要原料供应基地，后改名唐王山。武穆铸剑，南宋抗金英雄岳飞派出士兵在此地开采矿石，大开炉台，铸造兵器。明使兴炉，17世纪明崇祯十二年（1639年），赵景先担任大明炼铁使，在唐王山东南山脚设置冶炼炉，大兴炉冶。

村落文化。全村现有祠堂多座：上周湾，建有爱莲堂，村民为宋代文学家周敦颐后裔，爱莲堂旁边有周敦颐名篇《爱莲说》碑刻。戴家湾，村民为唐代诗人戴叔伦后人，现建有先班公祠。三国湾，村民有刘、孙、曹三姓，他们是赤壁之战后魏蜀吴三国后人隐居在此。

近三年的努力和打造，余元兵和他的百村集团，岳石洪村党支部、村委会和700多位村民，倾情合作，团结一心，使得岳石洪村改变了模样，昔日破败荒芜的山村，如今已是一个美丽神奇安静的度假旅游好去处。

2021年10月，国庆小长假后，我访岳石洪村。从武汉出发，轻车阔路，一个多小时就到达了掩在林木翳郁、秋花明媚、楼房耸立中的岳石洪村游客中心。在停满各种车辆的小院边，在洁净平展的水泥村路上，在接待中心的休闲茶桌旁，我采访了百村集团的董事长余元兵，岳石洪村的党支部书记、村委会主任张军平，党支部副书记杨云琳，原村支书、现任汀祖镇党委副书记张仁舟，在黄石做研学旅游现回村创业的张轶。他们的谈话实在而朴实，令我对如今的乡村振兴进行的力度和所取得的成就感到无比的兴奋。

岳石洪村今天的情况是：有三座酒店，睿峰山庄、奕宇山庄、花溪酒店，集休闲、观光、文化旅游、住宿、餐饮为一体，已成为接待全国游客的集散中心。村里有板栗基地、生态林业基地、木花卉盆景园和茶园，尚有一些农业和旅游项目正在开发之中。

由于有政府的支持、百村集团的设计和开发，岳石洪村人在家门口就业，收入有了保障，村民平均收入已达2.6万元。全村216户，一半以上的人家有小汽车。这里到黄石市开车20分钟，到鄂州市开车40分钟，到汀祖镇开车10分钟，有80%的人家在黄石市买了房子。

村集体的收入也高了，每年有近30万元，当年张仁舟书记到镇上开会，只有两块钱坐车再走40分钟的路的日子永远过去了。岳石洪村富起来了，从一个疾病缠身、奄奄一息的垂危之人，趁时势之真气，借天地之浩气，仰自然之灵气，起死回生，昂然而立，在鄂东南，成一壮汉。

岳石洪村现在森林覆盖率达到81%，获得"全国造林绿化千佳村""湖北省绿色生态示范村"称号。而百村集团做的《鄂州市岳石洪村村庄规划》，被中华人民共和国自然资源部选为优秀案例，在全国推广。

岳石洪村，鄂东南碧色掩映中的一颗明珠。

惜字亭下

胡竹峰

故家青瓦泥墙的老房子渐渐忘了，耳鬓厮磨的日常也如云烟，时过境迁，找不到丝毫影迹。老街口的惜字亭还在，风风雨雨，不改古朴模样。天晴时候，有老人去亭下焚烧字纸，又古典又清闲，砖炉纸灰仿佛透着幽静，飞扬出诗书礼乐的韵致，飘飘然遁入暗黄淡然的遥远心境。

依稀记得当年亭边农户，门庭清幽，草木扶疏，夏天格外青葱翠绿。屋旁开辟有菜地，种了茄子、辣椒、南瓜、扁豆、向日葵。一株青藤绕上毛桃树，不知不觉爬到枝头蔓延过树顶，无风也微微晃动。有人在门前汲水、灌溉、浆洗衣物，几百年来上上下下，青石板台阶被脚底磨得光滑透亮。牧童牵牛过桥，一身夕照，像诗像词像曲又像画。

旧时儒生乡绅自愿组建惜字会、敬字社，尊孔尚道，叫人爱惜字纸。《帝京岁时纪胜》上说，二月初三文昌帝君圣诞日，文人行礼拜祭并举办"敬惜字纸"香会，在文昌祠、精忠庙、梨园馆或各省会馆献供演戏，动辄聚集千人。北地如此，南方也不例外，雇人沿街定期收取废旧的字纸残书汇总焚化，余烬投入江河。古风绵延几百年，风雨无阻。凌濛初有诗专颂道："世间字纸藏经同，见者须当付火中。或置长流清净处，自然福禄永无穷。"他的话本里，敬惜字纸的人得享安详、福及子孙。

《二刻拍案惊奇》里的故事，宋朝有人捡拾遗弃在地上的字纸，落在粪秽中也设法取将出来，洗净烘晒再焚化，行经多年不改。妻子有娠将产，梦见孔圣人吩咐道："爱惜字纸，阴功甚大……遣弟子曾参来生汝家。"果然生得一儿，感梦中之语，取名王曾，后连中三元，人称状元宰相，封沂国公。传奇上还说一客梦科考事，有人孝顺友爱、广行惜字、多积阴功，果然得中。有人争强好讼，爱作风流小说，应除名。那人醒来，一一验证，与梦中无误。话本好奇谭怪事，笔涉迷信，诸多无稽，但其中多警醒心向善心，有劝世教化之旨。

中国人认为字是神圣的，对字纸有特殊心理。燕京旧俗，污践字纸几乎与不敬神佛不孝父母同罪。仓颉造字，惊动了天地鬼神，只因文字有灵。昔年渔民习俗，出海前虔心去一读书人家，请回字纸压在船舱底，算作破浪远航的定针。

《颜氏家训》上说，读圣人之书，应严肃恭敬相对。故纸上有经文和贤达姓名，从不用在污秽处。古人劝勉字纸善行，让人守住笔下的清正光明。

有关性命、功名、闺阃以及婚姻之类，谨慎再谨慎，忌淫词艳曲兼以书文讥诮他人，不可离间骨肉、倾人自肥，不可凌高年欺幼弱，不能唆人构怨、颠倒是非，更不能挟私怀隙谋害别人。损子堕胎的偏方不可刻印，否则害了自己命格。这样的"惜"是敬是止是仁是义，与因果报应无关，为人处世要堂堂正正，多些磊落，才踏实安稳。

祖父略通文墨，桌底备有竹篓，将写有字的废纸团成一球放入其中，隔十天半月，找一树下或河边焚去，观想所烧字灰中一切法义与大地众生结缘。幼年记忆里，纸灰浮扬上空或随水波悠悠荡荡漂远了，引得一阵遐想，让我懂得百姓之礼自有端庄肃穆。

祖父说旧时有人背篾筐，上书"敬惜字纸"四字，走乡串户，收集字纸，送往镇上惜字亭内烧掉。先辈建惜字亭，旨在教化子孙勤学苦读、珍惜文字。

惜字亭是砖石结构，形如塔，高三丈三尺有余，五方皆为假门，底层有一方辟有拱形空心正门，专供焚烧字纸之用，以育人文风气。二至三层实心结构，飞檐斗拱，有各式花纹图案。亭子建造于清朝光绪年间，小时候手头有几枚光绪通宝，铜钞面文为楷书，背铸飞龙。乡下人家里多存有铜币，康熙、乾隆两朝最多，大小不一。旧人一双双手指摩挲过的缘故，钱币锃亮，触鼻有阴凉清冷的铜锈气，让人脑门一新。

穿过长长的老街，出口即惜字亭，如老松一般，那是平凡乡村雍容的儒风与清逸的仙容。亭头烟雨散了又聚，亭外青山黄了又青，亭尖自生野草，雀恋鸠飞。旷达和清穆不倒。100多年光阴点点滴滴渗透砖壁，斑驳坑洼，古意充盈，愈久弥坚。亭边有人家终年在门槛下挂两个红灯笼，风吹雨打日晒，灯笼有些陈旧了，衬着粉饼般色调的外墙。

惜字亭下人家，虽世代耕农，对字纸也有敬惜之心。家里有读书人的，必备字纸篓。字纸保持清洁，不受污秽，得空放入炉中焚化，将灰烬深埋或送入河里。一些乡民识不了多少文字，却深得人间仪礼。路口瓜果，孩童们偷偷摘走吃了，主人也不恼。秋天瓜果成熟了，总会送亲邻尝新。

乡人惜字更惜物，村戏里上法场的人唱词一句句都是惜物之情："舍不得老布袜子有帮无底，舍不得鸡窝上一顶斗笠，舍不得床底下三升糯米，舍不得刚抱的一窝小鸡。"

地底潮湿，房子屋基用青石方块，青砖砌半人高，刷上石灰。青砖是珍物，舍不得多用，平常人家造房子，一律砌土砖上顶。砖缝抹平了，沿缝压出一条沟纹。夏天敞开窗子，冬天才贴上薄薄的白纸，窗上微微发出米糊与白纸的气味。屋檐下堆满松针，引火烧饭。劈开的木柴码放整齐，这种情调为山乡独有。

亭下常生野草，紫苏、苍耳、麻叶、稗子，还有我不认识的青藤。亭下河水流了不知多少年，石板桥却是晚清旧物。街上老房子，大多已湮没在历史尘埃中，那桥那亭在日出日落中演绎着清凉与温暖的感叹。

水一天天鲜活流着，因在古桥下，多了一层淡淡的古意。夕阳斜铺在河里，水面映照得如稻草般淡淡的黄。我乡极多石板桥，逢到夏天，桥洞是我们的乐园。摘几片芭蕉叶，铺地做床，无所事事过一个上午或者中午下午。有月亮的夜晚，桥影、月影、人影、树影连同水的光影，是极美的景致。有桥处往往是交通要地，总有几家店铺。和母亲去购物，怯生生尾随其身后，紧拽衣摆，看一眼又看一眼那些花花绿绿的东西。老家乡俗管怯人叫黑耳朵。

惜字亭是灰扑扑的。阴雨天气，亭子也阴郁着，草尖低垂，树叶低垂，亭上细藤也垂须朝下。亭边瓦房人家灰扑扑的，墙脚斑驳着裸露出藏青色大砖，砖上稀落落生有苔藓。老式木板门，窗户也是木制的，窗格烟熏火燎漆黑黑一节一节。苍老与陈旧里，凝结着一份幽古的清寒与贫乏。只有河水透亮，不知疲倦地流淌，寂寞无依，义无反顾。今时想起，都已怅然，都已寂灭。

惜字亭下山深树茂，一年四季花色烂漫，东风西风轮转方成四季。乡野绿植遍野，无有风沙，窗明几净。少年时每日在窗下读两册书，喝一壶茶，间或一二乡友来闲坐，上下千年。远离闹市，得了清静也得了热闹。

那些人家房屋邻近，鸡犬相闻。老屋错综复杂，多则百十间房子，少则几十间。一个族下几十户人家住在一起。人丁兴旺的开始搬移祖宅，鳞次栉比的瓦房仄仄斜斜横戳在一行行树中，也不规矩，靠东向西，坐北朝南，建得自然。路都是沙子路，两边种了些花草，被参差不齐的树、新旧不一的楼包围着。

民居多依山而建，峰峦环抱做靠背，有上好的风水。门前多有水塘，半月形居多。房子常常是几十年旧宅，五进三厢四合院，两端外带抱厦，青砖黛瓦马头墙。还有人住百年老屋，几十户人家围聚一起，乡人称为万家楼，因为住户多，民居原为万姓人家所建，遂得此称谓。

万家楼后来归了吴家，友人住在那里。他母亲做的萝卜干真好吃，二十几年，忘不了那样的情味。冬天借宿，夜雾中影影绰绰的鱼鳞瓦老房子，几盏未灭的灯火，点缀其间。早晨起霜了，一头走出去，迎面沁凉，瓜果蔬菜萧然意远。

古人说，欢喜一个人，他家屋顶的乌鸦也欢喜。不喜欢那个人，连带厌恶他家的墙壁篱笆。友人母亲为人和善，待我等如亲儿，每日烧好热水灯下候着。洗漱泡脚，屋梁上近尺长的老鼠探头缩脑，好像通了人情，并不可厌。几个少年嬉皮笑脸，世间最好的事，是人的相遇，像梅花沾有霜雪，草叶凝结露珠。

开春后，惜字亭下村落山野的各色花都开了，小路上常见挑夫折一枝野花放在扁担头，蕴含三分春色，又吉庆又和煦。日子贫苦，生在马槽牛栏，也在槽里栏里开有绿叶鲜花。

柳梢风味最好，丝丝绦绦长长短短，与茅草间杂一起。桃花谢了，焕然一树新绿。山中映山红红艳艳躲躲闪闪，小孩一捧捧折来当作玩物。厚厚的棉衣可以脱去了，草木向荣，人面欣欣。小女子穿上春衫，布袖飘摇如风行水上，韶华胜极，是一枝枝桃花。不独人物鲜活如此，屋前弯弯绕绕几条田埂，也若游蛇一般。水口关上，田里浅浅一洼水，远看如镜子，映得云白，映得山绿，映得树翠。田边有山，不甚高大，却青葱莫名，从山冈绿到岭脚。布谷鸟开始叫了，一只一只在田野咕咕相和，从清晨至傍晚。微风徐徐，正是放风筝的时节，终日有纸鸢在天上飞着，高高低低。

光阴流转，四季时序轮番。谷雨清明时候，遍地庄稼，一片翠绿，一片祥和。乡农造屋早已不用土窑砖瓦，省却许多柴火，几年养得山林茂盛繁密。乡下常见大树，一人抱不过来，清凌凌有喜气。乡俗说山上多柴，家里有财，这就是太平盛世了。

乡野无邪，花草无邪，童年心性无邪。诗中"路上行人欲断魂"一句，我并不喜欢，觉得阴郁低沉。因为不喝酒，对"借问酒家何处有，牧童遥指杏花村"也无动于衷。后主词里感慨"才过清明，渐觉伤春暮"，也未免丧气。白居易倒是说得好，"好风胧月清明夜，碧砌红轩刺史家"，王谢堂前的燕子与碧砌红轩，都入了寻常百姓家。程颢也作过清明诗，"况是清明好天气，不妨游衍莫忘归"，比他《易传》《经说》《遗书》之类著作容易亲近。

清明时节雨纷纷，南方总有大片连阴雨，蒙蒙细丝十天半月不止，天气应了诗句，年年如此。墙脚苔痕又高了几寸，人在雨中，望着烟笼远树，景致更妙。雨飘在庭院，飘在池塘，飘在田垄，飘在坡地，也飘在人的头面，细碎冰凉。河水涨了一些，乱流山沟，水中圆石无数，大者如菜盆，小者似鹅卵，更小的像弹丸，一颗颗润洁可喜。

地气旺盛，天清目明。晴日得气，有田园气山林气。天地日月人世安定清明，春阳流水与畈上新绿有远意，水声经久不息，引得人向上向善向远。春天凝在花红叶绿里，溪涧池塘涨满水，积蓄自然之力。野草越长越高，蒲公英绒球随风乱飘，荠菜老得开了花。

春欣佳景，牛都是喜悦的，不再嚼棚里的干稻禾，每日早晨饱食大把鲜草，鼓腹昂首阔蹄从村前禾垛旁走过，潇洒陶然，好似仙家之物。午后，有牧童牵它上山，山林茅草遮身，那牲畜如入宝地，又一次肚皮浑圆。山地阴凉，草浅处可卧可眠可立可坐，或捧一书闲翻，不知不觉，日影西斜。

老屋旁有水塘，虽不见烟波浩渺的万千气象，每每午后，垂钓于树荫，或在草丛中酣眠，清风醉人，几忘烦心俗事。屋旁也有老井，甘甜悠长，可饮可涤。院墙外的空地上种些丝瓜、青椒、茄子、白菜，晚上在瓜架豆棚下乘凉。

星光灿烂，夜色如水，菜叶上露

珠粼粼。常有青萤飞入窗口，屋内荧光闪烁，更有月色照得纱窗一片皎然，几缕寒光泻进室内，映着半床诗书。

友人茶舍有"耻受多钱"挂轴，湖州钱云鹤所绘，宗法宋元，得了陈老莲笔意，又浓艳又清逸，内容说汉人刘宠事。刘宠为官清白，会稽太守任上，治下狗不夜吠，民不见吏。后来，朝廷召他为将作大匠，掌管宫室修建。五六个山阴老翁，须发皆白，从若邪山谷间出来，每人送来百钱拜别。刘宠坚辞不受，各选一钱藏之，慰藉诸叟敬意，后世称他一钱太守。

祖父处世稳健、低敛，不受多财，避开了人生争斗与凶险，一辈子像棵树，生在深山长在深山，在此间凋落腐朽。如今坟头长满茅草，生前看护的树林回身护佑他了。当年的幼苗，腰身粗大已是苍松，生前耕种的土地变作茶园，不过几十年，竟也沧海桑田。

人过中年，前途短促，心怀不甘，常常有戾气，惜字亭下不少人却面容安详。岁月漫长，历经世事，他们尝尽几度秋凉。冬日窝在草丛晒晒太阳，顺了温润人心的暖意，不管老之将至老之已至，无惧生，无惧死。

村里一老妪，无儿无女，幼年缠足，人称小脚姑，做不得农事。村民轮番砍柴晒干挑到她家，也有人送肉菜盐米酱醋。此俗成了惯例，直至小脚姑寿终。乡人的关怀，虽只有一饭一蔬，却细水长流、温润贴心。

姑祖母孀居多年，父亲兄弟四个侄辈经常送些柴米，肩挑背驮几里路。她上了年纪，手脚不利索，做出饭菜无人问津。有一年路过她家歉然留我午饭，咸豆角与萝卜干，还有一碗蔬菜。我连吃两碗米饭，姑祖母很高兴，说小哥当年也如此。她小哥是我祖父，兄妹情谊迥于世人。哥哥去世10多年，妹妹还记得往昔的日子。姑祖母八十几岁无疾而终，死前没有劳烦别人。

祖父在乡村做祭师，偶做纸扎，纸马纸轿子纸房子，常年挂在我睡觉的楼阁上。清晨醒来，仰卧着赖床，静静看一会儿纸马。有时候纸马轻轻转动，祖父见了总会说马要走了。过几天果然有人来家里，领走纸马纸轿。乡下习俗，人去世，要在家门口三岔路边烧一对轿马，让逝者行旅方便。烧轿马的时候，请人写断卖契，是为死契，一旦签订，买卖双方不得赎回。

白鹤仙人，今将白马一匹，花轿一顶，配备食槽、水草、皮鞭、鞍鞴、辔头，卖与某府某县某乡某村某社地界居住之某老大人名下，以供冥中坐骑使用。实价玖仟玖佰玖拾玖元玖角玖分玖厘整，现金收讫。关津渡口请勿阻隔，妖鬼仙神魑魅魍魉不得占用，倘有胆敢劫获者，九天玄女殿前依律治罪。

轿夫马童各有姓名，名号来宝、来福、来发、来喜。还有证人：东王公、西王母、千里眼、顺风耳。并有当值土地画押。民间朴素中有诙谐，诙谐自见庄严。乡下人相信阴间，亲朋亡后，烧成堆的纸钱，让亡人殷实无虞。

站在故家门口屋檐下可以看见水口大树。两棵老松比冠而长，高耸云霄。一棵是我家的，另一棵是邻居的。他家那棵树后来砍掉卖给人家做了屋梁。树倒后不久，邻人20多岁的儿子起病。几个大劳力连夜把他送到县城，天一亮，躺在担架上回来了。担架经过我家后山，白床单在绿树林里穿过。抬架人垂头不语，几只乌鸦在门前枣树上不停鸣叫。许多人挥动竹篙子驱赶，乌鸦并不离去，只在老屋四周惊飞。那人躺在枣树下，两只大脚竖在床单外，一动不动。

夜里，家人都去帮工了，丧仪的锣鼓夹杂着稀稀落落的鞭炮声，又悲凉又凄苦。躺在床上翻来覆去睡不好，枯睡中回忆死去的人，裹着薄薄的被子滚来滚去。那个童年的初夏的夜晚，又漫长又漆黑。

庄子箕踞鼓盆而歌，祝贺妻子死亡，说她终于解脱了，好比是囚徒刑满释放。庄子将死，众弟子论及葬仪，说要用很多东西陪葬。庄子说："天地为棺椁，日月作连璧，星辰可谓珠玑，万物皆陪葬，哪里用得着别的东西。"

弟子说："我们担忧乌鸦和老鹰会啄食先生的遗体。"

庄子回："弃尸地面就是让乌鸦和老鹰吃，深埋地下就是让蚂蚁吃。你们为什么要抢夺乌鸦老鹰的吃食交给蚂蚁呢？怎能如此偏心？"

乡民自然不如庄子豁达，他们觉得死不过下一轮回，存了善意，死便死了，活就活着，来去磊落，无牵无挂，像田垄风一样不留羁绊。有人心思重，倾轧算计，人见了只是叹息，少有与他为伍的。

故家人老了之后，随身不过衣服与被褥，别无他物。那些人从来没读过《庄子》，却得了庄子法旨，知道死生天命，不由人心，不必生而欢乐，不必死为之悲。像书上骷髅说的那样："死，无君于上，无臣于下；亦无四时之事，从然以天地为春秋，虽南面王乐，不能过也。"民间心性总有些大道。

乡下没有尊崇太多神灵，社神夫妇窝在路边一尺高的土坑里，终年不得香火。一极小的五猖庙立在凸处，山以此得名，农人称"五猖包"。五尊五猖楠木雕成，是宋元老物件，某一日不知所终，乡民懊恼不已，族下几个老人只能重新立木为像。

惜字亭下每家每户尊崇的是先人，所谓人死为大。平人格外看重拜祭，绵绵思远，求一个护佑心安，也求坟山"管事"，说管事则家庭兴旺。山中有太多老坟，无名无姓无碑，一土丘孤立，无法辨识，妇孺老幼绕道而行，不敢无礼。清明中元二节，有人顺路也上前烧一刀香纸。人活着，经历无穷无尽的悲欢离合酸甜苦辣，死后永入山阿，入土为安。

上坟是大事。随身带锄头给坟茔添几兜土，清理一下沟渠。祖父告诉我们，跪拜时容颜要肃穆，衣服扣正。他自为表率，三叩首之后，又直挺挺毕恭毕敬跪在拜台上，好像在默祷，然后站起来，后退两步，这时候才离开坟山。临事以敬，处世以诚，祖父说他从小就那样，一代代下来，自古如此。所谓祭如在，祭神如神在，孔子更着重说："吾不与祭，如不祭。"

祖父故去，祖母哀恸如新妇丧偶，大半年魂舍不定。当年年岁小，不懂得老夫妻几十年相濡以沫之情，更不懂得死别决绝。祖母一生在乡下，经年不出小村，县城也没去过几次，祖

父就是她的天地世界。此后10来年，直到祖母去世，她内心最重的事，就是给祖父上坟，她是老派人，顽固守着女子不上坟的旧俗。每回目送我们，一脸心事，更提前装好祭品，有肉有鱼有酒，还有碗米饭，外加香纸鞭炮若干。

上坟并无多少伤感，人人知道生来难免一死，大多能看淡生死甚至直面生死。经日在乡村田野劳作，终年委身低小狭窄的老屋里，哪怕屋舍繁华，市井尘嚣也使人心蒙尘。扫墓的时候，总有一种通脱，有一种百无聊赖，有一种慎终追远，感觉新鲜。

人的死亡，不只肉身消失，时间也在消失。当年未知酸甜，不懂生死，更无从感觉人生悲哀，但我知道世间的光阴是一寸寸溜走的。晒稻谷的时候，弟弟与我守在箩筐旁边，不让鸡与麻雀之类偷食。从早晨到中午，屋檐如日晷，瓦片的光影从瓜埂到稻床，一寸寸退，退到屋檐下，日影渐斜，直到阳光照进窗子，打在东墙上。

死是生的消失，那时候不懂得消失的黑暗。葬仪上，两壁悬挂阎罗殿图景，不觉得害怕。有人下了油锅，有人身受无数刀剑，有人血淋淋被取了心肝、割掉首级，只以为新奇。

现在年岁渐大，懂得生死无常，不论英雄豪杰智者凡夫，到头终不免

一死，如一缕烟。道士超度亡魂，高念经文："真宗徽宗唐太宗，到头都是一场空。秦王汉王及楚王，生碌碌，死忙忙。曾子言子与孟子，哪个生前免得死。顺风观世耳，世事永扬长。山中只有千年树，世上难逢百岁人。"打马而过的时间，铁蹄嗒嗒，无论老幼不分贵贱。

别处习惯我不知道，惜字亭下人去世后与下葬后的第一个清明节前会做隆重的祭仪，乡俗称"做清明"，要蒸汤粑和剪纸钱。汤粑如团球，以籼米糯米做成，也可以掺入一些面粉。汤粑熟后，涂红染绿。纸钱则用黄绿白各色纸，剪成玲珑宝塔状挂竹竿上，插在坟地或者厝基上。此风至今犹存。

做清明时，直系后人跪地上挽起衣摆，有人给他们撒几把汤粑。随后那人站在高处，向众宾客广撒汤粑。汤粑满山乱滚，小时偶尔也能抢到几枚，觉得稀罕。汤粑或煮或烤或蒸，味近年糕，可算作一道时令小吃。

每年三四月，大户大姓多有公祭，少则几十人，多则成百。众人举旗奏乐，在祠堂致礼一番，吹吹打打到族内几座远祖坟前祭祀，然后吃顿饭。无非鸡鸭鱼肉，加上自家的时令蔬菜。

春日，香椿发芽，采些归家，以香油拌之，养胃怡神。村口槐树开花，

摘了回来，放鸡蛋清炒，饭量大增。每年可以吃到三五条黄鳝，祖父犁田遇到了捉回来烧汤。用茶碗装着，一段段入嘴清香。黄鳝并不稀罕，却是春夏时令之物。一次生病，家人不知道从哪里谋一偏方，说油桐树虫有效，逼我吃下三条。那东西藏身油桐树干，形状像蚕，倒无异味。只是虫子黑得油亮，蠕蠕而动，总不免发慌作呕。

适逢节令，自有平日所无的章程。立夏称重，端午包粽子、吃绿豆糕，中元烧香纸，重阳打糍粑，中秋食月饼，过年祭祖，清明上坟。一岁尤重三节，端午、中秋、过年。过年的热闹不必说。端午、中秋亦有喜悦处。

过端午，吃粽子习俗由来已久。古人包粽子多用黍米，籽粒淡黄色，也叫黄米，煮熟后有黏性。粽子一般四个角，三个角的也有，还有五个角的，像戏台上的帽子。

小时候过端午，家里会包些粽子，裹上一颗红枣，有甜蜜的寓意，再蒸几枚咸鸭蛋，一分为二或者一分为四切开，四仰八叉躺在白瓷盘中。说来也怪，咸鸭蛋非要那样才流光溢彩，囫囵剥壳而食，不仅少了情意，滋味似乎也差一些。我不喜欢吃粽子，唯好其香，那种香缥缈肆意又含蓄温柔。老家人包粽子多用芦苇的叶子，提前摘下一叶叶洗净叠好，与古人不同。

古人多以菰叶包裹粽子。用菰叶包黍米成牛角状，称角黍；用竹筒装米密封蒸熟，称筒粽。筒粽方便快捷，近年巷口常见老翁老妇贩卖。粽子剥开以长竹签擎来吃，滋味清香，有翠竹气也有糯米的清香，还有惜字亭下人家的旧时气息。

每回吃粽子，总会想起祖母。祖母包的粽子，说不出的家常朴素，后来我再也没有吃到过了。

端午节旧俗，照例要挂把艾草在门头，我家年年只是随意放一捆在那里。有人将艾草剪作宝剑形状，民间各色禁忌皆有仙鬼依附其上，这是俗世的庄严肃穆。端午如此，中秋也如此。如果是大晴天，月亮地里，漫天星火下摆张桌子，一家人团团围住水壶的袅袅热气，月饼切成扇形，就着点心，喝茶聊天，是一件愉悦的事情。

吃月饼每年只一次，金黄的面皮，细碎的芝麻，嚼出沙沙的声音，都是美好的。更美好的是红色纸盒凸印嫦娥飞天的画面，衣袂飘飘，上空一轮金黄的圆月，让人生出许多联想，还有飘飘欲仙的快意。小心翼翼剪下嫦娥，贴在镜子旁。梳头洗脸，顾影自盼之余与嫦娥眉目传情，牵连瓜田岁月的美意。

纸上嫦娥不老，有年回家在老屋里相逢，二十几年时光，我已非我，她还是当初模样。二十几年，没吃过那种月饼，仿佛消失了一般，市面未见。我不惦记那种味道，但我怀念过往的日子，怀念漆红桌子上那块切开的月饼辰光。

老屋旁有梅、柑、梨，有芭蕉，还有石榴。石榴从来没有挂果，是风景树也是风水树。最贪恋桂树，巨大的一团，远远就可以看见。爬上去，枝杈繁乱，零散几个鸟巢，别有洞天。有大树，少则上百年，更有千年古柳，虬根盘旋，枝叶参天交错，春天发了新枝，立夏后像一层浓重的绿云，遮挡好大一片天。又有芳草萋萋，青藤数枝绕树蜿蜒上行，越发绿意葱茏。

庭院海棠花开了，招蜂引蝶，也引来了几只蜻蜓。蜘蛛在天井结丝，两只飞虫自投罗网。山脚路口过来一村童，衔一秆麦管，呜呜吹响黄昏。天色茫茫，又下雨了，蒙蒙细丝落在衣袂间，亦见清风明月的气韵。青梅尚小，在枝头立着，隐有花的余香，白绒绒一身亮。炊烟在老屋的鱼鳞瓦头袅起。

屋前屋后皆是菜畦，一脉新生，豌豆灌荚了，长满一地绿月，摘回来烹食，风味大佳。韭菜尤好，有种稚嫩的香甜。一经立夏，韭菜浊气重了，吃起来并无春时新嫩。古人说蔬食以春韭秋菘滋味最胜，这是知味之言，也是经验。韭菜清炒或煎鸡蛋，有春鲜美味。用来炒河虾亦好，咸香且微甜，一时比翼。小时候河虾珍贵，不易吃得到。

望肉馋叹的日子，母亲自制网兜，兜口缝几枚铜钱，入水可紧贴水底，趁手一提，多有所得，无非小鱼小虾，也足以让人欢喜。夏日傍晚，母亲带我兄弟二人自溪头至水尾捞获，觅食若干。水中河虾，触须对碰，弹跳自在。鱼虾大者如蚕豆，小的粒米而已，焙干后，放辣椒炒食，咂舌之美，通达心底。放下碗筷，觉得未来远大，一室吉祥欢腾。

门前溪河清亮，阳光照下来，沙石闪动，竹影树影也闪动。河潭是浣洗场所，乡妇槌起槌落，清晨捣衣声不绝。溪边三五桃树，花开时节，花影人影相映。有落红飘至溪中，水流花谢，人一时无语。夏天，几个小童避开上人眼线，卷起裤腿在河中捞寻鱼虾，养在玻璃罐里。

小河水流平缓处芹菜丛生，葳蕤一片。掐回家洗净，以腊肉之油炒食，入口生气颇盛，与畦园菜蔬滋味不同。以前有贫人吃了芹菜，觉得美味，献给贵人分享。贵人觉得辣辣的，蜇于口，惨于腹。幼年听到这个故事，不觉得寒碜，感慨贫人的浩荡烂漫与仁

厚朴素。这风气从先秦至今，跨越两千年，没有中断。

在徽州游玩，一族人家老祠堂大厅抱柱上高高挂有旧联，说是清人所作，内容大好，说出了心头话：

惜衣惜食缘非惜财而惜德，
求名求利只需求己莫求人。

这联语让我感动，仿佛看见了惜字惜物的祖父青灰色的身影，也仿佛看见了一代代乡村老人的面容，更让我想起乡居的母亲，每回饭熟了，她总用钳子夹取灶台下正热的火炭丢入陶瓮中，用木板封口，火炭须臾而灭，经月可得数斗，冬天用来烧小炉。

做孩子的时候，凡穿衣或饮食，上人总让我们爱惜，一粒米也不能糟掉，衣裤鞋袜更要当心，不可随意损坏污染。祖父说一个人不爱惜衣食，必损坏福报，甚至折了命格。民间凡夫也得了些汉儒之风。

家里来了新客，邻人说话含笑，举止多礼。母亲在厨下，煎炒油炸之声响彻四壁。菜里会添一勺油，油汪汪的，动人心魄，仿佛照得见人影。虽无山参海味，村落人家现世的安稳也是华丽富贵。给客人盛饭，小辈倘或单手接递，上人总要嗔怪，提醒用

双手。来客盛饭要满，碗头有菜，几乎直抵鼻尖。乡村趣味处处讲究一个满，圆满丰满，水满缸，粮满仓，被满床，年画里的鱼和婴儿，也以肥美为上。

少时生活俭约，少喧哗，吃饭不得多话，不准挑三拣四，从自己面前慢慢吃。左手端住饭碗，不要吃着自己碗头又盯着盘子，夹菜不能把手伸到长辈面前。睡觉不许翻来覆去，坐姿要端正，晃腿会折了福分。人世久了，觉得少比多好。人生一世，忧患实多，欢喜是有的，忧愁的时候也不会少，轻轻浅浅享一份清福就好。君子知命，随分守时而已。不是君子，更要懂得随分守时顺应天命自然。

乡民饭场多设在厨房外，屋里一张八仙桌四条凳子。桌子很旧，油漆脱落了，好在还牢固安稳。有人家水缸裂开了缝，用铁绳困住。天长日久，锈迹斑斑，水迹濡湿锈迹，像桑叶又像地图。水缸面上浮着葫芦瓢，或敞口或覆身，泛出青铜色。从缸里舀半瓢水，仰头喝了，水线入喉清凉爽快，是清冽的山泉。

农人生来出力为务，上山砍柴、下田种稻，春天要播种，秋天要收割。地里依岁序种有玉米、蔬菜、小麦、红薯，年头忙到年尾，吃事舍不得花大块时间。

乡间日常，饮食仿佛余事。妇人从田间劳作归来，身上沾满尘土草叶。喂过家畜，洗净衣物，才有空闲进厨房。一日三餐不见山珍海味，素日不过米饭、各色蔬菜及家禽之类。粗瓷盘子或者海碗年年所盛都是笋、葱、白菜、豌豆、茄子、黄瓜、萝卜、冬瓜、粉条、扁豆。春节才有鱼，切成块，或者一整条，头尾饱满。年年有余，年年有鱼，鲢鱼、鲤鱼、鲫鱼或者草鱼。餐餐有腊肉，锅底米饭也会煮得满些，饭边是各色菜蔬，炖得发黄，不贪形色美丑。

日落日息，耕种挥汗，一年没有几天空闲。家里或者邻人做了年糕、米饼、芽粑、粽子、月饼、豆粉之类，虽平常物事，母亲却吩咐用盘子或者用藤编的箩筐装好与人分食。

月色中，星光下，漆黑里，捧着喷香的吃食轻扣柴扉。挨家挨户送过，人开门，惊喜盈盈，一边说多礼多礼、过情过情，呼小儿从厨下换碗接过。挟空回来，一路步履飞快，星月晚风草木虫鸣仿佛亦含笑。予人之乐如山涧流水，回响雅然。

饮食到底本性，山水风物娱目驰怀，远不及果腹重要。日常饭粥点心乃至闲食，均有各自底色，足见一方生活习俗。

惜字亭下不重三餐，但得饱食就好。最讲究的饭菜也不过八大碗，为何单单是八碗？一来取吉祥意思，二则古已有之。先秦王侯案头有八珍，直到宋元明清直至民国，历朝历代各有八珍，食材制法彼此不同。

陕西、湖南、江苏、福建、广东及东北各地有本乡之八大碗。在江南吃过一次八大碗，当地人称头菜，也叫杂烩菜。就地取材，有鱼皮、海参、河虾、笋片、木耳、莴笋，用高汤烩制而成。味道甚好。还吃过满族八大碗、清真八大碗、布依族八大碗，觉得别有情意，与汉家风味不同、风范不同。

惜字亭下的八大碗多在婚丧喜庆上。不管是婚事还是丧仪，上菜都用木做的红漆托盘端出，一碗碗递上，以示庄重。端菜人一边上新菜，一边顺手将桌子上吃剩的菜盘收回送进厨房。一道菜两盅酒，饭前上红烧肉、蔬食和咸菜，一顿饭下去，费时两个小时。那些场合，大人多是帮工，空下来的人在树下坐着或者在稻床敞处谈笑、玩牌。

孩子们不能真正懂得人间的悲欢，婚礼也好，丧事也好，只在人群钻来钻去，满头大汗。转得累了饿了，找到自家大人，溜进厨房盛半碗饭，从锅里舀几勺菜，海海堆着吃完，放下筷子，疯也似的跳将出门，又是一场好耍。

八大碗是宴席主菜，各村风俗不同，主料是豆腐，此外有银鱼、虾米、鸡、鱼、汤圆、猪肉、猪肚与心肺之类。另外也加粉丝和农家自制的蔬菜、咸菜，乡人称为吃饭菜。将老豆腐切成细条再放入银鱼，混在一起做成烩菜。很少的几条银鱼，取生活盈余的意思。虾米谐音像蜜，也是点缀。

银鱼虾米是珍贵物什，人又称八大碗为银鱼虾米饭，入口有饱满的油润润滋味，那是少时生活的膏腴，回忆中依旧丰沛。虽是家常菜，却有民间的富足安适，螺蛳壳里的道场经营得热热闹闹。菜放在厨房里，花花绿绿，很有一番金玉满堂景象。

八大碗中印象深的是六谷。乡人称薏米为六谷，谓其居五谷之外。薏米与排骨或精肉炖一起，炖到稀烂，别有清香。有年族下一老人高寿仙逝，我盛了半碗六谷在草棚外吃。枣树叶落光了，风吹动枯枝来回摆动，又萧瑟又干冷。碗里六谷春意撩人，吃了半碗，又加了一勺子。草棚一水牛如水墨绘就，望着我，几次仰头干嚼枯草，不见悲喜。

八大碗中香菇、生腐两道菜，印象不深，当年喜欢的是红烧肉。猪肉四方方整块，硕大像斧子的后脑头，以形得名，乡人说是斧脑块。众食客筷子奔至如风卷残云，很快见得碗底。油汪汪的肉汤，泡饭或者浸一块锅巴，有很好的滋味。这些年偶遇几次"斧脑块"，肉味变了，用汤泡饭来也不复当年滋味。

族谱记载，胡氏一祖任丈量官，宋朝时候来到惜字亭下，见风水宜室，定居下来。一世祖坟茔犹在，多少代人零落山丘，如草灰入地。当年祖父手植的几棵树或老死或挪作他用。只有一棵桂花立在屋边，被风吹过，摇响一垄秋声也吹开一枝冷香。

多少年，一次次从远方归来，老屋木门后，熟悉的人不在了，后来老屋也不在了。宋元明清到民国至今，一朝朝一代代，胡氏族人世世山野为民，务工出力，春种秋收。

从惜字亭入口，穿过老街，是一条稻田小路，路上有心窃窃想遇到的少女。她迎面而过，彼此无话。午后的风，静静的，轻轻悄悄吹动树叶发出沙沙声响。有时候也并肩而行，说是并肩，我终会慢半步。悄悄看着她侧脸，轮廓玲珑俊俏，颇似巧手精心打磨的玉人，蹙着双眉下，一对乌黑清亮的眼盈盈如不见底的一泓水，蕴藏着淡淡阴霾。她瘦而单薄的身躯像只小猫，风从耳际拂过，新耕的田地散发出清馨的泥土气息包裹着我，一些草的味道飘到鼻息间也瞬间包裹着我。初时的心事不敢点破，一抹私念悠悠漫漫，又如同飘扬的风筝，最后断了线，消失天边。

少年的矜持与羞怯，是高山上稀薄的云朵，是花叶之间微妙的芳香。坐在浅绿的草皮上，以手枕头，书散在一边。天湛蓝深邃，云片白蒙蒙像棉花糖，风吹即散，少年走神了。指缝滑落的比留在掌心的多。过去就过去了，只有记忆，当年岁月丢了，不能回来。少时旧友，为人夫妇为人父母，各自艰苦，各自欢愉，彼此相忘于江湖。

晨雾迷漫，只有青山、河流、老屋、古亭的影迹。春光浩荡，亭尖野草又绿了，野花高举。大雨过后，忽而云开，阳光照过亭尖画戟，斜斜切下一抹幽凉。惜字亭默默看着。小村人家生老病死，井然有序。有些人走了，有些人来了。惜字亭至今康泰，亭尖野草萎了又绿，青了又枯，反反复复。亭下一户户人家在光阴里老去，一年年，山改了模样，河改了模样。

窗外起了风，茶褐色的松针落满后山，枯叶萧萧，心绪也萧萧。枯叶寂寥，心绪也寂寥，内心有秋声赋。秋风刮过瓦片，飒飒的声音，不是秋声赋，是物之哀了。戏词说："你记得跨清溪半里桥，旧红板没一条。秋水长天人过少，冷清清的落照，剩一树柳弯腰。"落日冷清清照在西山，那些树那些草，被擦亮了一般。无数次静静地坐在门前塘埂上看夕阳之光，染得山影红彤彤的灿烂。

西山如笔架。民国时有风水先生路过，说门对笔架山，此地当出一个文士。我勤勉读书，以为自己会应了那话，将来做一文士。而实在生了逃离之心，出门是山，过了那山还是山，一座座山挡住了一切。孔子说他是丧家之犬，而那时我不过太多丧家的微尘虫豸。

后来到处见到像笔架的山，江山多胜迹，才明白此说无稽，风水先生讨一个彩头而已。人生业障太多太重，实在不必太多穿凿太多执念。

走在惜字亭边，喧嚣只在远处。近旁荒藤绿树老宅古桥，高且大的树栖居了飞鸟，长满了野草的废园。暮鸦归来，秋燕南去，风过塔顶，雨落天井，草动虫鸣……四季悄然更迭。白昼日光，夜阑月色，将惜字亭下的日子照得晴朗光明。

前人走过的路，年年山风，春草复生，一寸一尺一米一丈吞噬往日旧痕。下雪了，荒野堆银砌玉，亭子白了头。人间踪迹被一片白隐住了，倏忽回到了过去。山依旧，水依旧，树枝上三五只麻雀跳跃，几百几千几万几万万年前大概也如此。

小村陋室里第一次读柳宗元《江雪》，唐时景象让人沉迷。山无鸟影，路无人迹。孤舟上戴蓑笠的老翁，独自在寒冷的江面上垂钓。斯时想来，又写实又虚空，如人生诀。

戏台上演鲁智深事。花和尚醉闹山门，打坏寺院和僧人，被师父遣往别处，辞别之际唱曲，说自己赤条条来去无牵挂。人性空无，富贵人家与贩夫走卒无二，生来无物，死后带不走一粒尘埃，赤条条来去，在得失中参透看破，在拿起与放下之间解脱，最怕牵挂太多羁绊太多。古人说，几亩小园，一座破旧的小屋，能避风遮霜。蜗牛角与蚊虫的睫毛，都足以容身。先民心性如此豁达。

空而无心，空且有我，无所谓有无所谓无。人生至此，所得不过得，所失不过失。吃饭、喝茶、饮酒、读书、写字、作文、行乐、受苦、沉浮。沉沉浮浮，是河东河西岁月码头变换的风景。中国文章有人间天国，那是陶渊明幻构的桃花源，是《红楼梦》中的大观园。住到文章里，像走进了日月星辰。我欣喜写一点文章，潜入文字世界。

那些冷僻荒村，自甘平淡。村人不知外乡外埠繁华风光，知道也不羡慕，守着惜字亭下不大一块天一方地自生自灭。何止百年孤独，追忆逝水年华找不到引子。

人生在世，命途不同，足迹有别。有人轰轰烈烈做大事，有人终身平凡寂寞，激不起半点浪花。无有是非不论成败，各自福祸吉凶，都不过在世间谋一口热饭滚汤暖炕。有人谋得酒酣耳热笙歌夜夜，有人粗茶淡饭偏居一隅，最终都是走向空无，要的不过此身安妥。

惜字亭下人家撒豆播种，以田地为业。那是他们的桃花源、大观园。一茬茬农人无求无喜，酸甜苦辣尝遍，一切有度，自可过着生活。顺应天道，施肥灌溉，收成好了便好了，收成不好由它不好，来年春日再来耕种。人无妄念无着相，无有梦便不会醒，无牢骚心无矜夸心，处处有佛性有道性。乡农如此，乡景也如此。

秋夜过惜字亭边石桥，河里一轮圆月，明润在天，不知它照着溪水，溪水不知有月照着，不管不顾地流着。石桥、溪水、明月不知有我经过。

大林第一书记

凡 夫

文联邀请作家们到保康县店垭镇大林村采风，前来迎接我们的，是村党支部第一书记阮洪流。这是一位中年汉子，"国"字脸，浓眉朗目，身板壮实，一看就是个干练的角色。

村主任李百刚到城里帮村民推销土豆去了。接待我们这二三十号人，一切都由洪流亲力亲为。参观、走访、介绍、座谈，吃喝住行，洪流安排得井井有条、妥妥当当。

同行们选择了不同的村民作为采访对象，我则想写写洪流。头天晚上，给他发了一条微信，提出了几个我感兴趣的话题。我们的交谈，是利用次日午后小憩的空当进行的。

时间匆匆，交谈也匆匆，回城后写了篇文章，总感到文字浮着，意犹未尽。两年后，《芳草》在襄阳举办"美丽乡村"写作笔会，与会作家有一个共同的感受：写乡村，必须深入到乡村去。笔会后，我决定重访大林，和洪流一起，在山里住几天。

大林村七沟八梁。8个村民小组220户人家，星星点点洒在这些沟沟梁梁里。

7年前，洪流到大林村担任扶贫工作队长，兼大林村党支部第一书记。他做的第一件事就是"摸家底"。那段时间，他每天都迈开一双脚板，钻山沟，爬山梁，把全村 200 多户人家挨家挨户跑了个遍。妻子买的"探路者"户外鞋，竟被他磨烂了几双。

洪流早听说大林村穷，一圈转下来，没想到比他原来想象的还穷。村里没有网络，看不到电视，虽然通了电，但收苞谷时只能开一台脱粒机，再加一台就带不动了。70% 的人家仍住的土坯房，有的已变成危房，墙上裂很大的口子，里面能看到外面，外面能看到里面。比这些更闹心的是交通和用水。提起这两件事，村民没有不摇头的。

大林村除一条从店垭镇通往村委会的村级公路外，剩下的全是羊肠小道，人们的"交通工具"是一双脚板，"运输工具"是竹背笼。种的苞谷运不出去只好喂猪；喂的猪运不出去只好自己吃；药材杂货运不出去只好烂在山里。人们最害怕的是得病。范延清的父亲得"鼓症"，没法子送出山治，39 岁就去世了，死去时睁着眼睛闭不上。村团支部书记范世昌肚子闹病，疼得扳扳神的（死去活来），绑个担架往黄堡送，才走到红土湾，人就咽了气。杨承国大娘抹着眼泪对洪流说，我从五六岁起就拄个棍子、背着背笼走泥巴路。交公粮、卖统购猪，都是用背笼往黄堡送，来回 40 多里，

天麻麻亮就上路，天黑定才回到家里，浑身累得跟要散架一样，如今快 70 了还在背着背笼走泥巴路，什么时候是个头啊！

村里人都说大林是把漏壶（喀斯特地貌），吃水全靠天。洪流到村民家走访的时候，发现家家户户房屋附近都有个石坑或者铺块塑料布的土坑，坑里装着不多的水，有的已经长满绿苔，虫子在里面爬来爬去。他很奇怪，问这水是干什么用的，老乡告诉他吃啊！这水能吃？不吃咋办？要保命啊！曾当过老师的刘天银告诉洪流，大林的水比油还金贵。一水至少三用：洗了脸洗衣服，洗了衣服还要拿去饮牛。姑娘找对象，首先要看男方家蓄水坑是大是小，是石头的还是土的，哪家有个装水多的石坑，小伙子找对象都好找一些。洪流纳闷，遇到天旱，蓄水坑里的水不够用怎么办？刘老师指了指远处的山沟说，那就得到几里或几十里外的浸水坑去背水。浸水坑很小，一夜只能浸三五担水，有的甚至只有担把，背水人要在天没亮前打着手电筒去"抢"，去晚了，就背不到了。大林人喂猪，每家只敢喂一头，多一头也不敢养。为啥？水太金贵。70 多岁的"盼水爹"刘大爷抓着洪流的手说，大林人祖祖辈辈都盼望着能有一条好路走，和城市里

人一样吃上自来水，你们能把这两桩事办好，就是大林的活菩萨，我们给你们烧香磕头。

洪流回忆说，他在村里吃的第一顿饭，是闭着眼睛硬吞下去的。吞下了这碗饭，他也就下定了决心：不把乡亲们的难事解决好，不啃下这些硬骨头，绝不离开大林！

洪流选择的第一块硬骨头，是难度最大的水。他还是用自己的老办法，迈开双脚四处走访，在周祥义、王代全两位老人的指点下，由王代军领路，在村子最边缘的山脚下找到了一个泉眼，这让洪流喜出望外。村支部带着大林人修建了全村第一个提水泵站，在山顶上建起了全村第一个大型蓄水池，安装了 1500 米的提水管道，铺设了 8000 米的供水管网，泵站把水提到山顶，然后利用自然落差流向各家各户，大林人第一次用上了清澈甘甜的自来水。

面对村民的一片感谢声，洪流并不满足。因为他发现，这股泉水毕竟不够大，单靠它还不能满足全村用水的需要。他思摸（思索捉摸），喀斯特地貌区虽然装不住地上水，但不一定没有地下水。他请来水利水电勘察设计院专家吕先敢一行，扛着地下水勘探仪，在山沟里一连转了个把星期，一天来到海拔 1000 多米的杨岔冲，吕工四周看看说，这里有戏。于是，在几个山梁上架起仪器交叉一照，哈，果然在沟中心地下 620 米处发现了一条暗河。洪流高兴坏了，大林打出了村里的第一口井。这口井一直打到 720 米。当地下水咕嘟嘟冒出来的时候，好多大林人都哭了，"盼水爹"刘大爷颤抖着嗓子连声叫"活菩萨、活菩萨"，当场就要给工作队和打井队下跪，被洪流一把拉住了。

有了泵站的水，又有了井水，大林人彻底告别了"水贵如油"的历史。接着，洪流开始啃第二块硬骨头：修路。

大林的公路就是从店垭镇到村委会那一段，其他全部是泥巴路，有几个组甚至连泥巴路也没有，只能走田埂，村民出行和运输十分不便，既影响生活，也制约着经济发展。洪流想方设法筹集资金，在市局的重视和公路部门的支持下，把水泥路修到了各个居民点，一些居住偏远的独门独户，也铺了石子路。为了调动村民修路的积极性，村里规定，修水泥路每米补助 100 元，铺石子路每米补助 10 元。山上有的是石头，山民有的是力气，如今又有了好政策，行路难这只拦路虎就这样被降伏了。路通了，班车开进了大林，过去到黄堡得走半天，眼下只要半小时。进出方便了，大林人的生活和生产有了最基本的条件。

啃掉了这两个最难啃的硬骨头，洪流和村委会班子乘势而上，争取电力部门支持，把原来只有3个台区，3个变压器，总容量100千伏安的农网，改造成10个台区，10个变压器，总容量1000千伏安的农网，满足了全村的生产生活用电需求。接着，积极与电信公司协调，开通了4G宽带网络，全村实现了信息和通信畅通，家家都看上了电视。村里还建起了卫生室，出资培训医护人员，配齐配全医疗设备，实现了"小病不出村"。

走路难，吃水难，用电难，看电视难，用网络难，看病难这"六大难"一一化解了，下一个更大的课题，是解决脱贫致富难的问题。

洪流一头扎进群众中去找办法，他发现贫困地区有一个共同特点，除了自然条件较差以外，最大的问题，是一些人等靠要思想严重，自力更生精神不强。有的人等着拿补助，拿了补助就去买肉吃。给他们提供种山羊，他接手就杀了炖了吃。后来不给他钱，也不给他能吃的东西，直接送给他化肥，他却用化肥换酒喝。但是，他们中也有不甘贫穷、艰苦奋斗、勇于向命运挑战的先进分子。郭大荣就是其中的一个。郭大荣是大林村第一个万元户，后来在一次突发事故中失去了双眼。但是，这个连眼珠都没了

的硬汉子并没有被困难压垮，他以常人难以想象的毅力，一年拄坏20多根竹杖，学会了养猪、种烟叶、炕烟叶、种药材等农活。他往猪圈边一站，听听猪的叫声，就知道猪的健康状况；在地里一蹲，摸摸茎干，就知道药材的长势；脱去外衣上半身往炕烟炉里一探，就能准确说出炉里的温度。他还带头成立了合作社，把樊光银等14个贫困户请来务工，帮助他们摆脱贫困。村里有人想发展种植业和养殖业，他无偿提供技术指导。他还投资修建了两个蓄水池。在满足自家用水的同时，无偿提供给周边村民浇田、饮用。

郭大荣的事迹很让洪流震撼，他深深为郭大荣的精神所感动。村党支部在全村树起了郭大荣这面旗帜。村民从郭大荣身上，看到了榜样，看到了希望，看到了努力的方向。那些有等靠要思想的村民照照郭大荣这面镜子，无不感到汗颜。村民们有了精神支柱和内在动力，一个思脱贫、奔富路的浪潮开始在大林涌动。洪流和党支部一班人因势利导，采取分类施策的方式，打响了脱贫致富的攻坚战：对于有劳动能力的贫困户，因户因人制宜，采取精准帮扶措施，帮助20户贷款110万元发展种植业和养殖业；28户种植药材增加收入。协调成立农业合作社，鼓励农户发展养殖业，养

羊，养猪，养牛，仅 2016 年，就为他们争取到国家扶贫资金奖补 56 万元。对有劳动能力却没有土地的贫困户，鼓励他们到种植大户那里去打工，组织季节性外出劳务创收。对无劳动能力的贫困户，积极帮他们申请，纳入最低生活保障和养老保险，落实医疗和教育扶持措施，确保全部贫困户参加农村合作医疗、贫困家庭子女不因贫困辍学。村里还注意用好用活国家优惠政策，积极推动光伏发电建设，增加集体经济收入；道路边和每家每户的晒场边，都安上了太阳能路灯。一到夜晚，天上是星星，地上也是星星。通过这一系列措施，大林人基本跳出了穷坑，扔掉了贫困帽子，迈步走上致富的光明之路。近 7 年来，先后有 9 名山里娃走进了大学校门。高才生刘文章武汉大学毕业后，又考进国家行政学院读博。

大林的脱贫攻坚战打得很漂亮。谈及自己的体会，洪流说得很实在，他说，你别看我有这么大的个儿，即使浑身是铁，也打不出几颗钉。一个人的力量极其有限，大林村有今天的变化，靠的是政策、组织和群众。

洪流说，脱贫攻坚，是国家战略、国家行为。这些年，国家出台了很多惠民政策，这些政策气魄大，力度大。作为村第一书记，我的职责就是把这些政策学习好，领会好，贯彻好，落实好，把惠农政策变成惠农行动，把党的温暖化为富民举措，不让好政策在我这个环节掉链子。他举例说，大林 220 户人家，原来 70% 仍然住的是土坯房，其中有 10 户是危房，对农村危房改造，国家有很好的政策，但有的农户就是不理解，这就需要我们做工作，一次次上门讲政策，讲房改的好处，不怕把鞋底磨破，不怕把嘴皮磨烂，不把思想打通就不罢休。由于抓住了机遇，工作做得比较细，现在大林农家基本都告别了土坯房和危房，住上了红瓦粉墙的新房。

我向洪流提出一个问题：危房改造，有的地方采取集中搬迁的方式，村庄建设得像城市街道一样，房屋一排一排，整整齐齐，非常漂亮，大林为什么不采取这个办法？洪流笑笑说，各个地方的情况不一样，不能一刀切，一律化。在危房改造前，我做了大量的调查研究，征求了许多村民的意见，他们说得很实在：你们城里人过日子靠工资，农民靠啥？得靠种和养。不让喂猪，不让养鸡，不让种菜，来了客人，还得拿钱买肉买蛋买菜，乡下人能这样过日子？再说一个自然村的形成，大都经历了几十年甚至几百年。农民选那个地方住，是有道理的，随便拆了集中安置，不见得是好法子。他们还对我说，像大林这样的山区，主要农作物是苞谷，苞谷的主要用途是养猪，养猪不仅是农民自食的需要，更是农家的主要经济来源。农村住房改造，不能为了好看，断了农民的财路。农民朴实的言语，把洪流心里说得豁亮。大林的危房改造，确立了一个基本原则：从实际出发，把有利于农民的生产生活，让农民满意、让农民高兴放在第一位。不跟风，不做表面文章。基于这一指导思想，洪流对全村220户住房进行分类排队。对于原本就有利于生产和生活的自然村和自然户，按照美丽乡村建设的标准，在原地进行改造，是危房的扒掉重建，是土坯房的改为青砖红瓦，原来基础比较好的进行包装美化；对孤老鳏寡、生活不能自理、居住地条件恶劣，无法解决水电交通的农户，分三个居住地，集中建房。但是，不管采取哪种方式，都要为每个农户建一个牛舍，一个猪舍，一个鸡舍，一个晒场，一个室外厕所，不仅要把住房建得漂亮，还要把牛栏猪舍也建得漂亮；不仅要让人住得舒心，也要让家畜家禽也住得舒心。在一个水泥晒场上，58岁的周正全正在和妻子翻晒苞谷，他告诉我们，今年苞谷收成不错，每亩可产千把斤。苞谷多了，正好养猪，晒场的周边，呈凹字

形盖了8间猪舍，养了13头母猪和16头肉猪，晒场的下面，修的是化粪池，猪粪经过充分发酵后，施到地里当肥料。地里不用化肥了，长出的苞谷品质得到提高，用高品质的苞谷当饲料，猪肉的味道就更香了。洪流对我说，大林采用这种有机循环的种养模式，不仅不影响环境，反而光大了那种只属于农耕文化的美。我们和周正全夫妇拉了半天家常，一点也没有闻到猪场特有的异味。要是他不介绍，我也根本不会想到晒场下面是化粪池。我在心里想，城市有城市的美，农村有农村的美，乡村建设干吗非要拿城市的模式去套农村呢？像大林这样，把乡村建设得更像乡村，不更可以焕发出有别于城市的乡村美吗？

我和洪流交谈，他很少讲自己，他总是对我说，我是襄阳市国税局委派到大林的脱贫攻坚工作队员，帮助大林村脱贫致富，不仅是工作队的任务，更是全局的任务，税务局从上到下，都非常重视这一工作，我背后最强大的靠山，就是税务局这个团队。局党组书记、局长谢本洪时刻都把大林村的脱贫工作放在心上，当他得知神龙永康药业公司有寻找药材收购集中点的意向后，立刻意识到这是一个推动大林村产业转型的良好机遇，当即与公司联系，为大林村牵线搭桥。

谢局长还实地考察了永康药业公司生产车间和原料存储仓库，详细了解了公司药材收购的规模和种类。公司负责人根据大林村的地理位置和气候条件，推荐大林村种植益母草和皂角树两种药用植物。谢局长又和专家一起到大林村现场调查，把种植计划落实到户，安排到地。市局还将精准扶贫工作纳入全局整体工作的大盘子，定期分析研究解决实际问题，城区7个分局和保康县局共同参与精准扶贫攻坚战。市局和各分局领导成员，每人结对帮扶1至4户贫困家庭，和业务工作一同布置，一同检查，一同考核，一同验收。大林村脱贫攻坚能够取得可喜成果，依靠的是税务局的集体力量。说罢，洪流领我看了谢局长引进的益母草和皂角树基地。益母草已开花结籽，皂角树长有一人多高，树腰长满了疙疙瘩瘩的皂角刺，这些刺可是消肿排毒的良药哩！

谈到依靠群众，洪流体会很深。他说，脱贫攻坚，最深厚的力量存在于群众之中。我们推出郭大荣这个典型，比我们讲多少话，说多少大道理，磨多少嘴皮都管用。一个盲人，自己提出不要国家照顾，还带领那么多农户一起奔富路，其他人还有什么理由叫困难？先进典型具有巨大的启发作用和示范作用，郭大荣这个典型，起

到了一花引来百花开的效果。后来，我们又陆续推出了团结邻里、和睦家庭的好婆婆孙永年；孝敬瘫痪老人，照顾多病妻子的男子汉王德俭；无怨无悔，赡养年迈公婆和受伤丈夫的好媳妇周正悦；继承革命传统，一心扑在工作上的电管员叶孔银；多年如一日，修路护路的义务护路员梁大发；单身撑起一片天，勤劳致富的女中豪杰周正美；等等。这些典型让乡亲们认识到，脱贫致富，不仅要摆脱物质的贫穷，争取物质的富有，更要摆脱精神的贫穷，争取精神的富有。物质和精神双富有、双文明，才是精准脱贫的应有之义。

从2015年进村开始，洪流在大林一干就是7年。和他同时进队和比他晚进村的工作队员，先后都回了机关，洪流成了襄阳市驻队最长的第一书记。问及这7年来最大的收获和体会，洪流沉思了片刻，眼中有泪花闪动，他说，最让我感到欣慰的是，大林乡亲已把自己当成了自家人。我每次从城里回到村里，乡亲们见了，都亲热地招呼："阮书记回来了！""回来了"，虽然只有三个字，但分量很重。它表明了乡亲们对我的认可，没把我当外人。每次听了这个招呼，我心里就感到热乎乎的，特别满足。

进大林三天，洪流陪着我把全村

七沟八梁都走遍了，无论走到哪里，看到的都是村民的笑脸，听到的都是暖心的问候："阮书记过来坐一会儿！""阮书记进屋喝口茶！"路上的狗见了我汪汪大叫，一看到洪流，立刻不叫了，摇着尾走拢来，在他的裤脚上蹭。洪流几乎可以叫出每个村民的名字，哪家几口人，有什么人在外打工、上学，主要经营项目是什么，有什么困难需要解决，他心中都有一本账。我们来到林金龙的家里，他73岁，身体有病，妻子王正凤采药刚回来。他告诉我，他家原来住的是三间土坯房，每逢下雨到处漏，屋里摆满了瓢瓢盆盆，檩子椽子都朽了，遇到刮风下雨就提心吊胆，生怕房倒屋塌，把二老埋在里面。阮书记走访时了解到他家的困难，趁第一批危房改造的机会，帮他家盖了200多平方米的两层楼，还在门前修了个大晒场，晒场边修了一道很有艺术性的栅栏，夫妻俩心里高兴，又在栅栏外种了一排花，我们来的时候，只见粉红的格桑花、白色的蓝木菊、紫色的三色堇、大红的大丽花开得正旺。我请金龙大叔谈谈这几年农民生活的变化，他脱口蹦出四个字：翻天覆地。他说，我原来真的不想活了，现在，党的政策这么好，我要争取多活几年。

寒露已过，正是山区大忙的日子，人们都忙着摘烟叶、掰苞谷、收药材。晒场上，屋檐下，堂屋里，偏屋里，到处都晒着、晾着、堆着金黄的玉米棒和玉米粒、刚摘回的绿烟叶、已烤好的金烟叶，以及黄白色的白芨根茎和模样像人参的七叶一枝花块茎。刘天东一边忙着把新摘的烟叶从农用车上往下搬，一边喜滋滋地对我们说，他家已卖烤烟1400斤，收入2.2万元，烤好了没来得及卖的有2000多斤，新摘的没有烤的还有千把斤，今天烟叶的成色不错，价格也不错。加入知源养殖合作社的刘开常是养猪大户。去年猪肉价格高，大赚了一把。今天猪肉价格下滑，虽然亏了一些，但他相信有跌就有涨，现在小猪便宜，正好多喂一些。73岁的陈永登认为发展茶叶是一个好门路，他正在和几个种茶大户商量成立一个茶叶合作社，让大林的茶叶产业形成规模……

当我要离开大林的时候，一支铺路队开进了山，搅拌机轰隆隆倒下了第一车混凝土。洪流对我说，随着乡村振兴工作的全面展开，农村经济的发展已呈现出强劲的势头，进出大林的人员和物资越来越多，原来的水泥路显然已经不适应了，洪流和村党支部商量，采取村里自筹一点、驻村单位帮扶一点的办法筹集扩路费用，并争取到一笔乡村振兴专项资金，要把从大林到店垭镇的主公路加宽一倍，由一车道变为两车道，这样会车就容易了。村里其他道路的提档升级工作，也将要逐步展开。

说到这里，洪流抬眼眺望，蔚蓝的天空上，正好飞来一群大雁，大大小小的雁在头雁的带领下，排成"一"字，勾嘎呼唤着，在白云间向前飞翔……

分水妙笔

陆春祥

桐君山矗立，右边富春大江，左边也缓出一条宽阔的江，桐庐江水，中分为名，此谓分水江，富春江最大的支流。唐武德四年（621年），大唐初定天下，分水县设立。分水县号称"小中国"，说的是它的地形，极似中国版图，一枚漂亮的秋海棠叶，浙江西部的耀眼明珠。

一

分水的妙笔，要从唐朝状元施肩吾说起。

分水县东，五云山上有座著名的庆云书院，792年，13岁的唐朝少年施肩吾开始在此苦读，三年中，他曾将120卷的《汉书》手抄两遍，书院"余韵亭"旁，有个"洗砚池"，此池就是施少年洗笔的地方，一日洗，二日洗，三日洗，365日洗，1000多日洗下来，施少年不知写秃了多少支笔，池中的荷花居然变成了墨荷花，这显然是传说，却十分美好励志。苏东坡也抄《汉书》，一生竟然抄三次，我不知道，他有没有受施的影响，但他肯定知道施肩吾。

唐元和十五年（820年），施肩吾以第十三名的优秀成绩和另外28位学子荣登进士榜。清人袁枚在《随园诗话》里说，状元不必是第一名的，古人将新科进士都称状元，施状元就这么出名了。一个大唐大王朝，只录区区29人，可见考试的难度。

1980年7月，分水中学文科班参加高考，有16位同学考上了本科和专科，轰动一时。我们读书的分水中学，就在今天的五云山上施状元苦读过的庆云书院，我们都以施状元为榜样，洗砚池边常思先贤，不过，我没去洗过笔，至今遗憾。

无意于官场的施状元，后来去做了道士，也留下了不少诗。这些诗虽称不上人人诵读，在唐诗中也属上品，他在唐朝完全可称得上一流作家。看他观察生活的功夫：幼女才6岁，未知巧与拙。向夜在堂前，学人拜新月（6岁孩子拜月的场景，童真幼稚让人忍俊不禁）；看他环境环保理念：天阳伛偻带嗽行，犹向岩前种松子（年纪都这么大了，身体还不怎么好，仍然不忘植树绿化）；对家乡山水的喜爱：乱叠千峰掩翠微，便是山花带锦飞（山是那么的错落有致，青葱翠绿，花是那么的娇姿百态，婀娜多姿）。

分水的大笔，除了施肩吾，还有徐凝，分水柏山村人，他和施肩吾同榜进士。这么个山区小县，一下飞出两只唐朝金凤凰，你不惊叹于这里地灵人杰的山水吗？

唐开成二年（837年），暮春草长的3月，分水江边，诗人徐凝家门口突然来了两位贵宾：一位是杭州"老市长"白居易，另一位是睦州老知府李幼清。徐诗人很激动，老友相访，千里迢迢，事先也不拍个电报告知一下。这个时候，"白市长"已经长居洛阳，洛阳到杭州，再到分水，路途的艰难可想而知。60多岁的老人，专访诗友，难怪徐凝要激动了。徐凝一家极尽款待，都是自家劳动所得。蔬菜，自家菜园种的，鲜鱼，分水江里钓的，老酒，也是自家酿的，香醇得很。三杯两盏淡酒，叙的只是友情诗情。恳谈至深夜，"白市长"也不去县里的宾馆休息了，就在徐诗人家享受山趣吧。于是，留下了《凭李睦州访徐凝山人》诗："郡守轻诗客，乡人薄钓翁。解怜徐处士，唯有李郎中。"

从文学成就上讲，我更喜欢徐诗人一些。看徐的传世名作《忆扬州》："萧娘脸薄难胜泪，桃叶眉尖易得愁。天下三分明月夜，二分无赖是扬州。"离恨千端，绵绵情怀，诗人在深夜抬头望月的时候，原本欲解脱这一段愁思，却想不到月光又来缠人，这扬州明月不是"无赖"吗？扬州明月成烦人的无赖，从来没有诗人是这样写月亮的，这真是天下传神第一笔。现在的分水，可能很多人还不知道徐凝，但在扬州，他却大大有名，扬州有徐凝门，徐凝门桥，徐凝门大街，甚至还有徐凝门社区。我第二次去扬州，特意去了趟徐凝门大街，那里已没有更多的诗人印迹，只为了感受一下家乡文学先贤的风采。白居易为什么大老远来看徐？除了他们的交情确实不一般外，徐的文学才能肯定也是白欣赏的，徐凝自己就有诗记载：一生所遇唯元白（元稹白居易）。他们是很要好的文友啊！徐诗中写到白居易的就有 10 多首。

二

有人问我，如果穿越历史，最喜欢历史上的哪个朝代？我说最喜欢宋朝。好，现在，我要沿着《南宋淳熙分水县地图》，去分水县儒学读书了。

这回，我坐船。我家门口就可以坐船，就如同屈夫子"朝发轫于天津兮，夕余至乎西极"一样方便。往罗佛溪（也叫百江）走 200 米不到，就是溪口。对面的广王庙，香火常年旺盛，香客来来往往，买舟行船，晨行暮达。

一路行得船来，两岸青山相对出，时而猿猴悲鸣，时而空山鸟飞，几十里水路，由罗佛溪转入分水江，河面宽阔，水流平缓，往来船只频梭，不一会儿，就到了县城的桥口渡。

这里就是繁华的分水县城啊！

过朝京坊、阜民坊，阜民坊边有塔，七层，仰望，塔身坚实，檐飞铃脆，塔院里不时传来阵阵诵经声。经庆云寺，到庆云坊，就到达分水县的地标玉华楼了，这是南宋分水最豪华的酒楼，史载，孝宗帝曾御此楼。宋人黄铢有《江城子·晚泊分水》词形容分水的繁荣："秋风袅袅夕阳红。晚烟浓，著云重，万叠青山，山外叫孤鸿。独上高楼三百尺，凭玉槛，睇层空。人间日月去匆匆。碧梧桐，又西风。北去南来，销尽几英雄。掷下玉尊天外去，多少事，不言中。"此词如闲适风情画，逸笔虽草草，却尽状其妙处，高楼观世井，风景别样情。

我是在一个秋后的傍晚到达分水的。我乃穷书生，靠着父亲微薄的薪金读书，没有多少闲心欣赏酒楼的繁华，朱门酒肉香，300 尺高呢，不敢进去，我要去县学苦读，我的目标是 100 里地外的南宋都城临安，那里有中国最好的太学，那里有我日夜向往的锦衣玉食！不要笑我狭隘，大多数南宋的同学，都怀抱这样的理想。

终于到达县学。现在，我要介绍一下我的读书环境了。

我们的学校，在县衙的正对面。

整座分水城里，最显眼的建筑，就是县衙、儒学、书院、城隍庙和钟楼了。学校有教谕衙，教育局局长办公的地方，全分水县教育的首脑指挥中心，明伦堂，文庙，大成殿，这些学校的主要建筑，我们要在那里读书学习。我们住的馆舍，宽敞明亮，从一号楼到四号楼，每一座馆舍，都很精致，政府在教育方面肯投资。我们每天的任务，就是读书明理，交流讨论，节日祭典孔圣人。局长教育我们，将来要成为国家的栋梁，将金人赶回北方去，统一祖国，发愤读书。

我们的学校，也是名人辈出。我校先前那些名人就不一一细说了，唐朝的进士施肩吾、徐凝、缪迁，那真是太有名了。1300多年来，分水共出了42位进士，100多位举人，数百位贡生。宋代17位进士中，最厉害的是王家，一门就有16位。

庚子初夏，大雨滂沱，我走进老分水县衙的进士馆，看儒学馆的结构模型，好大气派，一一拜谒墙上的历朝进士，崇敬之情有加。这些饱读儒学之士，读破万卷书，写折千支笔，还要加上运气，才有上榜的可能。他们，是分水悠久历史文化永远的荣光。

看到一支大大的笔写下的守官铭，我眼前一亮，细读，有所思。这是元代臧梦解的《守官四铭》。此臧先生，晚年隐居在分水的瑞云山，也算半个分水人了。他认为，做官必须铭记和坚守四条原则：坚硬脊梁、坚缚肚皮、净洗眼睛、牢立脚跟。甚有新意。妙笔书下经典格言，才有益于世。

请看第二"坚缚肚皮铭"的细细教导："这肚皮，甘忍饥。众肥甘，我糠糜。将军腹，宽十围。贪以败，脂流脐。平生事，百瓮荠。咬菜根，事可为。"从肚皮的本性来说，饥也可，饱也可，美食也可，糠菜也能，但是，给肚皮喂什么食，就会有什么样的不同结果，如果粗菜淡饭，咬得菜根，那么就能身体健康，做对百姓有益的事；如果甘食美味，肚皮必定娇贵，胆固醇，啤酒肚，身体反而多病，百姓的钱，国家的税，都让你白白地浪费了。嘿，这简直就是各级纪委对官员的常敲警钟啊！

分水又称武盛，唐如意元年（692年），武则天执掌天下，不知道是哪位唐朝长官的主意，用县名来歌颂女皇，不过，"盛"的寓意不错，茂盛，旺盛。我徜徉在武盛老街，从东往西，在大雨中慢行，白沙、东关、玉泉、县东、县西、梧桐、西关、臧家巷、王家巷、刘家巷、积善巷、庆云巷、蟹儿巷、城隍巷，牌坊林立，村巷相连，青砖黛瓦，忽地，幽巷中一女子斜撑出一把纸雨伞来，雨打伞篷嗒嗒嗒，伞顶如笔尖朝向天空，你一下会觉得，这大雨就是为这伞下的。这里的每一个街巷名字，都深深地印刻着分水古县的痕迹，历史老街的浓郁风情和现代居民的袅袅烟火，彼此紧密交织。

三

分水东溪工业园区，妙笔小镇客厅，将施肩吾、徐凝及宋元明清那些进士们的笔连接在了一起，它帮我打开了所有笔的想象空间。

为我介绍的程斌先生，土生土长分水人，他是晨乐制笔的总经理，也是这个客厅的管理者，他的制笔公司，最自豪的就是 G20 杭州峰会，那些元首们，在那张大圆桌上记录用的就是他做的笔。工作之余，他向南来北往的访客，自豪地介绍着分水笔在各个时期的发展情况。

说起分水制笔，我的脑海里一下子涌进了这一段故事。

1974 年，分水的儒桥村，来了一位杭州圆珠笔厂的刘姓供销科长，他到儒桥探望在此插队的女儿。某天，他在村里转悠，无意中发现，村后缓坡丘陵地带，翠竹丛生，而职业天性的敏感，促使他走近了这些竹子，一看，好多都是细圆挺拔的小竹，这不

是做圆珠笔的好材料吗？他将这个发现转化成了倡议，在刘科长的帮助下，儒桥有了村办的圆珠笔加工厂，主要生产圆珠笔杆。儒桥村咔嗒咔嗒的机器声，急坏了邻近的东关村，东关村当年就办起了圆珠笔厂，创利一万余元，村民们年底分红，每个劳动日一元钱，在此以前，每个劳动日只有五毛。

这大约就是分水笔的一颗星星之火，到 20 世纪 90 年代末，分水圆珠笔生产已成燎原之势，起先的家庭作坊，都发展成了像模像样的工厂，专业分工愈来愈细，圆珠笔的产业链也愈伸愈长，年产量超过 25 亿支，年产值突破 20 亿元，分水成为中国圆珠笔产业的第一重镇。新世纪的初光，使得分水笔的量和质一起飞翔。2002 年 11 月，国家轻工业联合会、中国制笔协会，正式将"中国制笔之乡"的牌匾授予了分水，因为，这里，已经产笔 65 亿支，全球人均一支足够！分水有一半人在从事笔产业，一支笔着实富了一方民，它财富的光芒，还远远辐射到了周边淳安及邻近的安徽、江西等地。

程斌介绍的声音，又将我的思绪拉回到了现场。

客厅的正面墙上，3000 多支水笔，巧妙组合成了一枚秋海棠叶，那是分水

地形图，光与影的柔和，透映出现代气息。这个客厅，是分水笔40多年发展的一个集中缩影，从最初的竹竿笔到塑料笔，再到各类精细的金属笔，圆珠笔、水笔、钢笔，数万个品种，构建出了分水人的努力和智慧，现在，75亿支笔中的70%，已经出口到了国外市场。或许，你现在手中捏着书写的，就是来自分水的笔。

四

妙笔小镇的客厅深处，我盯着一幅《钢笔画富春山居图》出神，此画，画心671厘米，画高47厘米，总长达到898厘米，这是著名钢笔画家李渝基先生用整整一年时间精绘而成的，他用分水笔，将黄公望的富春山水长卷，一笔一笔呈现，纤毫毕现，别具气韵。由画转眺现实中的分水城，江两岸花树扶疏，高屋鳞次栉比，分水人就是用自己的巧笔，描绘着现代版的富春山居图。

妙笔小镇，紧靠着分水江枢纽工程的万顷碧波，夏雨将岸边百草滋润得肥美而青翠。细看分水制笔的大标志——五云山，一支笔插进一个圆环，设计虽简洁直白，但在我眼里，彼笔，分明就是唐朝少年施肩吾抄《汉书》的那管细笔。

关山处处有连手

马步升

时值盛夏，受邀到天水参加以"铸牢中华民族共同体意识"为主题的研讨会，国内许多专家学者云集"羲皇故里"天水，大家就中华民族的同根同源问题展开了充分讨论，达成了许多学术共识。会后，我婉拒一切活动，直奔百里之外的张家川回族自治县。多年来，只要到了天水地界，无论下乡帮扶、调研、讲学等等，事情一毕，几乎都要去一趟张家川。

去张家川没有别的事，主要是看望我的回族朋友马丑子，再看看山，看看水，看看古驿路古城堡。当地人把朋友称为连手，我和马丑子是连手。

张家川位居陇山和西秦岭的接合部，陇山南北走向，秦岭东西走向，渭河蜿蜒横穿，形成一片山河错杂的高地，古称陇坂、陇坻或关山。这是秦人的发祥地，秦人祖先秦非子给周天子牧马的地方，至今，大小山谷里仍然骏马飞腾。这是关中平原向西的第一道自然屏障，当然，也是东来西去的关津要隘。这也是丝绸之路进入甘肃地界的第一站，掩藏在山谷草木间的历代遗迹随处可见。这是从古以来各民族的共居之地，当下的每一位居民，无论干部还是群众，日常工作生活的主题，都是民族团结，共创美好生活。

这就说到了我的连手马丑子。这个中年回族男人，与同龄的农民子弟一样，都经历了改革开放的全过程。童年少年时代家境贫寒，吃饱穿暖的日子屈指可数，整个小学时代，各门功课差不多都是满分，四年级以后，为了给自己筹集每学期两块钱的学费，每个假期他都要在镇上亲戚经营的饭馆打工。年幼，干不了别的，专门拉风箱，一个月管吃管住，工资4元钱。两元钱补贴家用，两元钱留作自己的学费。读初中时，到开学时间了，父亲正在田间劳动，他去要两元钱学费，父亲没有说话，只是把头深深地低下去。从此，他失学回家种地，重复父辈们的人生。15岁那年，父亲见他穿的裤子实在太破了，给他10元钱让他自己去买一条裤子，他能体会到，父亲对他少年失学深感内疚，一者是裤子确实破得不能再穿了，二者有补偿安慰的意思。他怀揣着这一笔巨款，跟随村里做生意的成年人，去了邻县的集市，买回3只羊，到另一个集市上卖了，赚了5元钱。

这笔小生意的成功，令父亲和乡邻对他刮目相看，一个重要的标志就是，有媒婆主动上门提亲了。从此，他告别了自己的少年时代，也改变了父子的人生观念，他第一次看见父亲的脸上出现笑容，也等于为他的人生

道路发放了通行证。此时，改革开放好几年了，市场渐趋活跃，马丑子踊身跃入时代的潮流中。他以10元钱为本钱，生意越做越大，他以家乡的农贸市场为圆点，逐步拉长市场半径，17年的时光里，国内凡是有羊的地方他都去过，他被同行戏称为"西北第一羊皮贩子"。他曾10多次行走新疆，20多次深入内蒙古、甘肃、宁夏和新疆大沙漠，10多次游走青藏高原，大多都是自然条件不好的地区。作为一名以贩卖羊皮为主的小商贩，在交通不便地广人稀的地区，所经历的艰难困苦，可以说是时时刻刻。有一个寒冬季节，在腾格里大沙漠深处，突遇黑风暴，断水断火，干粮冻成了冰坨，牙咬不动。在即将冻僵时分，他的手指在沙堆上无意中触摸到一截柴棍儿，举到眼前一看，竟然是半根火柴。他用这半根火柴生着火，烤化干粮，坚持走到了牧民居住点。从此，他感恩大自然，热爱世间一切生灵。他自称是"框架结构"的人，常年行走在荒郊野外，经历多次车祸，身上十几处骨折，只能依靠钢钉钢板固定。

马丑子是一个特殊的羊皮贩子，别的羊皮贩子都肩挎生活用具，身上捆绑着收购来的羊皮，他呢，除了这些装备，肩膀上始终挎着一只写着"红军不怕远征难"的书包，里面装

着几本书，一有时间就看书，哪怕是在无尽荒野里，休息时分，他一边吃干粮，一边看书。到了每一个城市，完成交易后，他必须要去废品收购站看看，从中搜罗他需要的书籍。在某个青藏高原之夜，他从自己搜罗的旧书中读到一段话，让他怦然心动。那段话说，彩陶的碎片上闪耀着太阳般人类智慧的光芒。从此，他在收购羊皮的时候，开始留心彩陶，他要用那一道道太阳般的人类智慧的光芒照亮自己的人生之路。没承想，他就此迷上了收藏，至今已有各类文物3万多件，从旧石器时代一直到当下，各时代的陶器、青铜器，宗教艺术，红色记忆，乡土记忆，各民族生活器物，等等，成规模，成系列，宛如一本本直观的史书。为此，他专门租用了一家饭店陈列文物，每年仅租金都得耗费几十万元。他的所有收藏品都可供人们免费参观，为了弘扬传统文化，他还将许多文物捐赠给乡村博物馆，供更多的人欣赏。他认为在民族地区，通过对各民族文物的观摩，可以促进不同民族之间的互相欣赏和理解，起到"各美其美，美美与共"的效果。为了给当地培养文博事业的专门人才，他给天水师院提供了数百件精品文物，长年在校园陈列，便于师生参观研究，自己本人受聘兼任天水师院文博学院教授，把自己在文物方面的实践经验向学生传授。

与别的羊皮贩子更大的不同是，马丑子在艰苦的贩卖羊皮之路上，一边坚持读书，一边不忘写作，他曾发表过数量不菲的各类文学作品。早在20世纪90年代初，他的诗作就登上了《诗刊》。这是一首只有四行的小诗："有人把弯路走直了，是因为找到了捷径；有人把直路走弯了，是因为多看了几道风景。"虽显得稚嫩，却隐隐能够听见他的心声。这恐怕就是少年失学给他造成的心灵伤痕。正如他在另外的文章中所表达的那样，贩卖文字比贩卖羊皮难度更大，他害怕一不小心死在羊圈里，从此听不到人间赞美太阳的歌声。他知道，家乡像他这样因为现实生存击碎文学梦的人还有很多，他要让外界更多的人了解他的家乡，他更想让更多的家乡人有能力用文学的手段向外界传播家乡的信息。在20世纪90年代末，他出资筹办了首届关山文学笔会，国内知名诗人作家和本地文学爱好者100多人参加了笔会，据说，这是由农民个体出资举办文学笔会的国内第一人。为此，他花费4万多元钱，这些钱，当时可以买到县城的两套住房，而直到现在，在县城，他仍然没有自己的住房。第一届笔会的成功举办，提高了本地作者的文学创作信心，对他也是一个不小的鼓舞。此后，他又出资筹办过两届关山文学笔会，笔会规模越来越大，影响力也越来越大。

文学是一项培育向真向善向美情怀的事业，马丑子并未独自沉浸在自己的文学创作活动中，而是以文学文化为媒介广交朋友，有人说，马丑子认识全县所有的人，这当然是夸张了，但他认识全县大部分人，或者全县所有的人都知道他，这大概不算夸张。

我跟随他一同在县境考察过几次，无论在人口稠密的河川区，还是人烟稀少的山区，他可以叫开任何一家大门，可以随意和每一个人搭话，无论男女老少，也无论是回族汉族，互相间说话，都像是常来常往的连手，遇到谁有困难，他都要帮衬一下，不在于帮衬多少，重在传达一种友谊和温暖。通过他，许多原来陌生的人结为连手，他成为大家共同的连手。

"大雅扶轮"
三江后万村

王芸

辛丑秋分过后，风偶尔吹一阵，雨却不肯轻易落一场，阳光的热力迟迟不减，灿金一般，倾洒在柳梢、屋脊、石栏、青瓦、门楣、木雕、麻石斑驳起伏的纹路，和池塘的翠水柔波间。

眼前的后万村，如一位敛眉秀目、素朴端方、气度儒雅的古代书生，安坐在一湾池塘边，想来他手中还握有一卷，时而静读，时而沉思，时而眺远。

池塘形如曲身泅游的一尾鲤鱼，也像月初的一弯浅月，村人名之鲤鱼塘，寄予了"鱼跃龙门"的美好寓意。绿树环翠，水泛涟漪，鱼影倏忽交错，对岸有一妇人正临池浣衣，满目翠红中一抹淡色身影。沿岸的草地上，竖立有一块块木牌，上刻《村规民约》和警世之言："家庭和睦敬长者，爱晚辈，讲民主，不独行，夫妻间，重感情，相濡沫，敬如宾""懂得自律能自控，善自理，尊理性，守法纪，言语美，行为正，入社会，有本领"……仿佛一位老者正捻须絮语。

干净的青石步道沿池塘向前，路面洁净。缓步而行，可见几座古香古色的高耸门楼和老宅，6条自古就有的巷道一字铺开：西边巷、和平巷、曹门巷、大巷、鹿鸣巷、木门巷。古老的巷名寄托寓意，细窄的巷道延伸久远的故事……恰逢村头的三江小学到了课间时分，孩子们的喧闹声瞬间铺满整个天地，那活泼的生息，将一条条空寂的村巷、老宅填实、充满。

后万村位于南昌县三江镇。县乃千年古县，镇乃千年古镇（清代才子陈守中路过三江感于此地的灵秀题写了"秀挹三江"，被后人刻石留存至今），这后万村也是远近闻名的千年古村。

接四县、临三江的后万村，地处南昌、进贤、丰城、临川四县市的接临地界，坐落在古抚河的西岸，箭江、隐溪、彭湾三水的交汇之滨。没有一座南方村庄离得了水，水是血液，是经脉，是流动不息的生机。后万村村前天然水域宽广，柔水铺成的道路畅达四方，古时这里驿站、茶亭、渡口密布。南宋时期，这里曾是吸引方圆百里的墟集；元、明两朝，设有驿站、三江铺；清朝、民国年间，在河街设立了三江巡检司。集贸活跃兴旺的后万村，一度拥有数百栋徽派民居，排列有序，鳞次栉比，蔚为壮观。民居之间"一横六纵"巷道井然交织，紧凑的布局，整饬的巷道，村民声息相闻，互敬互爱，相处和睦。每户有大门，亦有小门，户与户的小门相对，白天敞开，夜间也不闭户，若是雨天，孩子可以从村东穿巷过户一直走到村西头，雨不湿身，鞋不沾泥。

溯流而上，万氏宗族史似错综复杂的迷宫，需要在史籍、谱牒、民间遗存文字、古代遗址等构成的纷繁标识中仔细辨识，去伪存真。

据谱牒记载和方家考证，豫章万氏可远溯至春秋晋大夫毕万公，系西周文王第十五子毕公高的第十六世系。后万村尊奉的开基祖，则是其后裔、被苏东坡以诗赞曰"名勋中外赫赫声"的万迪公。

万迪公生于宋嘉祐年间，字一泓。25岁那年，迪公在汴京（今河南开封市）明经科会试中考得第一名，中会元，登进士。迪公任官多地、多职，南征三吴，平定两广，以军功累升至兵部尚书，受禄一品银青荣禄大夫。

北宋靖康二年（1127年），金兵大举入侵，攻克汴京，宋徽、钦二帝被掳，史称"靖康之难"。北宋山河破碎，皇室仓皇向南逃亡。南宋高宗建炎三年（1129年），时任高州（今广东省茂名市东北）兵曹的迪公，受命护佑隆佑太后南奔。至隆兴（今江西南昌市），与万氏暹公的后裔相遇，便将家属留下，卜居在隆兴郊外的板湖（今广福镇板湖村）。

金兵追击而至，迪公留下长子守珍护卫隆兴，遣二子守彰、三子守彦北上阻敌，他亲自护送太后到达广南

番禺，将她安置妥当后，又返回护卫隆兴，于国家危难艰险之际，力挽狂澜。建炎四年，迪公再次受命保护永宁王去福建避难。他命二子据守铅山，二子率兵奋战百日阻挡敌兵入闽，金兵无奈之下沿途劫掠一番后北归。迪公回到鄱阳诸地据守，日夜操劳，修整被战火损毁的城池，复兴百业，百姓盛赞之。

南宋绍兴元年（1131年）十月，迪公卒，享年75岁。朝廷敕葬枥溪万村，追谥文惠公。迪公一生尽忠卫国，在国家垂亡之际奋臂而出，于离乱之世恤民振业，文天祥写诗盛赞迪公："勋业着于当时，道德鸣于斯世……"迪公与黄庭坚为故交，诗酬往来，亦有文字录于万氏宗谱。

因子孙繁衍盛大，不断向四方迁徙，南宋嘉定十六年（1223年），迪公七世孙仲举公由板湖迁至三江口牛宿洲。再历280多年，至明武宗正德四年（1509年），六月抚河暴涨泛滥成灾，牛宿洲圩堤坍塌，村基危殆，族人争相他徙，只有仲举公的十世孙曰齐公不忍远离故土，携子迁居牛宿洲东北角的鲤鱼垅（今后万村址），重建家园。相传樟树可以镇住水患，他便种下9棵樟树，可惜400年后已长得枝繁叶茂的香樟被人盗伐，树影消隐于历史深处，只余传说在世间流转。

万氏迁居鲤鱼垅后，与三江口集市仅一墙之隔，夜半三江街头的更声，村中人都能清晰听见，可谓休戚与共、唇齿相依。也因此，如今定居后万村的，一大半是城镇居民户口，小半为农村户口，比邻而居，乃后万村的特有现象。

后万村内敛、素朴，却于灰调中有一种气定神明、端方儒雅的气息流布。走进村民文化活动室，我在满墙的村史资料中找到了答案——原来后万村不只有近千年时光的包浆，还有书卷气息的包浆。

三江万氏是将相之后、名门望族，世代推崇读书明理。后万族谱的《宗政》篇规定：子孙教训宜严，必以读书为先，全族以"大道即隐，名教是遵，儒风不坠，大雅扶轮"为教育准则，谆谆教导历代子孙"处为贤士，出作良臣，退则辅教，进则育民""必以读书为先，如资质颖异，无论贫富，须择良师严导……"

读书重教之人，善于自律、自省、自警、自励，注重内修德行、外修能力；世代重教守礼之族，严格教养，遵礼崇德，明理济世，方有三江后万村的文风蔚然、人才辈出。

南宋时期，万氏子应公与文天祥中同科进士，曾任文天祥义兵团练使，是协力抗元的民族英雄。

清道光壬午年（1822年）进士万启心，任兵科给事中时，力挺林则徐抗英焚烟，虽受累贬官返乡而不悔。

清雍正年间，万寅丙的儿子万厚庵自小无心读书，但颇有经商头脑，万寅丙决定让他弃学从商，但对他说："学堂是读书人的根本，教子孙读书不在根本上出力，便是不知时务尔。"万厚庵驰骋商海，成就不俗，家道日渐富裕，晚年时他想起父亲当年的教诲，在后万村西建起一座"厚庵祠堂"，祠堂有三进两天井，气势宏伟，他出重金请来名士在祠堂讲学，传承耕读家风。

进入20世纪，族人在厚庵祠堂内办起"万氏私立两等小学堂"，不分男女都可在这里读书求学。学堂培养了一大批人才，成为当地颇负盛名的名校。而今坐落在村头的三江小学，教学楼上亦悬挂着"尊师、孝亲、立志、成才"……

一代代先贤，仿佛一盏盏明灯，悬于天地间，将天地之道、传统人伦昭示于万氏后学，亦将读书重教的风习在后万村代代传扬。

据《万氏族谱》记载，北宋至元、明、清代，后万村人共考取进士15名，举人17名，国学生70多名，秀才142名。旧时，但凡村中有人考取功名，便在宗祠门前竖立一杆旗帜。品阶越显赫，旗杆石越宽大，旗杆也越粗、越长。旗杆石犹如一帧帧立体的"荣誉证书"，彰显身份，昭告世人，也借此有形的载体激励村中后学努力用功，发奋苦读。遥想当年，万氏宗祠前旗杆林立，风吹旗飞，飒飒有声，相映生辉。

据不完全统计，新中国成立后，三江后万一族佳木繁枝，挂果累累，考取清华、北大、北航、北邮等重点大学的有200多人，还有不少奔赴美国、英国、加拿大、瑞典等国留学，博士、硕士、教授、高级工程师及各类专家200多人。

从这里，还走出了共和国第一位女省委书记万绍芬，她是江西省第六任省委书记，曾担任中央统战部副部长。一直情系故里的她，四处筹募资金，科学规划村庄建设，群策群力改善村貌，修路造桥，修复鲤鱼塘，兴建万芳园、学府苑，塑造迪公像……带动许多走出后万村的族人反哺家乡，共建故里。

三江后万一族有严格而完备的宗族法规，分为孝、教、礼、戒四类，共13条。"孝"居于首位，有三层含义：一是尊重父母长辈之孝，二是对先世宗祖的祭奉之孝，三是生儿育女传承香火之孝。据后万村（居）民理

事会会长万德仁介绍，旧时后万村的巷道中间铺麻石，两边铺红石，南方多雨，石生青苔，族中便定下一条规矩：逢雨天，老人和孩子走中间麻石，少壮者只能走两边红石，方便照护老人和孩子……族规还对戒酗酒、戒淫欲、知礼节有一整套严格的规定。

村中6条古巷，有一巷名"必大之门"，也称曹门，是古时宗族执法之堂。曹门属明代建筑，青石门柱呈八字状敞开，横楣刻有"必大之门"四字，下列八级台阶，踏之，庄严肃穆之感油然而生。"必大"二字取自远祖典故，有繁衍昌盛之义。古有占卜的官员说："魏，大邑也；万，盈数也。是而封毕，天启之矣，后必昌大。"每当执行族规时，族长、乡绅、老者走上台阶，踏入"必大之门"。而违反族规将受惩罚者，只能从曹门巷内的偏门进入。这一仪规之中，"贬"意鲜明，促使违反族规者反省，也借此警醒其他族人。

在后万村，即便是普普通通的村民，也自小熟知为人之本、处世之道，谨守礼节本分。朝浸暮润，年深月久，教养便在一个个后万人身上自然形成、显现，进而衍化成一座村庄的格调与气度。

至今，在后万村，没有聚众打牌的风习，更遑论赌博。村中的文化活动室设有一间图书室，各类图书都有，方便村人闲暇时翻读、借阅。平时，村中老人除了忙碌家中杂务，或看电视，或闲聊天，安逸本分度日。

以约定俗成的一套规矩来治理村庄，以奖惩分明来规范村人的行为，以唤醒自律、自洁、自理、自尊意识促成每一生命的成长——植根于传统农耕社会的这一方式依然在后万村延续。今天的后万村，除了政府管理机构外，还有特殊的民间治理组织——由后万村人推选出的村（居）民理事会，在现代化进程和现代生活方式全面渗透的背景下，维护着后万村古味尚存、秩序井然、和睦安适、素洁体面、端方有为的形象与精神面貌。

穿行在后万的村巷中，不少面目古拙的屋宅，铁锁把门。听邻居介绍，屋主人去往外地工作、探亲或是定居了。也有的屋宅大门虚掩，走进去，一地碎砖残瓦，杂草蔓地丛生，悄悄向着无人驻守的厅堂挺进。一处客厅的木墙上，居中贴一幅"观音送子"图，边墙上贴着明星照片，国内演员张翰与韩国演员张娜拉比肩而立。偏屋木门上，贴着羊年的年画，想来屋主人是2015年迁出的……后万一村，登记上谱的有3000多人，但平时常住村中的只有200多人。其中，有两老和儿子住对门的，有两老和儿子、媳妇、孙子挤住一处的，也有一些独居的老人。

阳光下飘荡的衣物，簸箕里晾晒的长豆角，泄露着日常生活的些微细节。偶有一只白鹭，从层叠屋脊上飞过，或是一只黑底红斑蝴蝶，在丝瓜、茄子的瓜叶间歇停，二三麻雀在树梢发出一点儿也不喧闹的叫声。整座村庄，显得安谧。逢到年节，尤其是后万村人格外看重的冬至和清明两个节气，这些屋宅、巷道才会被喧腾的语声、叫声、笑声给填实塞满……

这座千年古村，在漫长的时光中，承接了历史的风云激荡，孕育了一代代杰出忠义之士，也留下了一则则动人的故事，经由文字记载、口耳相传，而成了独属于后万村的"记忆"。

1853年太平天国翼王石达开率军攻打南昌，曾与清军在后万的狭长街巷中展开激战。想来那可从村西穿到村东的一户户小门，充当了突袭和反击的暗道和机关……

1927年八一南昌起义后，周恩来率起义军南下，曾路过后万村。那年8月3日傍晚，天气闷热，从三江北面走来了一支200多人的队伍，战士身着灰布军装，衣领上系一条红布带。看到当兵的来了，三江街上和后万村的老百姓纷纷关上门窗，躲进屋中。后

万村的乡绅们却主动迎上去，听说军队要在这里住宿一夜，乡绅们一商量，将他们安排在祠堂（当时是三江小学）里。一位青年军官说，还需要一个单独的房屋。乡绅们便打开祠堂旁边茶亭庵的门锁，一位面目和善、英俊帅气的军官和10多名随从走进了茶亭庵。

乡绅们得知这是刚刚在南昌城发动起义的部队，愈发不敢怠慢，赶紧杀了两头猪，从塘中捞出百十斤鱼，买来豆角、茄子、辣椒、空心菜、酒等送到祠堂。那位住在茶亭庵的军官很和气，一定要如数付钱，乡绅们坚决不收，他才作罢。第二天部队开拔，乡绅们走进祠堂和茶亭庵，发现这里干净整洁，战士们特地将祠堂和庵堂打扫了一番。从三江赶来的"老同源"老板蔡郁棠，送来200多斤当地名产——荷叶蒂月饼，赶在部队出发前送到了战士们手中……20多年后，中华人民共和国成立，三江后万的乡绅从报纸上看到了周恩来的照片，才恍然大悟，也深感自豪：原来当年住进茶亭庵的是周恩来总理！

有专家考证，周恩来的母亲也是豫章万氏的后代。清代向塘合汽万家的万清选是万庭兰曾孙，由科班而仕途，知江苏淮安府，生下女儿万冬儿（十二姑）——周恩来母亲。如果此说确实，在周恩来的骨血里，也隐埋

曹门巷

曹门即必大之门，
执行族规时，后万的族
长、乡绅和老者都从曹
门巷出，进入必大之
门，违犯族规者则只能
从曹门巷的偏门进入必
大之门接受处罚。

中国传统村落
后万古村

有万氏风骨。

抗日战争时期，南昌未能逃过沦陷的命运，万氏族人不愿做亡国奴，纷纷背井离乡、流亡四处，有的旅居港台及海外。后万村也遭受战火荼毒，日寇多次轰炸、扫荡后，大量房屋古建被损毁。抗战胜利后，四散各地的万氏族人纷纷回迁故里，重建家园……

据万德仁介绍，1933年第十四次修谱时，后万村遗存古宅158栋。惜乎先历日军战火之劫，再遭"文化大革命"浩劫，白马庙、茶亭庵等多处珍贵文物被毁。建于1808年、体势恢宏的厚庵宗祠，也在1972年被夷为平地。至1992年第十五次修谱时，后万村仅存古宅61栋。这些年，村民保护古建筑的意识增强，花费不少物力财力，但因为砖木结构的老屋年久老化，或是村民改建新房、另栖他处，后万村现存古建筑民居50多栋，其中有明代建筑，也有清代建筑和民国时期建筑。如鹿鸣巷26、27号，横梁上有"崇祯七年"纪年题款，是典型的明代建筑，正梁拱曲，柱基为木墩，穿拱挑檐，无雀替撑拱，窗雕古朴；如后万村88号，是典型的清代民居，砖木结构，穿斗式木构，一进天井式；再如后万村72号，红砖房，建设年代不算久远，但门头上石质阳刻的"厚皞"二字，颇有古意。

每年，国家会拨付一定款项用于这些古建筑的维修和保护。

村前的鲤鱼塘，开基时即有。清乾隆年间，后万的"康乾七宾"（七位乡绅）筹资3万多银两，购来一批红石，修筑村旁临江石堤（防御洪水）和十八坡台阶。余下的红石，被村人环池塘砌成一圈石栏。抗日战争爆发后，族人四散各地，无人看顾的村庄一度走向荒败，池塘石栏多数倒塌。新中国成立后，陆续回来的后万村人将池塘修复，惜乎"文化大革命"时期又遭到损毁。直到改革开放后，生活逐渐安定，步步向好，经后万女儿万绍芬多方联络、筹集资金，乡亲们群策群力清淤泥，引活水，建石栏，种草木，在池塘前的淤泥荒地上开辟出一座"万芳园"，园中草木葳蕤，香樟、桂花树、马尾松、山刺柏、芙蓉、杜鹃间，立一尊先贤万迪公铜像和纪念碑，使之成为村民休闲、学生读书、后人缅怀先贤的一处佳境。

各方贤达也纷纷捐资出力，修复了"双节牌坊"、乾隆古井等古迹、民宅。一座破旧的三进古民居被改建得面目一新，成为村民文化活动室和村（居）民自治理事会办公室，侧面上嵌有繁体的"养暇处"三字。一座民宅被辟为"秀挹三江腌菜博物馆"，用后万村乾隆古井里的清冽泉水腌制的萝卜，冬天种植，春天发酵，夏天窖藏，秋天出品，素有"一寸腌菜一寸金"之美誉，成为三江后万擦亮乡村的一帧"美食名片"……

2013年，三江后万村以其古老悠久的历史、丰富而有意味的遗存、素洁雅丽的环境，加之人文荟萃、人才辈出，被国家住建部、文化部、财政部联合列入"中国传统村落名录"。

光阴流转，时代变迁，当年耸立在祠堂前的木质旗杆早已朽烂不见，旗杆石一度因兵燹动乱、风云变幻，被淹埋在泥土中。1992年，万绍芬提议，将湮没多年的旗杆石重新启用，竖起不锈钢旗杆，每逢国庆、春节及其他喜庆的日子，这座千年古村便会升起国旗，让一抹灿红点亮后万村的天空……

村庄的秘密

耿 凤

只 10 月中旬，寒露刚过，田垄边的杂草上就落下了点点晨露，亮晶晶的，星星一般。路两旁是刚收割完的庄稼，今年雨水格外多，耽搁了秋收，小麦还没来得及全部播种，只有村人供自家上桌的白菜萝卜之类仍绿得流油。

这里是我的家乡，北方平原平平无奇的一个小村庄——无极县北丰村。有传说清代磁河发水，东丰村被冲毁，部分人迁居至此。因地理位置居东丰之北，故称为北丰。传说毕竟是传说，并没有找到可靠的佐证。但磁河是真实存在的，它被灵寿县人称

作母亲河，可以此河命名的村庄却是无极境内的磁河店村，而磁河店村在县城城北，我的村子在城南。也有人说城南残存的河道是老磁河。可在我的记忆中，我的村子没有河流，没有山川，如果硬要说，村南与邻村相接的位置确有一座小桥，桥下纤细的流水从未清澈过，自西向东，不急不躁，隔着很远就能闻到刺鼻的气味。我曾不止一次在去镇中学的路上蹲下来看它，它是有颜色的，有时蓝色，有时绿色，有时还会幻化为红色。我就出生在这里，成长在这里，直到考上大学才走出我以为的一方天地。那时候，

每每站在田间小路边，就觉得全世界都如我眼前的样子——遥远至天边的麦田或者玉米林，望也望不到边，走也走不到头。那时候，父亲走在前，我跟在后，有村人遇见，打趣说我是要考大学的，哪能去地里干活儿呢。父亲就机智回应，说这叫"知识分子下乡"。我能从他简单幽默的话语里察觉到他脸上的笑。

清早，母亲准备好白酒，又嘱咐我切一个苹果，把煮好的鸡蛋带上。

过去几年了呀？她像在自言自语，又似乎是向我求证。

哦，10个年头了，真是快呀。没等我张口，她一个人完成了问答的整个过程。

小姑姑陪着我们姐仨去给父亲上坟。我无意踢到垄边的晨露，它们瞬间颤抖了身子，随之摔在地上，摔得粉碎，没有声音。谁不是这样在细碎的光阴里走着走着就突然不见了，再也没有回来。整10年了，总觉得10年的忌日不同往年，我有必须在场的理由，而10年的光阴能淡化一些事情，也能保留一些记忆，还能改变一个人。我早已能够克制住内心疯狂的小兽，在父亲离去这件事上保持一定的冷静，这又不免让人觉得，终究是硬了些心肠。

10年前的秋天与众多个秋天没什么不同，乡邻忙于秋收新一茬的玉米，又忙于耕种来年的小麦，就像刨出一个他们往年亲手埋下的秘密，再种上来年的秘密。大地藏着数不清的秘密。村庄也是。他们步履匆匆，无暇顾及这个村庄有一户人家的男主人无力地躺在床上。大地上的活计就是人们毕生的消磨，双手磨满了老茧，眼睛磨暗了光泽，而锄头和铁锹这些农具却一年一年越磨越锃光瓦亮。他们就是这样从土地里冒出头来，最终又低头钻进土里。匆匆忙忙的一辈子倏忽而已，有几个人会心心念念地叨念起我的父亲呢？

那个秋天的父亲，沉默已不期而至，并悄悄蔓延他的全身，只有生来倔强的脾性还在努力支撑起他一生最后余光的尊严——给我换换衣服吧，他总是对我说。

那个下午，屋外的阳光有些暖意，毕竟是秋天了，光穿过玻璃就好似过滤掉一半的温度，但这仍然勾起了父亲想出屋的心思。我搀着他走出屋门，他拒绝了我要拿个舒适的板凳的提议，直接坐在了门前的台阶上。大地升腾的体温与午后太阳的体温碰撞，落在我们屁股底下的地板砖上。父亲眯起了眼睛，左胳膊支撑着侧门拐角的高台，右腿弯曲，右胳膊随意搭在右膝盖上，修长的手指自然下垂。我

拿来剪指刀帮他修剪手指甲，又端来一盆热水给他泡脚，再修剪脚指甲。他满足地嘴角上扬，不说一句话。

等我再回屋给他拿外套时，他已经蹲在了靠近西院墙的小菜畦边。那是父亲一手开辟的菜畦，菜畦周围用枣红色砖瓦砌了篱笆，刚刚露出头的小白菜苗再过些天就能采来烹煮了。

第二天，父亲像往常一样靠在床头，背后垫高了一层被褥，不时望向窗外。往年的农活儿父亲是主劳力，而这一年他一定是有心无力——脾气急躁了一辈子，此时只能透过玻璃窗看着院子里还未上房晾晒的玉米，再扭转一些角度，因蛋白质流失水分蒸发而愈加干瘦的屁股也顺势抬高了一分，又看一眼菜畦里的小白菜。这些动作在近些天来出现得愈发频繁，也愈发熟练。而看天气预报是父亲多年来养成的习惯，晚上7点钟的《新闻联播》和之后的《天气预报》，没有人会不知趣儿地提出异议以求看自己想看的电视节目。我们心知肚明，这几乎是徒劳。

父亲看着播报员报完石家庄的天气，对着坐在沙发上的堂兄，也就是我堂大伯说，这天儿没事，等种上麦子下雨也不怕了。他有没有再说什么我已记不清，他只是轻微咳了几声，缓了一会儿又咳起来，等我从还未结束的《天气预报》转移到他身上时，鲜血已从他的嘴里喷涌而出，那是多么可怕的喷涌，即便在我的想象里都不曾出现过。

父亲走了，在我把他收拾干净以后，走了。这算不算我送了父亲一程？我总是这样问自己。在我们那个村子，卧床的病人是不让擦洗换贴身衣物的，有送走之意。我对这些传言，或者说规矩毫无恭敬之心。在父亲走的前一天，在那个阳光有些暖意的下午，我做了所有在乡邻看来是大逆不道的事情。我跪在母亲面前，坦白一切。我有着深深的自责。我开始怀疑是不是因为我的举动才送走了父亲。一股彻骨的凉意从膝盖渗入，弥漫全身。大地用寒凉回应了我。而这时，秋风及时赶来，带走了因病痛折磨进食困难已骨骼尽露的父亲。秋风完全有能力把他带走，还给大地。

那个风雨交加的高考过后，我到省会石家庄读大学，成了村子为数不多的大学生，毕业后又留在市区工作，从石家庄到无极也就一个小时的路程。每次返乡，我都要绕着村子走上一圈，再沿着村西往西一直走到我家的田间地头。在这条路上，能远远看到父亲的坟头。村子还是那个村子，它不曾改变，即便风带走了一辈又一辈，而香火从来都是生生不息。

村子又是变化的，它的变化循序渐进。我走在四季的循环往复里，走着走着，就在房屋和田地的交界点冒出一个简易的休闲公园，健身器材零星分布其间；再继续走，又在我家门口往西的路上发现新长出来一条公路，好奇心驱使我沿着这条路探个究竟，一直走，路两旁竟然都是我熟悉的乡邻，可家家门前种了桃树、山楂树、柿子树，春天是花，秋天是果。走到尽头，路自然向东延伸，视野变得开阔起来，夕阳就在无垠的田地里任意游走，光线穿过我的身体，又渗入我脚下的土地。等意识到沿着这条路可以绕回我家门口时，像是得到一件多么令人惊喜的礼物般，这太不可思议了！

自此以后，再回故乡，我多了一条认识村庄的道路。

今年国庆下了四天四夜的雨，淅淅沥沥，丝毫没有停的意思。院子里的一盆盆花草被雨洗过，欣欣然的样子。石榴树被砍了好多年，今年又莫名结出两个硕大的果子，你永远不知道一个生命有多脆弱或者多强大。它身旁的核桃树疯了似的生长，本是在县林业局的姨夫拿来一株幼苗让母亲种着玩儿打发闲暇，可谁知一发不可收，年年结的核桃母亲怎么也打发不完。她一心想除掉这棵遮盖了整个院子的核桃树，抱怨树的根系太深，菜畦没有办法像父亲那样再种菜，奈何她没那本事，只能任由核桃树肆意地疯狂壮大。那几日我总坐在阳台，听雨打核桃，啪啪往下落。脆生生的声响儿，砸在大地之上，疼了谁的身，又疼了谁的心。

终于在雨下了三天两夜的那个下午，我找出一把雨伞打算出去转转。母亲见我坚决，便提出要陪我一同出门。她一路像个村庄讲解员，指着路口"青年路"的指示牌，说，以前这牌子都在各自家的大门上钉着。我清晰地记得多年前的那天，父亲拿着一个蓝底白字的铁牌子进了家门，他一边摇晃手中的牌子一边对我说，青年路18号，这个门牌号好吧。

走到我家房后，几个墨蓝色一米多高的垃圾箱站在雨中的路边，现在有了这些垃圾箱，村里的垃圾都有专人定时清理。而在这之前的生活垃圾，几乎全部是倒在小学对面的墙根下，墙上粉刷着九年义务教育的宣传语——做德智体美劳全面发展的社会主义建设者和接班人，白色黑体大字下面是日渐堆积成山的垃圾，一到刮风下雨，学校门前的路无处下脚。

随着生活条件和经济条件的不断改善，村里的孩子越来越多被送往教学设施更完善、师资力量更雄厚的学校读书，我的外甥就是个例子。母亲曾用"学校没多少孩子了"来回应我的半信半疑。而如今，昔日的北丰小学正门挂着"张段固镇北丰幼儿园"的牌子，对面的垃圾堆已拔地而起一户二层小洋楼的人家，学校西邻一间多年的平房也夷为平地，只是还没收拾利落，母亲说是村委会决定拆除的，因为影响村容村貌。

透过学校的栅栏门向里望去，五彩斑斓的游乐设施摆在院子当中，目光从这些滑梯、跷跷板穿过，鲜艳的五星红旗后面，半隐藏着一栋绛红色楼房。我问母亲那栋楼房是哪里。母亲形销骨立的身子向前探了一探，昂了昂头，说，咳，那是小学，新建的教学楼。

我瞪圆了眼睛看着母亲，她年轻时该有多美——柳叶弯眉在她脸上演绎得淋漓尽致，双眼皮，瓜子脸，即便容颜老去皮肤松弛，可秀美的痕迹仍依稀可寻。再去看不远处的小学教学楼，竟有了穿越荏苒时光的恍惚。

母亲带着我绕过一条小街，转而走到北朝向的小学门口。大门右侧悬挂"张段固镇北丰小学"的牌子，曾经九年义务教育的宣传标语也变了，一侧为"教育以育人为首"，另一侧是"育人以德育为先"。因为国庆放假，学校安静得很。母亲跟守门人打过招呼，破例让我进学校看一看。新教学楼有三层，玻璃窗，我站在楼下四处逡巡才恍然大悟，这座新建的教学楼不就是我上学时的操场吗？那时候的操场外围是一片杂草滩，即便调皮的男生也不敢爬上墙头探出脑袋瓜去看个究竟。幼儿园和小学前后共用一个院子，各自大门朝向南北，看似独立，实则一体。

走出学校大门，斜对面是前年新落成的村委会大院，清明节时，我曾陪母亲走进这个大院因宅基地问题签字。村子一度没有自己的村委会，确切说也曾有过，在村子中心的那条街上，后来村里唯一的药铺搬了进去，占用了村委会一半的房间。药铺的医生姓韩，毕业于省名牌医科大学，他本该有个好前程的，却偏偏回了农村继承了父亲的衣钵，我每次看他都觉得有点赤脚医生的意味。因为病看得好，别的村子的乡亲也来找他看病，渐渐地，那院子的病人多起来，村委会便没有了村委会的样子。

在离村委会和学校的不远处，前几年盖起了一栋单元楼。这单元楼是村里耿占军和另外几个人合资盖起来的，入住率也不错。耿占军我熟悉，无极是皮革大县，那些年，城南的村庄几乎村村搞皮革产业，父亲拿出老本开办了一个皮革加工厂，耿占军正好做皮革，我们冥冥之中成了邻居。靠着皮革业，富了城南一批人，环境自然也可想而知，县环保局为此没少下狠力整治，去年夏天，各村皮革厂开始集中搬迁进皮革工业区，污水排放得到有效治理，村北小桥下的缓缓细流也不再五彩斑斓。

耿占军人高俊朗，高中时总是鼓励我要努力学习，考一个好的大学。当我在微信上问候好久不见，他也感慨，真是好多年了。进村的那条马路也是他联合几个皮革厂出资修起来的，如今，这条路的三岔口竖着一块一人高的红色牌子，上面书写——乡风文明示范街，培育文明乡风、良好家风、淳朴民风，最下面提示县委宣传部制。

我打着伞站在雨中的路口良久，母亲不说一句话陪在我身旁。她是怕打扰了我的思绪，还是同我一样，回想这个村子多年悄无声息的变迁。该多么庆幸，它没有被风吹成一副空皮囊，反而越发骨血充盈健壮，生存在大地深处的人们所有的秘密都被它小心收藏。

父亲刚离开的那几年，我总是做梦。梦见父亲从土里爬出来，头发上、衣服上带着湿漉漉的泥土，鞋子上也是。我总是走上前，替他从上到下拍落所有的泥土，他就咧开嘴笑着看我，露出两排因抽烟熏得有些发黄的牙齿。

有一次，我半夜醒来，回想在我的梦里出现的父亲。我一直追，他就一直跑，鞋子都跟不住脚了也不停止奔跑。那条通往田地的小路真幽长啊！他边跑边回头看我，这时，我的姐姐、表哥表姐仿佛一帧画面突然出现，我气喘吁吁地对着他们大喊——快拦住他，快拦住他！可是没有人理会我，我也没有时间停下来跟他们算账。就这样，我们跑到小路的尽头，又开始穿越刚没过脚踝的麦田，等父亲终于不再奔跑，他回过头，站定，伸出一只手，说——别再追了，我到了。

我躺在漆黑的夜里，想象他到达的那个地方，定是要长久生活的归处——大地深处，那里土壤湿润肥沃，庄稼根系发达。

给父亲上完坟，我随母亲扛着耧耙又走过那条通往田间地头幽长的路。当我站在深秋的华北平原大地上的时候，看着自己被午后的阳光拉长的影子，才突然意识到何谓乡愁——是我魂牵梦绕沉下的土地和日思夜想牵念的人。

国庆回乡记

李 皓

尽管父母早已搬到故乡邻近的镇上居住多年，但我对那个自己生长了 18 年的故乡，总是心心念念。郭大姐在微信里一次次邀请，她总是用"回家看看"这样的字眼，让我无法拒绝。

文友庄崖住在与普兰店区相邻的庄河市，我的老家与庄河市只有一河之隔，可谓一衣带水。9 月 30 日，庄崖用他味道十足的胶辽方言给我打来电话："皓哥儿，国庆节来庄河转转吧，我带你去一个好地方。地方暂时保密，但我敢打包票，依你的性格，你一定会喜欢的。"

好嘛，这小子在吊我胃口呢！敢情他知道，对于好山好水，我是禁不住诱惑的。

一个国庆回乡的线路迅速在我心中形成：10 月 4 日从大连直奔庄河，住一晚，10 月 5 日上午回墨盘老家，下午顺路去城子坦看望一下父母，晚上回到大连自己的小家。

一、小溪

天气预报说，10月4日上午大连地区有大到暴雨，我和庄崖商定：待10月4日中午大雨过后，我们即从大连出发。

及至4日上午，天气尽管有些阴沉，但并没下雨。准备与我同去的老吕有些着急："越野车都急不可耐了，赶紧上路吧。"老吕是我的诗友，老家也在庄河。这次为了回乡，干脆没开自己的轿车，特地跟朋友借了一辆越野车。老吕的心情我完全理解，但我比他更"沉着冷静"一些。老家有这样一句谚语：好饭不怕晚。

4日下午，驱车两个多小时，我们抵达庄河市内，庄崖在一间不小的画室安排我们茶歇。庄崖是当地的文联主席，一个很有文学情怀之人，多年在宣传系统、市委文秘部门工作，跟当地的文化人很是熟络。

这间画室是陕西画家李苦寒先生的，由于其女儿嫁到了庄河，李先生看到庄河的好山好水好空气，果断举家搬到小小的庄河来定居。无形之中，庄河捡了个大便宜，在国内书画界颇有名气的李苦寒先生能"屈就"东北小城，真是一件幸事。

李先生对我们说，之前对女儿来东北，他是颇为排斥的。但来过之后，这里的风土人情，高山流水，这里的海洋性气候，深深地打动了他，随后便义无反顾地带着自己的所有心血之作，包括自己收藏的黄冑等书画大家的画作，开办了这间画室。李先生表示，他很开心自己能在这样一个好地方度过余生。

作别李苦寒先生，在庄崖和当地作协主席周姐等人的陪同下，我们驱车去往一个叫马道口的地方。

周姐让我坐她的车，我知道好久不见的周姐要和我说说话儿，我索性坐到了副驾驶的位置。

周姐告诉我，马道口是个大山深处的小山村，隶属于庄河市仙人洞镇。庄河市拥有辽南第一高峰步云山和第二高峰老黑山，马道口就在老黑山的深山里面。之前因为山高路远，交通不便，这个村极度落后，多年都是市里的帮扶对象，但越帮越穷，总也不见起色。市里面领导急，有一个人更急。

这个人有个笔名，叫"小溪"，是马道口村党支部书记。

马道口村在大山的西北，山的另一面，也就是大山的东南，有仙人洞国家级风景区，有冰峪沟旅游度假区。山那边的老百姓，都过上了好日子。小溪中学刚毕业那会儿，曾经作为马夫，在那边的旅游区整天牵着马供游客骑行游玩，赚点微薄的收入。干了几年，小溪幡然醒悟，他找到了老百姓致富的一个门路：搞旅游。

小溪从山那边回到了山这边，回到了生他养他的马道口。

马道口，顾名思义，适合牛马等牲畜行走的山口。

当上村委会支部书记的小溪，先是带领全村老百姓修了一条通往山里的柏油路，让马道口村迅速连接了山外的世界。紧接着，小溪率先搞起了农家院旅游接待户，并以村委会的名义扶持另外两家有条件有能力的农户，搞起了乡村民宿。短短几年，马道口村迅速脱贫，农家院、民宿的生意红红火火。今年建党百年，小溪实至名归被评为大连市优秀共产党员。

我们到达马道口已经是晚上7点多钟了，小溪一直在"浪漫岛"等候我们。浪漫岛是小溪经营的农家院的名字，在夜色的掩映下，院子里灯火通明，游客们进进出出，一派热闹景象。我们在小溪的书房兼卧室坐下，我开始仔细打量小溪。

180厘米以上的个头，稍微偏黑的脸庞，透着健康的紫红色，神情里略带一丝羞涩。小溪穿着一件红色的T恤衫，胸口部位还绣着一面国旗。我突然想起国庆那天收到的许多祝福

微信这样写道：如果信念有颜色，那一定是中国红。

不善言谈的小溪默默在给我们沏茶，茶几的一角放着两摞正在校对的稿子。庄崖向我介绍说，这是小溪正在准备出版的两部书稿。这些年在工作之余，小溪一直在写一些小散文小随笔，时不时发在朋友圈里，为马道口做广告，吸引了不少游客。特别是有好几个大连的城里人，来马道口玩过几回之后，干脆来这里投资，做起了民宿生意。

庄崖随手从书稿里抽出一篇递给我，我一看，题目《马夫》，正是小溪回忆自己在山那边的景区做马夫的经历，尽管文笔稍显浅显，缺乏必要的修辞和写作技巧，但赤子之心昭然，充满了乐观向上的情绪。这样接地气的朴实文字，真切地打动了我。更让我感动的情节是：小溪本来爱好摄影，恳求父亲能给他买一台照相机，但父亲用买照相机的钱，给他买了一匹马，让他自己出去谋生……

第二天早晨，我沿着院子里长长的葡萄架，走出"浪漫岛"，向山上走去。

10月的山间，已经颇有寒意，但空气是沁人心脾的，吸一口，清凉，微甜，不含一丝尘埃和杂质，倦意荡然无存。露水不时从树上滴落下来，

恍若甘霖，而鸟鸣和着路边小溪哗哗流淌的声音，一直流向远方的英那河，简直就是世外桃源的感觉。

路边又出现几家民宿，门口都停满了来自大连、鞍山、沈阳、丹东的私家车。

我抬头往山顶望去，白云荡漾在山腰处，雨后的远山尽显水墨的画意。我想起了儿时故乡的模样，人届中年，总在城市里游走，竟然忘记了曾经那么熟稔的一切。看来，我有一种不可名状的病。

回到"浪漫岛"，小溪站在院子里等我们吃早饭，我看到他的红T恤衫国旗的上面，赫然戴着一枚党徽。

哦对了，这个憨厚老实但内心里很是浪漫的男人，名叫蒋宝春。

二、花生

告别马道口，告别小溪、庄崖、周姐等人，我们不再返回庄河市内，而是游走在大山之间，在柏油铺就的山路上欢快地飞驰。两个小时，百余公里的路程，我回到了魂牵梦萦的老家——大连市普兰店区墨盘乡。

是的，我没有写错，是墨盘，而不是磨盘。

郭大姐说，磨盘更像一个器物——石材，冰冷而缄默；而墨盘是温润的，是有质感的，是有文化的，是可以开口说话的。

郭大姐的话一点儿没有吹嘘的成分，这里曾经是普兰店区最穷的乡镇，但文化土层并不贫瘠。这里现有两个中国作家协会会员，省级作协会员好几个，而从普兰店走出来的中国作协会员，统共也就五六个。

至今，墨盘也没有什么像样的工业，倒是墨盘的花生近几年越来越有声名。

许是山东人后裔的缘故，墨盘人对种花生很有心得。我本人祖籍山东莱阳，我没有考证莱阳是不是花生之乡，祖上第一代闯关东的人或许带着花生种子扎根墨盘也未可知，反正我是吃着花生长大的墨盘人，直到18岁随在电业部门工作的父亲离开老家，搬到了附近的小镇城子坦。

不管搬到哪里，我唯独吃花生的习惯一直没变。我最爱吃刚从土里拔出来的花生，新鲜的，湿漉漉的，一咬就嚼出白白的汤汁……我只吃名叫"大白沙""小白沙"的品种，现在好像叫"海花"，这是郭大姐家姐夫告诉我的。

姐夫退休前是乡里的农业助理，标准的国家公务员。按说，退休了他就该到县城里去养老，那里的房子都装修好了，闲置好几年了。但姐夫是个倔脾气，认准的理儿，谁也改变不了他。郭大姐做过副乡长、副书记、乡人大常委会主任，官儿比姐夫大多了，但在家里就是拗不过姐夫。

姐夫在乡文化站边上，租了一个足有五六个篮球场大小的库房，成立了一个专门收购当地花生的合作社。每年秋天，姐夫将收购来的优质花生集中卖给山东的花生出口企业，按需求分别出口到欧盟和日本。这样，墨盘老百姓的后顾之忧就彻底没了，只管每年好好种植花生，秋收后随行就市，一并卖到姐夫的合作社，然后安心过冬，享受脱贫致富以后的悠闲生活。

姐夫告诉我，他每年收购花生需要500万元现金，这对一个普通公务员之家是个巨大的压力。每年都东拼西凑，求东家，借西家，熬了一年又一年。眼看着乡亲们的日子一天比一天好，自己也尽到了一个共产党员的责任。

墨盘乡靠花生致富的消息不胫而走，邻近乡镇种花生的农民也开始将花生卖到墨盘乡，姐夫的合作社无法消化这么多花生。姐夫跟乡里领导核计，通过招商引资，又引进了好几个花生收购和加工企业，这样，出口连带内销，墨盘的花生产业越做越大，成了大连市的花生集散地。

天有不测风云。去年，在大连市内打拼的儿子，不幸因病离世，才30多岁，还没有成家。郭大姐和姐夫一家的天塌了，白发人送黑发人，夫妻俩万念俱灰，什么也不想做了。但秋天来临，看着白花花的花生，看着乡亲们期待的眼神，姐夫含着眼泪打开了仓库的大门……

我的同学张晓瑜清楚地记得，那天是2020年10月6日。张晓瑜在姐夫的合作社做副总，他说，今年花生又丰收了，过完"十一"我们就要忙起来了。

一方水土养一方人。墨盘的沙性土质其实属于贫瘠的土壤，但它特别适合花生生长。倔强的墨盘人就认准了花生，一种就是几十年，养育了一代又一代人，质朴而又健康。

姐夫说，日本人特别喜欢墨盘的花生，不仅颗粒饱满，而且壳儿纯白，不含一点儿杂质。

我说，姐夫我写写你吧？！

姐夫说，写可以，但不要提我的名字，或者干脆就把"花生"作为我的名字。

一段时间以来，我特别想找一个依山傍水的地方，盖一处房子，把我这些年积攒下来的书都放进去，盘上东北火炕，再留出喝茶、习字的空间。

特别是要有一个院子，种些时令蔬菜，栽些瓜果梨桃，最要紧的，是一定要种些"大白沙""小白沙"花生。有时闭门谢客，读书思考；有时高朋满座，曲水流觞……

这一趟故乡之行，我似乎找到了答案。

我的梦，指日可待，触手可及。

福屯，福屯

冯 艺

福屯，是我的祖籍和福地。

辛丑年初，福屯村委会给我捎信，说我们的老宅空置，无人居住，长期失修，残朽之形有碍观瞻，影响家乡乡村振兴的村容村貌，希望我们拆旧建新。父亲与兄年少就离乡，早已不在世；姑姑远嫁他地，亦已鲐背，我成了家中长者。拆，还是不拆？拆了后，还建不建？拆了建新宅，花了钱也无人常住。这个问题成了纠结。

我虽不在家乡土地上出生和生活，但福屯之于我，却是父辈所经历与承载的历史、记忆以及由此而产生的情感，也是我内心与故土之间无法切割的血缘纽带。

自 20 世纪 40 年代初离开老家，历经 30 多年风雨之后，父亲第一次回老家。我是那一次跟随着父亲第一次走进福屯。那时候，感觉回老家的路很遥远。先是坐很久的汽车到一条江边，搭了一个晚上轮船，然后上岸再坐汽车。下了车，沿着一条河的岸边走不动为止才到家。父亲说，这叫皇吉河，是一条连通很多大山底下的地下河。那时候，刚刚恢复高考，从地理复习的书上，我知道地下河也叫暗河，是碳酸盐岩分布区一种独特的喀斯特现象。这种穿山的地下河，河的水面与地表河的水面等高，往往是连接相邻两个溶蚀盆地中地表河的通道。皇吉河两岸青山耸峙，河面水汽袅袅，氤氲着一种古诗里常常提及的牧歌意境。河水舒缓地流动，顺着蛇一样的山谷流淌着，流向很远，不知尽头，令我油然平添几分清幽和隔世的感觉。

徒步数里，前面突然阔朗起来，一个村落兀然而现。"福屯到了。"父亲说。我家的老宅就在河边，是一座陈旧的"干栏"。"干栏"是老家人称吊脚楼的壮话，意为"栈台上的房子"。这是因为山里雨量充沛，土地湿润，植被茂盛，为了避免地面潮湿瘴气的侵蚀，人们在平地或斜坡上立柱架楹，编竹为栈，下层架空，上层居住，自然通风，即使是盛夏，屋内也舒适宜人。村里的建筑都是这样，从山脚到河边，大小不一，参差不齐；或现于山脚，或隐于林中。

家门前有棵粗大的龙眼树，是有年份感的古树，我猜想是爷爷的爷爷种下的。向着河边伸出的树杈有一个很大的鸟窝，筑窝的鸟一定很大吧。走到树下，头顶上空鸟儿鸣啭，那是它们在安逸的家里幸福歌唱。我想，鸟儿很聪明，它们在河上的树杈筑巢，可以避开村里那些爱掏鸟窝的调皮小孩儿。

这就是福屯里我的老家。

读过鲁迅，熟悉他说的一句话，"世上本没有路，走的人多了就成了路"。其实，人类也本没有故乡，某个地方待得久了，便成了故乡。那一次是"三月三"，我与族人们上岜苗山祭拜先祖。族里长者明祥老伯指着最高处的一块高大的墓碑对我说，那是我们的老祖宗。他说北宋皇祐四年，广南边陲反叛，攻陷邕州，继而攻破沿珠江九州，包围广州城，岭南一带动荡不安。宋仁宗遂命名将狄青率官军南下广西，迅速讨平了南疆之乱。平乱之后，因路途遥远，交通不便，盘缠已尽，许多北方士兵便留了下来，与当地土著女子屯田成婚，繁衍后代，才有了今日的乡村。

我朝已经风化雨蚀经年的碑刻上仔细一看，模糊显现"明嘉靖年"的字样。明祥老伯把红布包裹着已经发黄的族谱翻开，横平方正的楷书跃然纸上，记载先人来自山东青州。人类的迁徙，总有其内在的原因，尤其中国人，不逢大事决不会轻易离开祖辈生息之地。明祥老伯的说法，丰富了我的想象，脑海便有这样的画面：一个春日的午后，一支刚刚打完仗的北方官军，一路奔波进入南方边陲山里，他们每个人的眼前都交织着青山绿水般的美景，云霞是绚丽的，大地是宁静的。他们不约而同地寻找到不再离开的理由，疲惫的身体和沉重的行囊已经难以移动了。他们相信这块土地可以生息出一个新的世界，尽管他们的足音带着眷恋、忧伤和无奈，但最终还是止住漂泊的脚步，成为这里的先人。

然而，明嘉靖年与北宋皇祐年相隔几百年，福屯立村真有那么久的历史吗？我想，也许碑刻的明嘉靖年间才更为准确吧。因为此时正是田州岑猛之乱，且田州距福屯只有三四百里路，我的先人是否就是那些远离北方家乡，被拉来平定岑猛之乱官军的一员？他厌倦了残杀，与数名同伴躲进山里的福屯过起普通人的日子。我不想当面质疑明祥老伯手上的族谱，这样会伤害他的面子和感情，毕竟，历史上关于迁徙的传说总是依稀，民间的编撰又并非十分准确，但凡族谱往往经历数百年的传承，岁月的洗刷，时光的积淀，已约定俗成了遥远的风景，留给无数个像明祥老伯这样的长者，成了一代接着一代的谈资。正是有了他们的演绎和传播，才使乡土有了民间的历史和民间的文化。毕竟先人选择这个地方，拾荒拓土，开辟基业，被泽后人，还把这方水土命名为"福屯"。我相信一个"福屯"的命名不会是随意的，自然少不了关于风水的传说。

明祥老伯谈起福屯的风水时就眉飞色舞。他说，明嘉靖年王守仁来到广西，就开始对广西各地实地堪舆。有一天，堪舆路过皇吉河，他与村民素不相识，这里的百姓杀鸡捉鱼厚而待之。守仁感到此处人贤礼重，当即前往冯氏先人墓地实地考察，绕墓一周，顺着罗盘眺望远方，即对族老说，"脉气地气所在，鲤鱼上树哉"。果然，那天大雨滂沱，河里涨水。瞬间，皇吉河里数百条金鲤跃出水面，有些鲤鱼竟跃上岸树，极为神奇壮观。守仁临别时说："青牛卧波，畅饮河流，此地了得！福矣！"于是福屯得名，便与这则风水逸闻关联。这是传说，不管你信不信，听了还是蛮心悦的。想起父亲历经风雨，大难不死，最终还能回到家乡，自是得到了福屯福气的庇佑。因为这既是先辈们最早的生命力和创造力破土萌芽的根源，也是我生命的源头和灵魂的根系。由此，祖父们的福地，自然也是我的福地。

记得费孝通先生在《乡土本色》的开篇写道："乡"指的是乡下人生活的村落，"土"指的是土地、泥土。自周代开始，我国就把村落称作"里"。"里"，从田从土，"恃田而食，恃土而居"，说明既然选择了乡村，他们就不像游牧民族或商业人群那样四处行走，而是守护在自己的乡土，像庄稼一样把根深深地扎在乡土。

平时，父亲总是对我们尽情地说起那些艰难岁月走过的大江大河，却从来没有与我们聊过老家田园一湾碧水。但我相信，在这之前一个个寂寞和相思煎熬的夜晚，父亲一定会常常梦见这条皇吉河。清澈的河水，一定是他儿时常常眷顾的地方，因为这条小河是村里孩子的游乐场，天天都能掀起一波波喧嚣的水花。天快黑了，忙碌了一天的母亲们记起了孩子，在一片呼唤或责骂声中，玩得正乐的孩子们一个个不舍地从河里走了上来。

可是，那天走进家门，父亲再也回不到过去，面对着老屋中堂墙上爷爷奶奶的相片，走过枪林弹雨和心灵摧残不曾流过一滴眼泪的父亲，却无法堵住泪水的闸门。屋外那潺潺的水声，让他的心有着无边的寂寞，他那受尽苦难的父母早已如水远去，老宅空寂，目之所及，他的心里阵阵作痛。那天，我懵懵懂懂感受到父亲的体内关于故乡的一缕气息。

历史对人类最大的悲痛在于，往往是人们不记得它。在现在说起来快要让人忘记的日子里，父亲循着皇吉河流水的方向，用一个少年的热切，敞开了深藏的夙愿。因为他看到的是人们艰难的日复一日的生活，他背负

了忧患和创伤。我想他一定曾经把流过家门的河作为一个可以推心置腹的倾听者，看着身边流过的河水，想要找寻心中的上善处所，找寻一条可以成就他梦中的奔腾不息和汹涌跌宕的时代大江。终于有一天，他沿着河走，翻山而去，看着远方更高更大的山峦，看着小河远去，心一点一点地升腾了一种血性。从此，他知道了"国家""革命"的概念，他要寻找更大的江河，把生命的激情平摊于广宇之下，百姓中间。

然而，对许多像父亲这样的人而言，留在老家终日牵肠挂肚的父母，就像墙上的相片，脸上布满深深的皱纹，一如这块土地的沟壑，收藏了许多历史的底片；一如我们的干栏，淡然地看着这个世界和他身边的人，看着这个世界发生的变化。可是地处荒僻，交通不便，亲人们一天两餐玉米粥过日，依然在世外桃源里素净而苦涩着，慢慢凋敝、破败、被遗忘……

好在这个时候，"东方风来满眼春"，风的渗透无所不在，让每一个角落都弥漫着风的气息。我虽然身在城市，而每一份生命履历表上都注册着不可抹去的原乡。尽管老家已没什么直系亲人，但远房亲戚还是不少，老家还是我在内心与故土之间无法切割的血缘纽带。40多年来，每一次回到

福屯，每一次都发现变化。福屯有了高速公路，蜿蜒平阔的大路两旁是逶迤的高山群落，山色由绿及苍。下了高速公路，在连接乡村的柏油马路上，我习惯把车里的空调关了，按下车窗，风穿身而过，心里满是清爽。这样的风带着木叶的清香，山岚的苍羽，花果的芬芳，山泉的甘洌，温润着所有远归的赤子。

家乡人的生活一天天好起来，日常的杂粮、米饭、土鸡、土猪、农家菜，已经不是问题，倒成了我们这些城里人的馋虫和念想。我尤其钟爱家乡的糍粑。福屯水源丰富，阳光充足。分田到户后，乡亲们种下的糯米粒大洁白，芳香浓郁，是糍粑的上好食材。糍粑是家乡最传统的"糕点"。每逢节日，家家户户传来春捣糍粑的"咚咚"声，这有节奏的声音欢快悦耳。妇嫂们站在春池的四周，轮换着从左到右，按着顺序，不断循环往复，边春边聊，笑声阵阵，在人间单纯而欢喜的烟火中糍粑就做成了。当亲人们把热乎乎的糍粑递给我时，那股独有的糯香扑面而来，这时，就像有一只大手要从我的肚里伸出来，恨不得将整个糍粑一口塞进嘴里。家乡的糍粑打开了我的味蕾，慢慢咀嚼，唇齿留香。

高速公路拉近了家乡与城市的距离，年轻人走出大山，或到大湾区，或到省会打工，还把"桂林米粉"开到北上广深。人们走出去，返乡时还把卷舌的普通话带回了家。我好奇地问过他们，怎么操起普通话来了？他们说，在外面闯荡，不说普通话不好交流，普通话不是谁逼你的，而是自然而然学会的。视野拓宽了，有了钱，回家盖栋新房。他们把外出打工中的不同审美观，融入了乡土建筑中，不经意间荟萃起一座座不同形式的新楼房，为福屯留下了多元文化的痕迹。如今，乡道铺上了柏油，路边装上了路灯，皇吉河两岸修葺一新，搞起了乡村旅游。福屯变了，卫生、整洁、明亮，新兴的观念也慢慢形成了。

清晨，我在皇吉河边散步，绿树掩映，花草丰茂，随风摇曳，河水汩汩流动，水光潋滟，鱼儿游动，鹭鸟翔翔。田野上勤耕早作的身影，在葱绿背景衬托下映在乡场上，自然生动。每一块土地都有自己的身世，每一块土地的身世，都是人的前生后世。此时，我们的那座破旧多年的干栏，从来也没有想到过，有一天它也会被岁月淘洗，淡出一代人的记忆。侄儿遇上好年景，学的是建筑学专业，毕业后一直在建筑行当里打拼，在城市里安居立业，生活有盈余。知道村委会的意思后，他决意把老宅推倒重建。他说，重建就要建一座保留干栏元素的房子，把乡情留着，把根脉留住。于是，他亲自设计，兄弟们齐上阵，返乡监理施工。

秋分时节，老家的新宅已活出了新的模样，它沐浴着几代人的福气，稳稳安放在福屯的土地上。它将成为我对乡村情感慰藉中的一个牵挂存在，也成为生活在城市中的我以及儿孙们对乡土感情的延续。有了它，我会常回去看看，多吸纳福田之福；有了它，门前那棵老龙眼树定会生发新枝，树上的鸟儿，也会欢快地在新宅上空自由地飞来飞去……生机勃勃的福屯，已成为我和我的家人常常念叨的所在。

西宁：丁香花与石榴籽的城市

龙仁青

美国自然文学作家约翰·巴勒斯长期生活在美国东部的卡茨基尔山及哈得孙河畔，观察那里的鸟类，让自己沉醉在鸟儿们艳丽的飞羽和啁啾的鸣唱之中，再以那里的山川自然为背景，把他看到的和听到的书写成保有细腻情感的文字。他的书写几乎没有离开过那里。然而，偶然地，他的笔触也伸到了美国西部，因为他发现了一件让他迷惑又饶有兴趣的事情，那就是，那些原本居住在美国东部的居民，当他们迁徙来到西部，便以曾经故土上的物种的名字，命名了新家园的物种，这种张冠李戴、指鹿为马的命名，给讲究规范的博物学分类带来了极大的困扰，然而，这其中却蕴含掩藏着人们对故土的思念，那些取了旧名字的新物种，让刚刚来到陌生的新家园的人们无处安放的乡愁有了一个安放之处。

其实，这是人类迁徙史上的一个普遍现象，如果细心考察，几乎所有涉及人类移民的历史事件中，都能够轻而易举地找到这种印迹。我有时也想，这种普遍现象的发端，其实也是一个人的一种个人行为：那个人十分想念他背井离乡的故园，当他在尚不熟悉的新家园看到某种物种——路畔的一朵花儿或者飞过头顶的一只鸟儿，它们与故乡的一朵花儿或一只鸟儿有着许多神似的地方，它们的一声鸣叫，抑或是淡淡的花香，让他有一种宛若回到了故乡的错觉，这让他停下脚步，仔细观察良久。他很快发现了新物种与故乡他所熟悉的物种的不同，一丝微微的失落掠过他的心头。他明知不对，但他依然以故乡物种的名字命名了他看到的物种，慢慢地，更多的人也默默认可了他的这一命名。

我之所以这么推想，是因为在我自己身上就曾经发生过这样一件事。

那时，我刚刚从地处青海海南藏族自治州恰卜恰镇上的师范学校毕业，被分配到省上从事新闻采编和翻译工作。孤身一人，忽然从一座草原小镇来到省会城市西宁，当对城市的新奇感渐渐退去，对故乡的思念愈加浓重起来，忽然发现，原本在学校时可以回家的寒暑假也已成为过去，回家，成了一件十分奢侈的事情，故乡反而成了远方。

好不容易盼来春节，满怀着喜悦回家过年，时间却像是被某种神秘的东西压缩、加速了一般，转眼便到了该回去上班的时间。背着行囊返回西宁，时间已经是次年的春天，高原依然是一片寒风料峭的模样。大概是那年5月，某日的午休时间，我游荡在西宁西关大街上。阳光柔和，气温怡人，让我心里的思乡之苦有了些许的减落，我看到路畔裸露的土地上，已经冒出了嫩绿的草芽儿，于是我停下脚步，仔细地打量着那几根探头探脑的草芽儿，不由想念起家乡初春时节的草原。家乡的草原，似乎总是在一夜之间跨过寒冬，把一个大美的春天忽然奉献在人间大地，紧接着百花竞相绽放：浅红的粉报春、金黄的蒲公英，馒头花露出红嫩的花苞……我正沉浸在对故乡草原春天的怀想之中，就在这时，一缕熟悉的花香忽然窜入了我的鼻腔。

这是馒头花的味道，是我家乡草原上最为常见的馒头花的味道！

我猛然抬起头，深深地吸了一口气，愈发确定这是馒头花的花香。我贪婪地吸吮着熟悉的味道，心里悠然兴奋了起来。我辨别着花香袭来的方向，就像是一条看不见的线绳牵引着我，循着花香迈开了步子。步子欢快，就像是在走向故乡。

很快，我就在距离不远的地方发现了花香的源头。在我身后，是邻家单位的家属院，一株花树站立在临街的一栋楼下，满树粉白细小的碎花，密密匝匝地簇拥在一起，裹拥住了整个树冠，密集的程度，超过了天上的繁星。这株树并不高大，只比我高出

十几厘米，我抬头踮脚，完全可以碰触到树顶上的花儿。

我的鼻孔微微张开，不断大口地呼吸着，浓郁的花香几乎让我迷醉过去。我确定这就是馒头花的味道，但眼前明明是一棵我从未见过的花树，这是怎么回事儿呢？

我仔细观察起花树上的花儿，细小，每一朵花儿的直径大概只有五六毫米，与馒头花的大小差不多，再看颜色，俨然也是馒头花样的白色，我还注意到了花萼，也是馒头花样的浅红色。

但她不是馒头花……馒头花一丛丛地生长在草原上，是草本植物，而这株花树，虽然不是很高大，但她显然是木本植物。这一株花树的出现，让我在兴奋之余，也陷入了茫然。

尽管如此，自从发现了那株花树，我几乎每天都要去造访她，在她身边静静地站上一会儿，去吸吮她的花香。当浓郁的花香充满我的鼻腔时，家乡草原也在我脑海里逶迤地展开，那些有关馒头花的记忆，也会如梦境一般在我的脑海间闪过。

我还在心里给她取了一个只有我知道的名字：馒头花树。

小时候，我在家乡的公社小学上学，也是村里唯一一个在公社上学的孩子。住校，每周一次往返。公社离我的小牧村有5公里的路程，于是，

每每到了周末，我就会孤独地行走在公社与小牧村之间。盛夏季节，每次行走，就要经过一大片盛开着馒头花的草滩，穿过这片馒头花丛时，我行进的步履就会慢下来。

大自然总是慷慨地打开她免费教育的模式，给每一个热爱自然的孩子传授许多的知识。这片馒头花丛，就教会我许多许多。比如，我在这里看到过《山海经》里记载的"鸟鼠同穴"现象——那只叫雪雀的小鸟儿出没于被古人认为是老鼠的鼠兔洞穴里，它们亲密无间地在洞穴附近觅食嬉戏。小云雀为了保护刚刚出窝的雏鸟，假装受了伤，扑棱着翅膀飞不起来，直到险情消除后，才如短箭一样射向天空，悠然悬停在半空中，撒下响彻整个云天的婉转鸣叫。在这样的行走中，我也成了一个寻找鸟巢的高手，单凭观察地形，就能够判断出角百灵的巢穴会出现在哪里。

后来我知道，馒头花，她的学名叫狼毒花，在我家乡常见的是瑞香狼毒。家乡人们叫她馒头花，是因为她细碎的白色小花总是形成一束，从外围向着中间渐次升高，看上去就像白馒头一样。说是白馒头，大小也就只有如今的儿童食品旺仔小馒头那么大，但这样的"小馒头"总是一丛一丛的，在夏天的草原上大片大片地开

放，形成了汹涌之势。

那么，草原上的馒头花为什么和城市里的"馒头花树"有着同样的芬芳呢？这是让我茫然至今的未解之谜。

那时候，我并不知道被我命名为"馒头花树"的花树到底是什么树，我曾请教过一位从小在西宁长大的同事，他说，那是龙柏。我也发现，甘肃、青海的汉族，都把她叫作龙柏。

直到后来，我才知道，那株有着馒头花一样芬芳的花树，其实是丁香！也就是诗人戴望舒在他著名的《雨巷》里写到的丁香！

这个发现让我惊喜又意外。我还记得，当我知道那是一株丁香树的那一天，我还专门去看了那株丁香树。盛夏季节，树上的丁香花已经凋谢了，满树的绿叶圆润又饱满，紧紧地抱着每一条树枝，让整个树冠成了一个大大的绿馒头。那一天我还突发奇想：如果丁香花是城市雨巷里一个结着愁怨的姑娘的话，那么馒头花或许是草原上一个无忧无虑的牧女吧。

自从知道了那一株花树是丁香树之后，我也发现西宁街头到处都有丁香树，每年到了丁香花盛开的季节，我就在西宁的大街上游荡，追逐着丁香花的芬芳四处行走。八一路、民和路、滨河路、中下南关，以及人民公园、南山公园、北山公园，但凡有丁香树的地方，都留下了我流连的足迹。

知道了丁香花的名字，我又凭借着自己记者身份的便利，从相关部门了解到了更多西宁与丁香花的故事。原来，早在我来到西宁的头一年，丁香花就成了西宁市的市花。那是20世纪80年代中期，西宁决定从众多的高原花卉中，遴选出一种能够代表这座高原古城历史文化的花卉作为自己的市花，在市民的踊跃参与下，经过一番广泛、慎重、仔细的权衡比对，丁香花从百花丛中、众香国里脱颖而出。

自此，西宁便将丁香花作为西宁最主要的城市绿化植物，在绿地、广场、公园、河岸、车站、机场，以及单位、小区等广泛栽植。

西宁市之所以以丁香花为市花，其实是有着久远而深刻的历史文化渊源的。

据《西宁府新志》记载，清雍正年间，西宁民间就有栽植龙柏树（青海民间对小叶丁香的俗称）的习俗。在西宁市湟中区的莲花山坳，坐落着藏传佛教圣地塔尔寺，在这里，有一株暴马丁香树已经生长了近600年，至今依然挺拔蓬勃，当地民间，还把一个传奇的故事赋予了这株丁香树：一代宗师宗喀巴的母亲，是一个贤惠勤劳的女子，当她身怀六甲之时，依然没有停下手中的活儿。一日，她去山间背水，却有了强烈的妊娠反应，便背靠一块石头休息，一个圣婴诞生了——据说，一代宗师宗喀巴就这样诞生在了野外，在他们母子脐带滴血的地方，长出了一株花树，适逢春日，这株花树绽放出一树清浅洁白的小花，紧接着，花儿落去，便又是一树郁郁葱葱的绿叶，绿叶蓬勃，足有10万余片，每一片绿叶都是饱满圆润的心形。有人被这葱郁的花树吸引，便走近去看，他发现，每一片心形绿叶上，都显现出了一尊盘腿打坐的佛的形象。"衮本！"最初看到这一奇迹的人惊呼了一声，这株花树于是便有了一个名字：衮本，十万佛像之意。人们视这株花树为无上的殊胜。后来，一座寺庙依着这株花树有了雏形，花树的名字又成了这座寺庙的藏语名字：衮本。

这座寺庙最初修成时，先有了8座佛塔，人们便也称它为塔尔寺。

这株暴马丁香，却被寺院僧侣及信教群众称为菩提树。这并不是植物分类学上的误读，而是出于敬仰之心的有意抬高。其中的心思，与人类在迁徙之旅中，以故土的物种，命名新家园的物种等同。传说佛教创始人释迦牟尼在一棵菩提树下悟道成佛，这使得各地佛寺在寺中广植菩提树，一时成风。然而，佛教到了中国西部，属于热带植物的菩提树不能栽植，暴马丁香便成了菩提树的替身，皆是因为暴马丁香与菩提树有着同样的心形叶片。这株丁香树象征着一代宗师的诞生，以及一座寺院的落成，自此，这株暴马丁香也有了"西海菩提树"的美誉。

到了21世纪初，一座丁香园在西宁古老的南禅寺下落成。据媒体报道，这是一座以丁香花造景为主的园林场所，占地面积近20000平方米。之所以有这样一座园林，是因为这里有几株百年以上的丁香树，被有关部门列为古树名木悉心保护了起来，除此，满园的丁香树据说有9个品种。其中一株丁香树，就在写着"丁香园"三个大字的牌坊左侧，她不事张扬地掩映在满目的绿荫中，如果不去细心关注，便很难发现，只有走近了，才发现她被一圈低矮的铁栅栏保护了起来。树干上挂着一块小小的牌子，写着她的名字：紫丁香。科属：木樨科，丁香属。还有她的年龄：101岁（2007年统计）。也许这就是相关单位的良苦用心，他们以这样的不事声张，使得人们不大注意她们，反而让她们得到更好的保护。

几年前，西宁市提出要打造一个"丁香满城、花香四溢"的丁香之城的口号，当年就栽植了40万株丁香树。如今，全市的丁香栽植数量已经达到上千万墩，占全市花灌木栽植总量的70%以上，主要以紫丁香、白丁香和暴马丁香为主。一座名副其实的"丁香之城"已经有了雏形，这也成了全市市民的一个梦想。为了实现这个梦想，西宁在大量栽植丁香树的同时，又将把这一目的的实现回归到最初的栽培试验上。

2019年，西宁建成国内唯一的丁香国家林木种质资源库。据有关新闻报道，这个种质资源库收集、引进丁香品种42个，保存丁香种质资源近百份，录入国家林木种质资源库信息平台36份。储备各丁香品种苗木5万余株，面积80亩。建立国家丁香种质资源库，不仅能改变西宁地区乃至全省造林绿化中对丁香品种繁育和应用力度不够的被动局面，更是对丁香种质在今后的繁育与生存中提供基础保证。

随着种质资源库的建设，一批丁香花专类园也陆续出现在市民生活中，在为市民提供日常休闲娱乐场所的同时，也展示出我市丁香种质资源的收集成果。

种质资源库的建设，直接导致了一座丁香博物馆的建立。曾经是垃圾填埋场的火烧沟，一个叫作"丁香山谷"的丁香栽植项目正在推进。在这里，种植着30余种丁香树，许多丁香树的品种都是特意引进的，如北京丁香、四季丁香等。她们与本土的丁香树有着不同的花期，如此，20余种丁香树错季节开放，让花的美丽和芬芳保持更长的时间。这是对丁香种质研究成果的展示，也为市民提供了一个丁香品种最全、最具观赏性的休闲游园。

西宁，这座古老而又年轻的城市，从高原的荒芜一点点地成为一座绿色宜居的城市。作为国家公园试点省的省会城市，如今的西宁就像是一朵正在盛放的鲜艳花朵的花蕊，点缀在大美青海最核心的顶端。据说，如今的西宁单单各类公园和绿地已近100座，"口袋"公园和"巴掌"绿地更是随处可见。伴随着打造生态西宁理念的不断推进，西宁已经不是一个有许多花园的城市，而是一个花园中的城市，正向着创建绿色发展样板城市的方向阔步前进。因此，丁香花不单单是市花，也已成为西宁绿色发展进程中一种极富代表性的城市绿化植物，也是西宁市民最为热爱的城市花卉。

因为绵延的乡愁，亦为信仰诉求，便把一种物种的名字，赋予另一种物种，寄托对故土的思念，抑或表达一份虔诚之心，在西宁，这样的案例也出现在石榴花上。

石榴在我国的栽培历史，可以上溯到汉代，据说是张骞从西域引入的，在我国南方北方都有种植，在西藏察隅至今还分布着大量野生古老石榴群落。在青海，由于气候高寒，石榴这种更适于在我国南方种植的树木，并未留下踪迹。但对于石榴，不论是石榴树、石榴花、石榴果还是石榴籽，青海人却并不陌生。因为在青海"花儿"里，有大量以石榴起兴歌唱凄美爱情的内容，甚至成了"花儿"研究中的一个关键内容。

我的一位朋友，从事地方民俗研究，他特别喜欢"花儿"，每每小聚，小酌几杯后，便到了他唱"花儿"的时间。

夏季里到了女儿心上焦，
石榴花结籽呀赛玛瑙，
小呀哥哥啊，
亲手儿摘一颗。

这是"花儿"《四季歌》（也叫《花儿与少年》）中的一段，是朋友的保留曲目，也在西宁各民族间广为流传。据朋友说，这首"花儿"不但描述了思念心切的少女想象少年来到她身边，亲手摘下一只已经结籽的石榴奉送与她，向她示爱求婚的情景，同时，也用"花儿"常用的暗喻手法，告诉少年，"只要你娶我成个家，我就给你养下一堆小娃娃"。显然，在这里，石榴籽是美好爱情的象征，也以她的多籽等特征，表达了未婚男女之间难以直白表达的一些内容，诸如共组家庭、结婚生子等。朋友认为，石榴在我国民间传统文化中，特别是在江南民间歌谣中，已经成为一种文化现象，青海"花儿"中的这种象征手法，直接来源于江南民歌小调。而当石榴的意象进入青海"花儿"，它也即刻与本土文化紧密结合在了一起。正如上述这段"花儿"，将石榴籽比喻为"玛瑙"，显然受到了青海本土文化影响。玛瑙，是青海世居民族藏族、蒙古族、土族等十分喜欢的一种饰品，时常挂坠、佩戴在人们身上。以玛瑙喻石榴，青海汉族先民从南方一路迁徙来到青海，开辟新的家园，与青海土著和睦相处、通婚往来的历史也被形象地描述了出来。

青海汉族的先民到达青海，最早可以追溯到汉代，但在青海民间的共同记忆里，他们是在明朝朱元璋时期，从南京珠玑巷（亦有写作珠子巷、竹子巷等）发配至青海，并在这里扎下根，一代代劳动生活至今的，各种历史记载也证明了这一点。青海汉族既然来自江苏南京，而江苏又是我国石榴的主要产地，青海先民一定有过种植石榴的历史，对石榴的记忆，也作为一种遗传密码，一代代地遗传给了如今并不种植石榴的青海人，而这种遗传密码保存方式，便是民间歌谣，便是"花儿"。所以,石榴,是盛开在青海各民族、盛开在西宁市民内心的精神花卉。

正如暴马丁香因为与菩提树有着同样的心形叶片,就被虔诚的佛徒当作菩提树,赋予她菩提树的地位和敬重,悉心栽培在佛寺之中一样。青海的汉族先民到了高寒的青海之后,他们也在时时寻找着故乡的石榴,后来他们发现,到了春末夏初,在这里灼灼盛开的荷包牡丹,色泽红颜,花形酷似微缩的石榴,于是,他们便把荷包牡丹称作石榴,以寄托他们对南方故土的思念之情,安放他们的乡愁。荷包牡丹是草本植物,为罂粟科、荷包牡丹属,与生长在南方,属于落叶灌木或小乔木的石榴属植物毫无关系。朋友认为,"花儿"中不断吟诵的石榴花,大多是指生长在我国北方地区的多年生草本植物荷包牡丹。如此,在青海河湟文化中,"石榴"不单单是对姑娘的比拟形容,也包含了更为久远、悠长的绵绵情思。

"像石榴籽一样紧紧抱在一起。"习近平主席的这句话,给我国的石榴文化赋予了新的内涵。在西宁东关清真大寺门口的墙壁上,人们用鲜红的颜色写下了这句话。青海作为一个民族众多、文化多元的省份,她的省会城市西宁更为明显、集中地体现了这一特色。据相关调查,西宁常住人口中,除了珞巴族等,其他民族都有居住。这座古老的高原城市,以一种开放、包容的心态,让各民族人民"紧紧抱在一起"。

西宁市投资约50亿元打造了西北地区最大的主题公园"童梦乐园",在这里有一条名为石榴籽园的民族文化街,56间商铺,对应着56个民族,商铺的建筑风格依照每个对应民族原初的民族特色打造,出售的商品也是附着着各民族文化元素的特色产品,象征和彰显着西宁这座城市的包容及中华民族共同体的多元和谐。西宁市也已经成功创建民族团结进步示范市,并把创建活动与打造绿色发展样板城市相结合,走出一条极富西宁特色的发展道路。如今的西宁,不单单在城市绿化层面,更在深层次的精神文化层面,同样成了一座灿烂的精神花园——绿色与多彩相结合,绿意盎然之中盛开着姹紫嫣红的繁花,这就是今天的西宁形象!

带到城里的故乡

桫椤

一

又要迁徙到另外一座城市里生活了。

俗语讲"树挪死，人挪活"，但人在一个地方生活久了，也像一棵把根扎在那片土地上的大树，不宜轻易挪动。万般无奈下的迁移，往往会带来精神的创伤，甚至累及身体。我父亲就是一个例证，当年我把他和母亲从县城接来市里安家的路上，他在车里不停地流泪，仿佛不是跟我来大城市，而是要送我去战场。我为二老安置了一个小两居室，在老护城河的拐角处，两个大公园环绕，超市、医院皆可步行而至，可谓黄金地段。父亲嘴上夸着，但每天都会给县城的亲友和老同事们打电话，聊陈年往事和家长里短；周末我休息他便要我开车送他回去看看，他听说县里谁来市里了，也要跟着回去。父亲脾性耿直，这也导致他必然固执，他试图在新地方建立起新的生活秩序，但他的社交圈子仅有几位熟悉的老乡和同学，而除了母亲，谁又能有大把时间陪他呢？但他又想融入社会。就这样，他在县城生活时养成的习惯完全乱了，但又很久不能适应新环境，不过十年便撒手人寰。临终前我把他送回了老家，那年他还不满 65 岁。

中国人安土重迁，根源在于骨子里对生活贫苦、生存艰难和生命不易的恐惧，这使得我们倍加珍惜已经被耕熟的土地、建在土地上的房子以及被亲情化的邻里，连带着固守着在此基础上建立起来的生活方式。因此，安家向来是一件大事，需要庄重的仪式感来寄托希望、表达喜悦和营造气氛，例如需要看一个黄道吉日，做一顿特殊的饭食，等等。我老家在冀西太行山区，搬家的乡俗是要在家里开火蒸一锅馒头，并邀亲朋好友前来吃饭，寓意着今后的生活会蒸蒸日上、团团圆圆；如果是新房子，正式入住前的第一晚要请老人来住，既是对长辈的尊重，也表示年轻人将会"不改父之道"，在老人的指点下生活，这样会使自己将来的人生安稳。当然，各地的风俗并不相同，同是河北人的作家李浩曾跟我聊起过，他老家在沧州盐山，是个靠海的地方，搬家时的乔迁宴上要有鱼、有烙饼，是取其"连年有余"和"翻身"的象征。无论哪一种仪式，都饱含着人对生活的美好期待。

独自在 150 公里外的另一座城里安家，我试图省略一些仪式，但却发现这种想法不能实现。

未来的生活毕竟不可见，在乡下，

这些仪式除了可以让人吃一顿美食，它们隐没在山石草木缠杂着鸡鸣狗吠的日子里，变得波澜不惊。而现在，想到我要从租住的地方搬到产权证上写着自己名字的房子里，这些仪式先是挥之不去，进而成了必须考虑的环节。首先是母亲、妻子和姐姐的提醒，她们早早看好了"吉日吉时"，然后就在电话中一遍遍重复：蒸馒头的面怎么和，和好后多长时间就能发起来，揉面时放多少碱面，几点到几点间要上锅蒸；一定要叫上几个好朋友前来"稳锅"，开火炒菜做饭动动烟火。然后是妹妹，在买了从炒菜锅、电饭煲到小奶锅之类全套的锅具之后，看我对安家的仪式重视不够，威胁说如果我不听话那天就不来云云。这些叮嘱犹如代表故乡的先贤在耳提面命，我只有遵守的义务而毫无反抗的理由和能力。我又想到，在知悉我工作调动之后，我的恩师和被我称作二姐的师母先就转来一大笔钱，让我在买房付首付款时救急——彼时我并没有说过要买房的事；已经退休、亲如家人的老同事五哥和五嫂夫妇，细致到买好一应厨具和床品差遣女儿送来……能主动借钱给你且不问期限和利息，竭尽所能为你做好一切他们所能做的事，连一句表达感谢的话都会让他们觉得生分的亲情和乡情，感动之余不断勾起我对故乡的记忆。

在一座总高有34层之多的城市楼房里，我遵从乡俗完成了入住仪式，这些仪式与楼外的环境格格不入，甚至充满违和感，但我分明从每一个细节中看到了故乡的注视。因为在两座城之间的迁徙，故乡找到了重新回到我生命里的契机。尽管已经在城市里生活了近30年，我仍然没有能力遗忘她，更没有办法逃离她——俗话说离开家乡的人才有故乡，但在乡下长大的人，所谓对家乡的逃离只是身体上的，灵魂和精神早已扎根在那里，永远无法搬离。

二

有些东西不能带了，比如一张写字台。

师范毕业后我留在城里工作，当时正是房改过渡期，资历太浅分不到房子，家境贫寒也买不起房子，只能住到三人一间的办公室里。直到结婚之后，妻子所在的学校提供了单身教工宿舍，我们才算是有了一个被称作"家"的地方。可以安顿一些物件了，父亲就让我把老家的一张写字台拉来，这件家具成了我的小家最早的"固定资产"。由于材质是槐木板，宽大的写字台分量极重，两个人都无法

抬动；在以后的历次搬家中，如何将它搬到楼上都是一个大难题。而这些槐木板的"前世"，是曾经生长在老家院子里的一棵大槐树，它曾经见证过我的成长，听到过我和弟弟妹妹们在院子里的欢声笑语，我的肚皮上至今还留有攀爬它时划伤的疤痕……由于院子要改造，父亲和叔叔商量后将它刨掉，又请村子里的老木匠解成板材，才有了这张写字台。由于时间久远加之使用频率高，透明的漆面上已有包浆的质感，但趴伏在上面写字读书，仿佛每次都能在年轮的纹路中看到我幼年的身影。

那位打写字台的老木匠，差点成了我师父。

木匠是村子里辈分最大的人，连我父母辈的人都喊他爷爷。乡下有一个说法叫"穷大辈"，意思是说辈分大的家族有可能过去是穷苦人家，因为穷人总是结婚成家晚，自然孩子也生得晚，子女跟别人家的同龄人就会差出代际来，久而久之，便熬到了大辈的位置上。这位老木匠祖上是否穷苦我是不敢问的，只知道打家具的把木头送到他家里，盖房子的人会请他去"砍房架"——过去乡下盖房子要先请木匠用木柱支撑起檩条、顶梁和椽桄搭成房架，再请泥瓦匠在四周砌砖石、在顶棚铺上苇箔和灰土压成房

顶。常言说"大木匠的斧，小木匠的锯"，意思是说干"砍房架"这种粗活的木匠会用斧头就行了，而做家具这种细致活需要擅使锯子的木匠才能做好，而这位老木匠是粗细活计都能干的全才；不仅如此，他还带出了自己的小儿子跟他一起做活，因为那时锛凿斧锯这些木工工具全是手动，诸如解板拉锯之类的重活一个人是做不成的。后来他的小儿子继承了他的手艺，现在也已经由小木匠变成了老木匠。尽管我没有做过调查，但在计划经济时代，我估摸全村所有人家的柜橱、桌椅、高凳矮凳都出自父子俩之手，因为在村子里，只有他们是木匠。

少年时我顽劣成性，放学后天天与伙伴们在山间和河边来无影去无踪。父母十分担心我考不上学，就想让我提前学些手艺，以免成人后不能养活自己。有一年放麦假，我被打发到老木匠家里学徒，学木匠入门第一课就是拉锯。老木匠先是演示了一遍，然后就将位置让给我。那是一段很厚的方木，需要解成薄木板。方木被架在架子上，他的儿子在架上，我则在地上站着，我们只有使出浑身的力气才能拉得动那把锯齿有狗牙般尖宽的大锯——都说"千日斧子百日锛，大锯只用一早晨"，但我却没有这个本事，大概当时只起到了扶锯的作用，

主要是木匠的儿子在用力。尽管这样，我却没少受罪：拉扯之间锯条变得发烫，锯末向下飘落，落到我脸上又掉进满是汗水的衣领里……我只干了这一天，第二天胳膊再也无法抬起来了，无论母亲怎样劝说，我坚决不再去学木匠。也许就是被这次学徒经历刺激了，我的学习成绩突飞猛进，最终在师范招生预选中胜出。老木匠到了晚年腿脚不灵便，经常赶着驴车从我家门口经过，每次看到我都要问问我在哪里工作、挣多少钱，不管我怎样回答，他都会说这总是比当木匠强，可见他始终没有忘记这个临阵脱逃的赖徒弟。如今老木匠已经故去了，他的儿子早已由做木工改成了做室内装潢；我家那张沉重的写字台，仍旧摆在父母住过的房子里，它是辗转四次之后才被安放到那里的。

这张写字台不能再随着我搬迁了。一来它太重了，桌身好像不是木质的，而是用故乡的泥土和沙石铸成的；桌斗里仿佛装满了这些年来我所经历的所有悲欢，才使得它如此沉重。二是它陈旧的款式与现在居所的装修风格完全不搭，假如把它放进更时尚、现代的新房里，我担心它会因为自己的简陋而哀伤，就像我站在繁华的城市街头，时常反躬自身不合时宜的存在一样。我已经想好了它的去

处：在某个适当的时候，将它送回老家的祖屋里，让它与那些旧式的八仙桌、长条凳们站在一起，才能找回它自己的尊严。

三

除了日常生活中的应用之物，我还是要把一些老物件带进新居里，以便它们代替能"压重"但又不能前来住第一晚的老人，让我未来的生活变得安稳。

我选定的是两个木头盒子。一只是父母结婚后父亲给母亲买的"梳头匣子"，匣子有四块砖头摞在一起那样大，表面没有任何雕饰，涂着暗紫色的大漆——或许最初是鲜艳的红色，只是时间让它变得黯淡无光；内里则是原木表面，看得出来是硬度并不高的松木，至今还能嗅到一股松脂的香味。据母亲讲，这是给自己买的梳头匣子，非但劳动人家并无脂粉钗环可供存放，而且就连梳头的基本功能也不具备：梳头匣子顶盖的内侧应该是一面镜子，掀开盖后便可"对镜贴花黄"，而父亲买的这只匣子却没有镶嵌那面最有用的镜子！因此，它并没有被母亲当作梳头匣子用，而是一直用来存放针头线脑，也放过我的泥模和瓷鸡口哨等玩具。乡下人的情

感内敛而羞涩，母亲每次说起这只匣子，脸上都会有一种幸福的光芒。我相信，里面曾经装着母亲与父亲的感情，也许那就是他们的爱。

与母亲的梳头匣子一起被我带进新房的，还有一只上下两分的长方形套盒，形状与七八十年代装过两块上海牌香皂的盒子相仿。上面一只口径略小，正好嵌套进下面的盒子中；下面部分中间有竖挡板一分为二，挡板也正好撑住上面的一只；上面一只也被一片竖挡板分为两部分。尽管结构精巧，但实在是一只做工粗糙、相貌丑陋的盒子，表面连漆都没有涂，白茬软松木已经被时间浸染成了褐灰色；底部有脱落过的痕迹，四周被细钢钉重新钉住，钉帽布满铁锈。这只盒子是父亲从县城带回来的，它的原初用途我已不得而知，从我记事起，就用来盛放自行车上的小螺丝、小螺母和气门芯。父亲最早在县交通局工作，后来转到县政府办公室，一辆飞鸽牌二八加重自行车是他的"坐骑"，他骑着它出入工地，也与骑车的县长一道下乡调研；更每周末骑着它从县城往返乡下的家里一趟。当时山区路况差，上坡下岭不说，沙石路面更是能把人颠簸得散了架，因此自行车常常损坏，父亲到家后的第一件事就是给自行车"体检"。我常蹲在旁边，看他

用螺丝刀或钳子拧紧松动的地方，遇有挡泥板或链盒上的螺丝缺失或者气门芯失去弹性，就从这只小盒子里翻找出新件换上。在我眼里，这只模样难看的盒子就像一只百宝箱，里面装着父亲想要的任何零件，大概也装着父亲的人生信念和生活期待。

当我将两只盒子拿给母亲看，告诉她这是我将要带到新房子里的"宝物"，母亲哈哈大笑着说，你这是从哪翻出来的？都快朽烂的东西了，扔到灶膛里恐怕连火都烧不旺，还是什么宝物？！母亲不识字，她在乡下生活了50年，直到我师范毕业那年才过起了"两栖"生活：天暖时在乡下，天冷了到城里，如今年届八旬依然如此。长期艰苦的生活虽然使她养成了吃苦耐劳、坚韧刚强的性格，但考虑问题也多从实用角度出发；况且她又不善言辞，虽然明白所有的道理但并说不出，我也就不去跟她讨论这两只盒子的意义。

新居整面墙的书柜是一款知名品牌产品，有着明亮的色泽，虽然简洁但却有着鲜明的设计感，看上去很是高级的样子。而我从乡下带来的这两只简陋到有些丑陋的旧盒子，被放在书橱里最显眼的位置。这种混乱的搭配完全出自我的情感偏好，虽然没有丝毫的美学根据，但我却觉得这是世间最和谐的画面。我站在书橱前凝目注视，它们就像乡俗中的某种圣物，供我膜拜，令我敬畏，我的从前和将来的命运仿佛都投射在它们暗哑的光泽中——尽管盒子里只装了些文具、硬币和小徽章等零零碎碎的东西。

四

就像农民种庄稼，我爱种绿植。刚参加工作那几年居无定所，但到哪里都要在屋子里种绿植，仿佛这样就能在那里扎根，但我终究没能把故乡种在城里。

这次搬进另一座城市里的新房子，最早种的是两盆绿萝。植物是人类的朋友，也在远古时代为人类族群提供了最早的安全庇佑，独特的生长习性更使其成为直观的生命象征。当它们中的一些被驯化后，人类才拥有了稳定的粮食来源。农民珍视庄稼，除了那是他们的生计所系之外，也包含着他们对生命和自然的敬重。在北方，冬去春来，哪怕是一些草芥的幼芽在满目荒寒的田野中破土而出，也会给人带来强烈的内心震撼。

城里人爱美，小区附近的花店生意兴隆，每到傍晚，门口也会有卖花人摆摊。我喜欢的则是有生命的绿植，尽管它们不一定都开花，哪怕是最普通的绿萝，也被我待若琼花。它们并不需要精心侍弄，就能枝繁叶茂，葳蕤生长。后来我又种了球兰，藤蔓顺着窗框向上攀爬，将一扇玻璃窗装点成了一幅风景画。我总觉得，屋子里有了绿植，就有了生机，因为有会呼吸、会生长，或许还能开花的植物做伴；哪怕是花盆里会生出一些不知名的小飞虫飞来飞去，但它们像微尘一样的身体对世界并不构成任何伤害，反倒展示出一种生命的灵动，不是也可以娱悦心情吗？与我不同，妹妹是个爱花人，常爱买鲜花；遇有特别的日子，更是少不了鲜花。先前我总是不解，后来我终于明白，是因为她没有过耕种的经历，植物并没在她的生命成长中扮演过重要角色。

我相信，我对植物的亲近来自童年，乡村像植物的种子一样在我的身上生根、发芽。俗话说"生活是最好的老师"，乡村显然是最有亲和力的，因为那里的一切讲究的都是"天人合一"，久在其中会"物我两忘"，润物无声地影响着生命的成长。

老家的院子里有一棵桃树，长出来的果实是未经嫁接的毛桃，味道甜中带酸。按照母亲的说法，这种桃子的味道才是真正的"桃味"，不像嫁接成"久保"之类的水蜜桃以后的"水味"。这棵桃树是小鱼栽的。小鱼

在城里出生，但却是在"两栖"生活中长大的：从上幼儿园到高中毕业，每年的暑假都是跟着爷爷奶奶在乡下度过。因此，他从小就比城里大部分同龄的孩子多了关于乡村的知识和体验，例如每次给奶奶打电话，都能迅速地从普通话转换成一口流利的家乡方言；回到村子里，早晨还没起床就有乡下的小伙伴在床头等着。春天周末回乡下，少不得要去田间走走。当时他读小学一年级，像小鸟出笼一般在山野间跑来跑去。在好奇心的驱使下，他时而采野花，时而又捉蚂蚱，仿佛对萌发着春天气息的万物都葆有兴趣。在一片解冻后翻耕过的地块上，他发现了一株刚刚从土里探出头、只顶着两片叶子的幼苗。我告诉他这是一株小桃苗，移栽到院子里也能成活。于是他小心翼翼地将它挖出，像捧着珍宝一样带回家来，栽在西南角靠院墙的空地上。寒来暑往，三年之后，昔日的桃苗开始开花结果，并且逐年增多；15年后的今天，这株桃树已是一棵枝干粗壮、冠盖阔达的大树，春天桃花灼灼，夏末则果实累累。

不记得是哪一年了，我曾问爬到树上的小鱼，还记不记得这棵树是你栽的？他早已忘记了——男孩子都是猴子脾性，对于喜好的东西向来朝三暮四，回城就把小桃苗忘得一干二净

了——但这并不妨碍他用浓重的家乡话去和奶奶讨论，最甜的桃子为什么都是鸟儿先发现的。

今年中元节时回村里上坟，桃子虽未熟软但已有很大的甜度，我摘了许多，本打算送给城里的朋友，但看着比乒乓球大不了多少的个头，终究是没好意思拿出手。我将它们封装进塑料袋放在冰箱里，不承想一直吃了两个月都汁水饱满、酸甜味美。开冰箱的时候看到这些红中带着些许绿色的毛桃子，每次我都会想到那棵树，以及它还是一株娇嫩的幼苗时被小鱼捧在手中的样子。

五

带到城里的还有两块只有鹌鹑蛋大小的卵石，常常被我当作镇纸。它们是我从故乡的河滩中捡来的。

在城市里对故乡心心念念，归根结底还是因为人，父母双亲，乡亲邻里，以及睡在坟茔里的祖先们，甚至一切有着相同脾性的人。但在"形而上"的乡愁里，他们已经幻化成故乡的一花一草、一事一物、一山一石。借助这些符号，人仿佛能踏进一条还乡河，可以游回故乡，游回自己的童年时代。

唐河自山西浑源县发源后一路向东，穿越崇山峻岭后流入华北平原，并最终汇入白洋淀。狭窄的河道在唐县和曲阳县的交界处流经两山间的开阔地带，太行山东麓最后的余脉又在河口处围拢起天然的屏障，使这里成为修建人工水库的绝佳地带。新中国成立后，在20世纪50年代"一定要根治海河"的伟大壮举中，党和政府发动四县10万民工在这里修起一座库容近12亿立方米的大型水库。我的故乡，就在这座水库的东南角上。多山的地形使水库周边交通不便，人均耕地少且土地贫瘠，长期以来，这里的人民都挣扎在贫困线上。计划经济时代，尽管因为属于库区移民村而免交农业税，但每年也只能靠国家调拨返销粮维持基本的口粮。我的头脑中存留的最早关于远方的记忆，就是小时候随母亲和叔叔去公社粮库里买返销粮的经历。其实，从家到粮站驻地只有3公里多，在当时却感觉要走到天边去。我上初中时已是80年代初，但在学校里从未吃过纯白面的馒头，要么是玉米面窝头，要么是玉米面、红薯面和白面掺在一起的三合面馒头。因为是定量供应，食量如虎的少年吃不饱肚子的痛苦感受，一直铭刻到今天。

这个三面环山、一面濒水的小山村，制造和承载了我少年时全部的喜怒和哀乐。村东和村南的坡地上长满了枣树，因为红枣是当时唯一可以"变现"的林果，所以每家每户都看得极重，就像每一颗果实上都挂着一枚金币。尽管凭借这点红枣换钱致富是天方夜谭，但"打枣"仍然是整个秋天最令人兴奋的日子。农谚说"七月十五红圈，八月十五落竿"，每到七月下旬以后红枣将熟季节，家家户户都要派人去地里"看枣"，以防止经过的路人伸手摘食影响收成——说来惭愧，能从这里路过的不过是同村或三里五乡的乡邻，却被当"贼"防着，实在是特殊年月里才有的尴尬。现在想来，即便真有人摘几个枣子，也远与道德牵扯不上，只不过是在饥苦生活中想吃口新鲜东西的"人穷志短"。

正值秋忙，专门抽出一个人在枣林下看住"可能有"的"贼"，对于劳力少的人家来说是一个沉重的负担，于是老弱病残和像我这样的半大男孩子成为首选——其实我们起到的不过是一个稻草人的作用，假如真有人摘枣子，恐怕我连喊一声的勇气都没有。但我从未因为害怕而拒绝过这件差使，只把那里当作玩耍的天堂——毛毛躁躁的年纪哪里肯守规矩待在自家地块上？常常呼朋唤友跑到山顶又下到谷涧，又转眼消失在枣林里……也许那时我就知道，即便只有一个人影在，任谁也不会再"偷"枣，因为在乡下，人都是要脸面的。

这几年秋天回乡，偶尔也到枣林里走走，但从前的情景早已不见。过去枣树下会间作谷子和红豆、绿豆、芝麻之类的庄稼，如今却只有没膝的荒草，靠近河沟的地方草比人还高。枣树枝头上稀稀落落的几颗果实多是瘦小瘪干，缺乏修剪的枝杈横逸斜出，稍密一点的地方都架着乌鸦或喜鹊的窝；更有一些树患上一种"枣疯病"，只疯长叶子不开花结果，搞得枣林有点原始森林的味道了。缘何曾经的经济支柱落到了被遗弃的下场？与乡亲们攀谈得知，由于物流快捷，邻近如河北阜平、远如新疆和田等地的优质红枣哪里都可以买到，本地红枣已经无人问津了。况且管理枣树费工费力，再加上对病虫害的防治使成本增加，经营枣树早已是个赔本的买卖。再说了，如今老人们的养老保险金按月发放，看病吃药有合作医疗保障；青壮年去外地打工，留在村里的也办起养殖场、加工厂，哪家也不缺红枣换的那几个钱了！

我家院墙外是有两棵枣树的，母亲虽未对它们加以特意照料，但因有人气就少了虫害，仍然结了不少果子，中秋节时收获了，吃在嘴里仍然脆甜可口。

东阳印象

林秀美

一

一座小村庄，当它在历史中醒来，时间已经过去了千年。村庄弯曲的小巷里，荔枝林随着风的吹拂，轻轻晃动着，遮住了一些行人匆忙的脚步。记忆从每一天开始，从荔枝的甜味和蔬菜的清香味开始，刻进人们的额头。这个村庄，就是莆田荔城区东阳村。

鲜为人知的东阳村位于木兰溪河畔北洋水系的中心区域，涓涓河水蜿蜒绕过村舍间滋润着这片富饶的土地，使东阳自然村更显得灵韵与隽永，红红的瓦房绿绿的荔林倒映在清澈的河水中，小

船划出一道悠扬的波纹，显出壶山兰水最佳的景致，荡漾出兴化平原最美的诗意：明清两朝中，东阳村先后出了11名进士，21名举人，11名贡生。这样一个充满历史积淀的科举文化名村，深深地吸引了我好奇的目光。

3月的一天，在荔城区拱辰街道宣传委员的陪同下，我们走进东阳村。村部是一座普通的砖房。二楼摆放着一二十张简易的椅子，一张小型的会议桌。墙上一块黑板，墙边放着一些奖牌。透过窗户，院子里安静地站着几棵荔枝树，参禅入定般沉静。那些延伸的纤细的枝上，翠绿的叶子上洒

满阳光的色泽，细小的叶子上氤氲着露水散落的晶莹，玻璃片一样忽而闪烁一下。其实一株植物并没有什么特意专注的大事，只是用一片片叶，汲取世界给予它的恩泽和力量。叶脉的轻浮和厚重、狂躁和沉静、热爱和冷漠决定着一株树的思想，像一个人的肢体行为、语言表达、眼神流露等代表着一个人的内心世界；像一座村庄，一些人、一些事、一些房子、一些河水等代表这个村庄的历史沉淀。我想历史沉淀的不仅是与数字有关的进士、举人、贡生，还有与他们有关的一些物，比如那些走过的路、住过的房、蹚过的河。

的确，东阳村至今还保存一批古民居建筑群。村支书告诉我，东阳村明清建筑群，原先有十八祠、二十四衙、二坊、一池、一潭。1992年，东阳一批明清古民居建筑群就被评为市级第二批文物保护单位。建筑群包括御史第、通礼祠、瑞庆祠、德基祠、庆星祠、庆源祠、馨远祠、聚德祠、德原祠、保艾祠、砚农居、积庆祠、衍庆祠、启庆祠、培德祠、余庆祠、新德祠、三房祠、明德维馨。东阳文化村现象不仅引起当地文化人的注意，也引起相关的文化人的研究。湖南衡阳师院刘沛林副教授在他的《风水——中国人的环境观》一书中论述

人与环境的关系时，就引用《莆田浮山东阳陈氏族谱》关于"东阳行胜"的论述，文章写道："离郡城之东七里许，为东阳，……自公卜局后，凡风水之不足者，补之，树木之凋敝者，培之。""初待御公之将建大宗祠也，特聘东山陈山人相其大势，谓东阳发脉囊山，隐伏而来。""木兰、使华坡迤逦入怀，缠绕青龙方位，右去处得东阳桥，一砥沟西仆入水，回抱有情，至西潭村又回缠玄武，会青龙水入海，作腰带状；壶山秀拱于前，其文明胜地也。"

东阳村，真是一块灵气宝地！

二

3月的东阳是绝妙的幻想，那沿路而立的荔枝林不时闪现，满树的绿叶生机勃勃，满目的绿色让人恍入梦境。我知道，地平线之外是海，海风吹过来，湿地掀起了蓝色的大涛。这时，我离海还有一段路程，但我已听到了属于海的呼啸，还有海的力量。有时，海风轻抚，涌起了绿色的涟漪，涟漪抚弄衣裙，仿佛是一种温柔的缱绻，这时，我肯定还听到了生命拔节的声音和絮语。大自然成长的声音从湖水里传过来，轻盈的唰唰声，唰唰唰唰……声音在风中荡漾，有一种启示般的感动。

这种感动首先来自"御史第"。在村部的西南边，就是一座保存较为完整的御史第，也是陈家。它坐北朝南，建筑面积1800平方米，大厝的前方是一个200多平方米的大砖埕，原来一堵三开间的高大精美的大照墙早已不存在，大厝的前方就是一条5米宽的河道，绿油油的良田和雄伟的壶公山相映，成为大厝门前的一幅自然美景。

御史第是清嘉庆十四年（1809年）进士、江西宝应直隶陈云章的宅第，陈氏并未任过御史，这"御史第"三字是借用先祖陈道潜于明永乐年间担任江西道监察御史的官职命名的，陈云章晚年解甲还乡后开始营造宅第，并建一座号"清远楼"的藏书楼，但道光年间的一场特大火灾竟将陈宅连同藏书楼化为灰烬，其后，陈云章的两个儿子陈乔龄、陈椿龄相继考中了举人，便重新购地建起一座三进五间厢加供堂的大厝。第一进是横列一排下座照，左右两边各做一间独立的屋宇式大门坦，但左边那间只做对称造型，实际不开门，真正的大门坦在右边，门额上题"御史第"三个大字。

从村部走过一段不长的小巷，在村书记陈国荣的介绍中我们对御史第有了一些了解。到了一座古宅前，村书记告诉我们到了。一抬头，眼前赫然闪现"御史第"古朴匾额，大门的两边题一副五言楹联"白简家声大，黄堂世泽长"，"白简"指御史，"黄堂"指太守，门前一对灯笼上书"祖孙父子兄弟伯至科甲"也是标榜陈家书香门第的家风与荣耀，体现出官宦人家的建筑风格。

据村里老人讲，明朝永乐年间，10多岁的陈道潜就跟父亲在木兰溪摆渡谋生。沿溪一林姓富户见他健康活泼，秀外慧中，就将女儿许配给他，还专门请塾师教书。陈道潜在林家十年寒窗，学终有成，三十出头就先后中了举人和进士，后任监察御史等职。由于预修永乐皇帝敕撰《性理大全》，后人誉之为理学名臣。

陈道潜功成名就后，便回东阳村居住，陈家影响不断扩大，东阳成了名副其实的"陈家村"。在陈道潜影响下，东阳人读书氛围浓厚，从明初建村至清末废除科举制度长达500年间，中进士的就有11名。而现在东阳人考进重点大学的每年亦达10个左右，可谓家学源远流长。

陈道潜家有120间之说。陈家整座建筑面积约5000平方米，分"大埕"和庭院两大部分。"大埕"东西长120多米，南北宽约10米，地面用红砖铺成；庭院长90多米，宽约40米，由24个院子组成，一字排开。庭院间既相对独立又相互连通，每个庭院分上下两大厅，大小房间共120间。各庭院内用石板铺成"埕头"，共设24口水井。厅堂宽敞明亮，气度不凡。厢房相对较小，大小间相间，有的只能低头而过。

厅堂与内"埕头"之间有一条宽约1.5米、长约100米过道，直通各个庭院，是内部相通的唯一通道。其巧妙设计就在各庭院既分又合，既利用墙壁隔绝将庭院分开，又通过内过道把庭院相连，可谓匠心独具。庭院间相对闭合，屋顶全用红瓦铺成，共留48口天井，增加亮度。柱子和横梁都用上等木料加工而成，梁柱接合部雕有龙凤和花鸟鱼虫图案。"御史第"整体结构亦具独特风格，规模庞大，不愧为园林式建筑群。

遗憾的是，这幢古老"御史第"和其他建筑群一样，由于年久失修，大部分成了断垣残壁，一些房屋则被人为隔离，盖起新房。整片古村落中冒出了许多新房，许多宅院的护厝或后供堂也翻建成新居，慢慢地连大门坦两边也已拆了正在建新房，大门坦，一个时代的历史印迹、一个家族的兴旺象征，如今已变得如此的破旧孤单。

生活却还在继续。也许，只有时间，才会愈合时间留下的伤口。东阳村人在平常日子里，守着精神的家园，过着他们的生活。村外的庄稼地里，还是要种上庄稼。新鲜的泥土，在兴化平原上，呈现出褐色一样的泥土来，当它们被牛的蹄印踩上去，被犁铧翻开，种子落在土壤里，温暖的阳光给它们送去了湿热和水分。秋收冬藏的时候，东阳村里的屋檐，把梦悬挂在青色的瓦楞下面。窗口注视的眼睛，更多地看到的是那些金色的收成，渐渐忘记的是一座村庄曾经的辉煌和骄傲。

三

御史第的斜对面，是东阳村中心小学。别看这是个村级小学，可它已经有百年的历史了。说起学校，东阳村有一处明朝年间的旧时学堂。小学不远处就是村里的学堂，也是一户陈姓的祖房。这是一座三开间的老房，房子有些破败。房子里至今还住着一位生活自理的80多岁的老婆婆。她倚在门边，衣着整洁，微笑地看着我们。院子里的照壁上，镶嵌着一块《庭训》石刻，其《庭训》的内容为：

家不在丰，贵在能守；
业不在盈，贵在可久。
居逸无逸，虽有匆有；
行必忠诚，居存孝友。
礼以律身，书不释手；
远佞嫉邪，节欲止酒。
辱先有诚，著书如柳；

后予生者，肯堂奥否？

《庭训》石刻为辉绿岩材质，训文用四言韵文，字体用行楷书写，书法刚劲有力，谨严飘逸。

从《庭训》的落款时间看，系明嘉靖丁亥（1527年）正月所立，作者为东阳村一位名叫陈俨的人。庭训和古代的"家训"一样，均指父辈对儿辈的教育。在《论语》季氏篇中记有孔子在庭，其子伯鱼走过时，孔子教他学《诗》《礼》的故事，故后人称父教为"庭训"。陈俨所撰的《庭训》文字干练，内容精辟，声韵铿锵，集儒家倡导的修身、齐家、治国、平天下的为人处世、政治理想在短短的64字之中。它与朱柏庐的《治家格言》及莆田林氏的《族范》有异曲同工之妙。

这则《庭训》，历经几百年的传承，已经成为陈家生命和血液里延续下来的精神烙印，深深刻在了每位陈家人为人处世的点点滴滴。"不管走到哪里，我都记得我是东阳人，是陈家的子孙，我所做的每件事情，都应对得起陈家祖先，对得起这则庭训。"陈辉掷地有声地说。改革开放以来，这里涌现了一批敢为人先，奋力拼搏，敢闯商海的弄潮儿，他们凭借过人的胆略和吃苦耐劳的精神，成为业界精英。事业有成之后，他们没有忘记自己是文化名村的后嗣，总是不遗余力地传承足可让后辈为之骄傲的文化衣钵。陈辉就是他们中的佼佼者。从当年1500元的贷款起家，书香门第中走出来的儒商陈辉如今已成为国内个人建筑设备租赁行业的领军人物。

"陈耳听世界，辉光照乾坤。"（中国侨联原副主席陈兰通为陈辉题字）秉承着教育兴家、诚信持业的人生信条，如今，这些东阳儒商必将越走越远！

东阳人喜欢大海，更喜欢读书。印着汉字的纸张、墨汁的色泽、仄仄平平的读书声让这座村庄变得神采飞扬。也许，一个孩童乌黑的眼睛，在一棵荔枝树下望着天井上空飞过的鸽子，那洁白的羽毛，让他想起了纸张的颜色。荔枝树枝遮掩着屋檐下的一间书房，东阳村里的每一户人家，把书房作为民居建筑的必需内容。孩子就在树下游戏，在书房里朗读。夜色到来的时候，他的目光掠过树梢，便看到了满天的星斗。他们在群星中总能看到祖先的模样：陈道潜、陈岳、陈文滔、陈云衢、陈叙、陈志、陈应元、陈汝亨、陈汝梅、陈云章、陈池养……这些满腹经纶为他们所骄傲的陈氏先辈。在这些先辈中，我们不能不关注到这样一位进士——陈池养，浮山三十一世，道潜裔孙，嘉庆乙巳十四年（1809年）进士。他在家乡期间，修筑东角海堤，兴修水利20多年，农田受益250万亩。为纪念他的善德善举，村民自发筹建东角海堤纪念馆，塑为神像供奉。该纪念馆现已被列为国家一级文物保护单位。

说到当代东阳村人，村里人很骄傲地向我们介绍中国侨联原副主席陈兰通。现在他每年都会回东阳村走一走、看一看，看看熟悉的老宅、街巷和儿时的伙伴。

是啊，时间一晃，许多传奇故事已成为百年前，甚至更古老的陈年往事。人类在生存的整个过程中，有一种记忆永远都是黑白色，像未曾着色的照片底版，让人感到它上面的景物早已离我们那么遥远，因而再看到它时不再觉得感动，有时甚至觉得它太陈旧古老。然而这张底片，对于东阳，却永远是那么重要。那上面，确有着一把印着生命脉络的岁月刻刀，它在一点一点地刻画着人类生命的痕迹，让我们永不能忘却。

四

是的，一个村庄不可能孤立地存在于大地之上。村里人的脚印，更多时候被他们留在了村外。在东阳村外面，是一片接一片的庄稼地，东面也是一片接一片的庄稼地。庄稼地里生长着水稻、玉米、茄子、辣椒、大蒜、花生、卷心菜、洋葱、黄瓜、蚕豆、西红柿……这些植物以水分、阳光、有机肥作为纽带，填满了村里人的每一段匆忙的时光，让他们的目光一遍又一遍地去关注，让他们的脸庞一回又一回地去贴近，让他们的心跳一声又一声地去回应，植物在它们的生命轮回里一岁一枯荣，村里人则在他们渐渐老去的时候，一个又一个地把新的生命从村子里牵出来，让一个家族执着地穿越深远的时光隧道，去接受每一轮阳光温暖地照到他们的额头上，从不迟到。为了在村庄外面与庄稼们的成熟相遇，村里人在清晨早起，裤脚拂过石阶上的荒草，踏着野畦里草尖上的露珠，绕开树篱附近在晨雾里飘飞的夜萤，开始守候水流潺潺淌进田地里，潜入密密麻麻的根须。流水源于半坡上那些密林，浓荫覆盖着倾斜的山坡，水分滋生，它们潜藏在泥土里，被坡上的密林严严实实地围裹着。在那些不为人所知的晨昏，流水在田畴里左冲右突地穿行，常常会听见植物们的茎发出此起彼伏的拔节的声响，雨打轩窗一样，与水声交织在一起。这时候，人们就会发现，村庄外面的田野里，到处都是诞生的生命。而这些生命居住在植物们绿色的汁液里，日复一日，夜复一夜，村庄里人们的呼吸深情地互相唱和。

在唱和中的东阳村是安静的。四周环水的东阳村是美丽的。那条绕镇而过的蓝带子流动着灵气。淇阳八景中的第一景就是淇水环带。淇水环绕着村庄，村庄在河水的包围中静静地安睡。有一些安静的小城能让我们梦萦魂绕，像吴江的周庄、湘西的凤凰、安庆的桐城。这些韵味悠长的城镇还有很多，它们的自然景观与人文环境和谐共生，成为一种背景与氛围——在一片灵动的清山秀水中，走出来一个个禀赋极高的大家，像茅盾之于乌镇、沈从文之于凤凰、桐城派之于桐城。良好的氛围孕育出大家，大家反过来又给这方水土以深厚的文化积淀。而说到东阳村，必然要提到陈则厚。

东阳文化古村的形成，是宋嘉熙二年（1238年），一个名叫陈则厚的人迁居东阳后。因东阳地处木兰溪与延寿溪水系交汇处，夏天多台风，居民的生活受到很大影响，陈则厚到了东阳后，大力植树造林，种植榕树以抗台风，种植荔枝既抗台风又有收获。这样在村四周形成了保护屏障。东阳四周环水，居民出行不便，陈则厚组织村民修建了东阳桥、仙桥、梧桥三座桥梁。自此后，东阳村与莆田城区形成了水陆两便的交通网络。自宋、元、明至清，在陈则厚及其后人的苦心经营下，东阳逐渐形成了远近闻名的淇（东）阳八景：淇水环带、两宫比翼、荔树列屏、湖山倒影、七星坠地、六桥步月、古寺依堤、绿野春光。

一个人在大地上的行走，旅程上的许多驿站，大多都会被他忘记。比如，陈则厚，从哪儿出发，一直到他到东阳的这一段距离。当历史缓缓地掩上它那些覆尘的纸页，谁也无法去还原他曾经在那一段漫长的山水之间艰难行走的情形。然而，当一个人终于在千里之外的某个地方停下来，在大地上升起了炊烟，把头贴在枕头上，梦里的景象开始出现一些新的山谷、树篱、水湄、村巷、屋檐，这个地方便会成为他生命里极深极深的一个刻度。比如，陈则厚的生活在东阳渐渐安稳下来，在这片陌生的土地上，他把自己的身影陈放在这个叫作东阳的村庄里，穿越了一个又一个晨昏，并且被阳光照得清清楚楚。在数百年以后，我们通过回望历史才发现，他已经把这个地方当成了他生命里一个极为重要的转折点，向他的后人宣告了一个家族新的开始。

据悉，东阳村及周边一带已列入城市绿心的规划，在宜居城市的建设中，开发与保护、现代与传统的价值取向与文化定位将决定东阳村的未来愿景。

是啊，这个春天，壶山还是像往

常一样，从湖水深处款款地走来，清冽冰凉，在石头间闪着光，像女人的媚眼，只是在你的心头轻轻地一颤，一面惹你怜爱一面又使你不能轻视。她似乎已流过千年，那水声却春秋不息。我沿河慢慢走去，在那些春意染为淡彩国画的河边上，听听风声，听听风里的水声。因为有水声，静而不寂，清爽宜人。此处的河水，是从村庄的一角拐出来，绕着村庄，环流而走。坐在河边的青石上，青石是温暖的，坚硬的石头贮满了温暖的日光。河边村道上，几名村民迎面走来，男人的脖子上骑着女儿，女人走在身边，边走边逗，笑声和水声唱在一处。

东阳成为莆田闻名的文化名村绝非偶然，而是东阳陈氏先人采取科学态度不断苦心经营的结果。但是，由于近年我市城市化步伐的加快，木兰溪、延寿溪等河流人为造成严重污染，环绕东阳村的淇水有的被填为陆地，有的严重淤塞，河水已被生活垃圾污染，整个河面浑浊不堪，发出一股难闻的腥臭味，导致"淇水环带"的东阳美景风光不再。昔日由陈则厚种植的"荔树列屏"景观，已大都被人砍伐，人们已无法觅到东阳"荔树列屏"的美丽景观。东阳文化古村，原先是由堤、桥、衙、府第、亭、台、楼、阁、寺庙等组成的古文化村落。现在，由于缺乏系统的文化古村的保护意识，有的古建被人为拆除改造为民房，有的古建因管理不善而毁于大火。那些没有规划的新盖、翻盖的民房，极大地破坏了东阳作为文化古村的历史风貌。

东阳村就这样走到了今天，当历史的漫长让人们渐渐失去记忆，当风雨的弥漫隔断了目光的方向，一个机会的到来，让他们重新又看到了过往，听到了一个祖先在大地上发出久久回荡的声音。于是，他们用方言去验证方言，用姓氏去触摸姓氏，用目光去温暖目光。东阳村在这个时候，又有了不仅仅属于他们的祠堂、古民居。海水里的天空，漂荡的星星一粒一粒地亮了起来，掠过梦幻似的屋角抵达一个冰凉而欢欣的页面上。并非要记忆什么欢颜，不需要呈现欣欣向荣的乐观，快乐是那甜蜜生长出来的果实，蛰伏于内心，表达在明眸。

世界的热闹如过眼烟云，谢幕之后的大隐，是夜幕悄然过后的青色天光，依稀是昨日繁华，明明是今朝寂静。

乐平里之光

马 南

与乐平里的缘分，始于一次骑行。那时候我们热衷这项运动，每个周末都会骑着自行车往郊外跑。越来越有经验后，发帖人将路线设计得更远一些，计划从秭归县城出发，骑到屈原镇的乐平里村。这是一个不小的挑战，近 70 公里的路程，要骑 5 个多小时才能抵达。

那时候我刚学会骑车不久，是 12 个队员里面骑得最慢，固然也最忐忑的一个。担心链条断掉，担心刹车失灵，更担心自己体力不支，中途放弃。乐平里在我心里，突然就成了一个忧心忡忡的目的地。

好在风景实在迷人。骑行队伍中的几个摄影爱好者不时停下来拍照片，女同胞们也乐意成为镜头前的主角，一路走走停停，拍拍照照，我们的骑行竟然比任何一次都要轻松。

我至今记得那天的天气。正值初秋，风清爽怡人。江水微波粼粼，轮渡远远从对面驶过来，一声鸣笛，穿过万重青山。

我们在一片柑橘园中再次停下来，对着望不到尽头的橘林大呼小叫。柑橘正在挂果，浓郁的青色，拳头大小的椭圆形。在一片橘林间，久经沧桑的"乐平里"牌坊立于其中。同行的骑友偷拍了我一张照片，我半弓着腰，好奇而虔诚地摸着牌坊的柱子，像是被这经历了百年时光的砖瓦泥石震撼住了。

傍晚抵达乐平里。一轮红日挂在山肩，整个村庄沐浴在一片橘红之中。乐平里四面环山，看似是沉寂在一片封闭的谷底之中，但当你走近它，却能感受到一种强烈的开放而自由的气息。田野、溪流、花草、树木，处处都在以舒适惬意的姿态生长，就连犁地的牛，也无须套鼻绳，信步徜徉，悠闲自在，犁地似乎只是顺带之事。

晚饭后，我们无意间得知次日有一个诗会，吟诗的都是乐平里村的农民诗人。骚坛诗社早有耳闻，但从未真正见识过。大家激动万分，一致决定留下来。

诗会在屈原庙举行。从某种意义上来说，屈原庙和乐平里是互相辉映的，也有着一种特殊的空间逻辑：乐平里生育了屈原，屈原庙则成为他生命的另一种延续。

庙是靠山式的四合院。门楼和厢房在两米多高的青石台阶上，步行完台阶才进门楼山门。进山门是一个不大不小的天井，过天井至屈原庙内殿大门。正午两点，人们陆陆续续从田间赶来，在天井四周围坐。如果不是那次诗会，我不会强烈感受到一脉相承的奇妙——乐平里每一个村民的身体里，都流淌着楚人的血液。乐平里每一个村民，都存留着屈子的精魄。

吟唱者约十来个人。听一旁的村民说，这样的诗会，每隔一段时间就会举行一次，场面有大有小。村里能作诗、吟唱的人太多，这一次没机会登台的，就轮到下一次。骚坛诗社从1982年起，诗会年年没有中断过。乐平里的诗人对诗歌有独特的理解和表达。有古体，也有新体。有诗，也有谣。大到帝王将相，万物更迭，小到日常见闻，所见所想，皆可吟唱到诗歌里。但不管吟唱什么，他们都有一个共同的动作——拍净身上的尘土，挺直站立，宛如风中昂头的白杨。

一位头发花白、目光矍铄的老人站上台阶，即兴吟诵了一首古体诗。他认真、投入，没有胆怯扭捏，更无半点敷衍。伤心处，黯然神伤；激昂时，手臂高扬。一时间，我有些恍惚，不敢相信他来这里之前，还面朝黄土，在地垄田间辛苦劳作。

屈原庙的院子里有一棵生长了上百年的黄桷树。蜿蜒交错，古态盎然。大枝横伸，小枝斜出虬曲。我跟江离就是在那里认识的。江离住的地方离这儿有些远，他赶到的时候，诗会已经结束了。江离有些沮丧地笑着说，是该换一辆好点的摩托车了。

江离是他的笔名，取自《楚辞》中的一种香草。这种香草还有另外一个名字，蘼芜，也就是川芎的苗。江离说，川芎的香气太浓烈，而作为川芎的幼苗，江离的叶片更清淡一些。所以，他更喜欢江离而非蘼芜。他说话的时候，眼里有股流动的光亮，清瘦的脸庞似乎从未停止过深邃的思考。我不禁想到，屈原少年时，是不是也是这般神态呢？

江离跟我同年，技校毕业后在镇上一个单位干临时工。我很奇怪他的选择，像他这个年纪的男生，如果不是一门心思考上公务员分配到这里，是不会愿意留在老家，过这种重复单调的生活的。江离却说，怎么会单调呢？我写诗啊。去了外面，每天陀螺一样转，怎么还有时间读书写诗呢？

我们互留了电话和邮箱。那之后，我几乎每周都会收到江离发来的诗歌。不得不说，江离有写诗的天分，语言里有与生俱来的辽阔感。我挑了几首发给几位诗人朋友，也都说好。我把这些鼓励和肯定反馈给了江离，他信心倍增。给我发得更勤了。

再次跟江离见面是第二年的端午节。我正好在乐平里出差，路上接到母亲的电话，让我带点粽叶回去。

电话打给江离，他正好调休在家。

他让我原地不动，20多分钟后，他骑着摩托车来找我，依旧是去年那辆待淘汰的旧摩托。我俩站在路边聊了几句，他提议让我跟他进山去采。只有亲手采的粽叶，才能品出粽子真正的香。他顿了顿，说了一句让我微微震撼的话，这才是对屈大夫最好的缅怀。

或许真的是要考验采摘人的勇气和诚意，我们要找的粽叶，全长在有陡坡的山岭之上。刚下过雨，山路淅沥。还没走多远，我全身都被雾气罩湿。路上不时有被雨水打落下来的枯枝，横横竖竖，稍不留神就会被绊倒。而比起路滑难走，突如其来的黄蜂和毒虫才是更危险的存在。

路上，江离即兴作了几句诗：

每一片粽叶都是信使/当山间回暖，夏至未至/它们在风中奔走相告/啊，看吧/一个盛大的节日即将来临。

我停下来为他鼓掌。他说，你觉得我能成为一个诗人吗？

能。我说。

那应该是我迄今为止，走过的一段最艰险的路。然而，因为有江离的诗，时间也没那么难挨。下山的时候，我们手上多了一捆体态肥硕、青翠欲滴的粽叶。江离说，回去第一步，就是用井水冲洗。井水清澈甘甜，能让粽叶褪去野性粗犷，呈现出一种朴素之美来。

江离执意留我吃了晚饭再走，权当提前在他家过个端午。这个提议让我无法拒绝。

他的家在一处山脚，两间瓦房，里里外外收拾得整洁干净。我们到家时，江离的母亲已经早早将一只四方木桌摆在院子里。桌上有泡好的凉茶，洗净的黄瓜和桃子。那是一个面目和善的母亲，江离继承了她清秀的五官和温和的脾性。父亲常年在外打工，只有春节才会回来，大部分时间，都是江离和母亲一起生活。

我俩去井水边洗粽叶。江离一边洗，一边念起了脑子里冒出来的诗：

五月的乐平里是青翠的／哪怕是烈火旺烧之下的热蒸／它也保持着最初的本色。

我说，你写了多少？

几百首了。江离说，我打算等再攒点钱，把它印出来。

为了欢迎我的到来，晚饭特意包了粽子。江离的母亲有一双灵巧的手，十指翻转于粽叶与糯米之间，一眨眼，长条的叶子就变成鼓鼓囊囊的三角形状。接着，一根细线魔法一样从指间冒出来，绕着三角状轻快起舞，绕圈、打结，一只粽子就此诞生。江离去屋后抱柴的时候，她停下来让我劝劝他，她还是希望他出去学门手艺，写诗，能写出什么名堂呢？能挣钱娶媳妇儿吗？

那天与江离道别后，我一直在犹豫要不要把江离母亲的那番话带给他。好几次，刚要说出口，又被他发来的一首又一首诗歌堵住了。之后的几年，我陷入无休止的忙碌，工作、生活，每一件事情都朝我奔涌而来，让我无暇顾及邮箱里那些诗歌。在相当长的一段时间里，我和江离联系得越来越少，至少最后几乎淡忘了彼此。

时间快得恐怖，当我再一次遇见江离时，竟然是16年之后了。那天傍晚，我像往常一样从单位出来，走向那条每天经过的马路。我听见有人在身后叫我，很重的乡音。回头寻找，见一辆收废品的三轮车正朝我跑过来。我一眼认出了江离。

他还跟以前一样瘦，但白净不再，一张脸黝黑粗糙。发际线朝后移了一大截，露出叠满皱纹的额头。相对于我的惊讶，他倒十分淡定，只是微微笑着，似乎早就预料我们会如此相遇。他说，他进城10多年了，刚来的时候帮人送水，能挣点钱。现在孩子大了，他也不想那么忙了。

我问，还写诗吗？

写啊，怎么可能不写？江离咧嘴一笑，像个不谙世事的大男孩。他掏出手机说，来，加个微信，我下次给你寄几本集子。

我们在一条岔路口道别。江离冲我挥挥手，猛蹬几下，汇入密集的车流之中。四周全是高楼，琉璃墙面反射着阳光，让我睁不开眼。但我还是看见了江离，他敞开的衣襟在风中飞起来，像一对白色的翅膀，带着他腾空而起，朝着乐平里的方向。那一刻，我突然也很想回那个村庄走一走。

金牛村的"石头记"

蔡咏梅

金牛村距离襄阳市区 20 公里，顺着"一号公路"驱车便可直达。一号公路不是国道，也不是省道，而是一条贯通乡村的旅游线路，像很多时尚的网红路、网红桥一样，路中央刷有红黄蓝三色漆，道路穿村走巷，越过田野，迈过山岗，起起伏伏地延绵。开车在上面奔走，三色线条流畅得近乎飘逸，常常给人以迎风起舞的感觉。

从市区出来，大概半个小时就到了金牛村。村子地势起伏，房舍错落有序，既有原始的质朴，也融有现代元素在里面。旧房与新房的结构及装修风格迥然不同，呈现出一个时代发展的渐变色调。

金牛村是襄阳市樊城区人大的驻点村。我和区人大财经委的尚明忠主任到达村委会时，已有七八位老人聚在会议厅等着我们。他们是改天换地的建设者，也是村庄变化的见证者，更是相关传说的接力者。请他们聚在一起，慢慢回忆关于村庄的往事，相互补充可能遗漏的细节，一定能发掘许多鲜活的故事。

这些老人们说，金牛村原本有一座邓国古墓，李自成的部队经过时，流寇变成掘墓人，古墓一分为二，成为现在的样子。邓国古墓就在一号公路边，形似两座连体的小山，树木、荆棘与花草葳蕤生长，蓬勃茂密得根本走不进去。当然，也不必走进去，只远远地看着，足以让人平添思古之幽情了。大家感慨了一阵子，老人们说金牛村和樊城区牛首街及牛首村、袁营村，襄城区的白马洞村，谷城县的金牛寺村、鸭子湖村这些相邻的地方，名称全部源于金牛大仙的传说。金牛大仙从牛首过汉江，来到谷城县狮子岩，当地人建了金牛寺，据记载，此寺宋朝时兴建。金牛大仙离开后，河滩上还留下一个"金牛坑"，这是金牛"到此一游"的印证，可见传说在当地的认可程度。

村子里的塚子湾水库面积很大，水又深，老人们讲，20世纪七八十年代，有人不止一次亲眼见到过水怪，那怪物头如牛头般大小，尾巴翘在水面，几个水怪一起游动，浩浩荡荡的气势，惊呆了众人。接到报告后，当时武装部的人荷枪实弹，在塚子湾巡查了好久，却是无果而终。

传奇不止于此，村庄的发展也不停留在传奇上。近些年来，金牛村之所以声名鹊起，是文化引领的结果。说到文化引领，老人们兴奋得很，说现在这个村子，外来参观的人很多，襄阳本地的人不说，像北京、甘肃的游客也是一车车地组团来参观，这可是以前做梦也想不到的事情。外地人一来，金牛村就成了主角，各方面都在无形中变了样，这多亏了社会各界的关心。尤其是杨雪耕、尚明忠等人筹建的奇石馆，那各种各样的石头，蕴含着好多说不清的文化，还吸引了好多人来看。

要说这奇石馆的建立，也是希望以文化引领，让金牛村能在振兴乡村的潮流中脱颖而出。几年前，金牛村也和很多村落一样，年轻人出去打工的多，因此留下不少空房子。一空就是一座小院，时间久了，杂草丛生，荒废得心疼。后来，樊城区人大和村集体商量，把这些房子利用起来，给房主一些租金建成各种展馆。一帮热心人士精心策划后，襄阳奇石协会、书法家协会、摄影家协会、作家协会等，都进入金牛村联合举办展览活动。奇石馆、书画馆、图书馆等应运而生，开门迎客。正因为有了各种文化元素，尤其是一个地方优质文化元素源源不断地注入，金牛村的内涵逐渐丰盈起来。不说别人，我自己就踏访过三次，第一次是春天，乱花迷人眼；第二次是夏天，水库白鹭飞；而这第三次呢，已入仲秋。

金牛村的仲秋分外壮美，一边是金色的稻田连续铺展却边界清晰，稻穗低垂，成熟的气息暗潮涌动。另一边是平整的土地，庄稼已经收割，犁耙后是一道道梳理过的痕迹，土质细腻、松软，些许野草在雨后探出头来，一片片浅淡的绿色。站在塚子湾的堤坝上极目远眺，秋风微微，一垄垄土地延绵，这田野真是充满着希望，它神奇地养育着一代代金牛村的人。

不知不觉来到了奇石馆门前，说是"馆"，其实是两大间房屋。走进去，各种石头整整齐齐地摆着，其中一间，墙上挂着一个条幅："汉水三千里，奇石溢神州。"很明显，是樊城区人大常委会主任李元明的手笔。这两句话说得不假，馆里的石头大部分是汉江石，这当然得益于三千里汉江的天然馈赠。长河浩荡，石头不语，它们以一种超然的姿态在岁月里永存，随着时光的流逝，然后在某个机缘里现身，在人事交替中寻找着主人。每一个主人，都是一生的知音。

雅居奇石馆的石头，都是原石，没有加工，没有打磨，没有切割的痕迹，更没有刻意的雕琢。参观石头的人就是石头的观众，来这里观赏它浑然天成的美与灵秀，是对大自然神奇的敬仰。这些石头被摆放在木质底座上，底座根据石头的形状量身定制，摆放时对号入座。这里的石头有的雅致，有的粗犷，有的圆润，各具特色。天下没有完全相同的两块石头，每个石头都是世间的唯一。在世间，亿万斯年流过，只有石头是不朽的，是千秋万代的过去和未来的见证。

这里的石头很幸福，每一枚都有一个属于自己的名字，或根据形状，或根据寓意，或根据花纹，或根据质地。有名字的石头和有了名字的植物一样，被赋予了情感和文化内涵。石头被唤醒了，可以与人互动共鸣，人石互赏，仿佛人世男女之间的两情相悦。但石头和植物的名字也不完全一样，植物的名字，往往是一个类别，也可以说是姓氏，比如桂花树，所有的桂花树都统称桂花树，再细分，也还是某个类别。奇石馆里的石头大部分是汉江石，也有长江石和其他三种，那么汉江石、长江石、黄河石就是它们的姓氏，灵猴、千里眼、大展宏图、神兽等是它们的名字，有了名字，就有了特定的身份，石头就可以成为"众里寻他千百度，蓦然回首，那人却在，灯火阑珊处"的令人牵挂的"她"。

细看石头上的纹理，有的像一幅画，有的像一个人物，有的像动物，还有的像流云、像水草、像树木、像花鸟虫鱼。凡世间有的，石头上几乎都有。石头是不是用自己的身体记载了乾坤始奠，记载了天崩地裂，记载了沧海桑田，谁知道呢？人们在探索，但大自然中奥秘太多，鸟的鸣叫，花的开落，石头的缄默，万物有灵，它们都该有自己的心思吧。

人们常常称赞，这世界万紫千红，而人的兴趣爱好哩，也各有不同。因爱成痴，迷恋石头者，古已有之。在襄阳城内有一座米公祠，是为纪念宋代书法家米芾的祠堂。米芾见奇石便"呼为兄弟"，见之三拜九叩，曾经因石头丢官，世人称他为米癫。米公祠内的廊壁上陈列着米芾、苏轼等名人的书法石刻100多块。庭院内也有很多奇石，一年四季，都有外地人慕名前来参观。

现如今，襄阳痴爱石头的人也很多，雪耕先生肯定算一个。摆放在奇石馆里的石头有相当一部分是他收藏的，他时常组织观赏石协会的会员和村民一起学习石头文化。在他的影响下，金牛村的村民也爱上了石头，随便摸一块石头，大致也能说它出自哪里、价值如何。也有村民开始捡石头，收藏石头。他们慢慢懂得，收藏石头，就是收藏自然与历史，是收藏文化和乐趣。

雪耕收藏石头有10多年的历史，他出版过4本文学书，手里又正在撰写一本有关石头的散文集，是襄阳版的"石头记"。到他家是开门见石，一进门的布艺沙发上堆满了拳头大小的汉江水墨石，那沙发完全是提供给石头坐的，靠背上也放一排石头，仿若汉江船头的一溜排青灰色水鸟。石头清洗过，纹路各异，干净而圆润。他的客厅、卧室、书房全是石头，连窗台上也是，整个一套石头房。在他的业余生活中，石头的位置首屈一指。

家里摆满了石头，再寻到石头实在无处可放，雪耕就把石头堆放在他表弟家的仓库中。那仓库有300平方米，厂房似的，是一个大通间，石头做了初步的分类。货架上、地面上，到处都是石头。大大小小，奇形怪状。这些都是他的宝贝，是他的一种精神寄托。看着这些石头，心情就格外高兴。他挑选一部分石头放在鱼梁洲汉江画面石会客厅，一部分放在金牛村的奇石馆，一块独特的呈现出"习"字字样的汉江水墨石，专门放在"中国第一家私家园林"习家池，免费供游人参观。

关于石头的分类，我向雪耕请教，他说水冲石基本是以出产的江河命名，如长江石、黄河石、汉江石等，汉江石头可分为水墨石、釉光青、蜡石、汉江红、卷纹石、陶石等。

摆在金牛村展厅的石头，一般是上好的，很有观赏性。石头上的纹理和图案，并不是后天画上去或者印染上去的，所以那些天然的纹路需要去感觉，去联想，这就需要一定的文化修养。雪耕拿出一块石头让我看，一开始我没有看出来，他手一转，石头倾斜后，我认出是一个"道"字。石头的乐趣也在其中，同样的一块石头，有的人看的是一些曲线，而有的人能悟出它是个"道"字。这个"道"不是一般的字，在中国的文字中，"道"更显得博大精深。"道生一，一生二，二生三，三生万物。""大道无形，生育天地；大道无情，运行日月；大道无名，长养万物。"石头天然，道法自然，有形的与无形的融为一体，这块石头的本质是石头，承载的意义却远非石头。

他又拿出一块石头让我辨认，我蒙出来是个"寿"字。他说"寿"字写法有100多种，如果没有点书法知识，不见得能看出来。我能蒙出来，是因为我在尧治河见过一块刻了100多个"寿"字的大石头。坦白说，让我写，我只会写一种。但是辨认的话，连蒙带猜也能说出一些。那么，重点来了：这块石头落在知识贫乏的人手里，如我，就觉得没有什么价值，看石就是石。落在懂书法的人手里就如获至宝，看石又不是石。再比如石头上的图案花纹，一般人看不出个子丑寅卯，非得有点文化的人才能意会出"米芾拜石""嫦娥奔月""女娲补天"这些精妙的故事。从这方面来讲，只

有具备了一定的文化素养，也才有相应的鉴赏水平。

奇石馆里的石头，有的是在江滩捡来的，有的是从农家淘来的，还有的是从各地奇石馆买来的。

雪耕讲起他到神农架买石头的经历。他看中一块石头，浑圆饱满，浑身泥黄，皮老色重，水冲度极好，于是反复抚摸。老板走过去用电筒映照，皮薄的地方透亮，有天眼，顶部的指甲纹呈扇形展开。老板开口要18000元。按说值这个价，只是他身上没带这么多钱，只好遗憾地去看其他石头。

后来，一个女子也看中了那块石头，与老板一番品质论价，砍到了6000元。这前后不到半个小时，价格天壤之别。雪耕心里五味杂陈，又暗暗惊喜。石头价格水分太大了，多少钱也没个具体标准，完全凭心情。价格被砍掉三分之二后，女顾客却没有购买，雪耕看到了希望的曙光。

老板看他真想要，就说，石遇有缘人，如果真喜欢，就抱走。但这次他也精明了，先不着急，只与老板谈石头的品质与蕴藏的文化。一番"华山论剑"后，老板只收了他3000元，另外还送了他一块广西草花石。

正是一群热爱石头的襄阳人把从全国各地的奇石馆、每条河流、每座山峰搜寻而来的石头摆在馆里供人观

赏，这些在地壳运动中呈现出千变万化的石头，才能奇妙地聚到一起，让我们有缘遇见。

奇石馆是各种石头的驿站，不论如何流转，所到之处，都是喜欢它的人们，把它们捧在手心，小心安放，用眼神和心灵交流，如果相看两不厌，那就是知己了。而这些热爱石头的人，同样热爱大自然，热爱生活。

在襄阳，一些热爱石头的人，喜欢到谷城冷集江滩捡石头。石头不论大小，只要入眼，就会捡起来。有时候没有什么石头了，一场大雨后，潮涨潮落，石头被涌动的洪水层层推到河边，水落而石出。那些重见天日的石头，在水里经过成千上万年冲刷、裹挟，没有尖锐的棱角，圆润顺滑，那是大海送给爱石人的礼物。

入冬以后，捡石头的阵地转移到南河的石滩，那里的硅石和火爆石非常好。尤其硅石，个头大，皮质好，气度非凡，常常让人眼前一亮，欣喜若狂。牛首的江心洲岛是硅石的天堂，很多石友划船过去，把心仪的石头装在船上，在月色中满载而归。回家后，经过认真洗涮，筛选，做好底座后，选一部分放到奇石馆，让四面八方的游客欣赏。

在大山或者江滩捡石头，能真切体会到人与自然的和谐相处。山上古木苍翠，清泉石上流，心情舒畅。江滩上水鸟翩翩起舞，成群的野鸭在水面戏水，让人看到自然界的美好，感慨人间值得。每一块被捡起来的石头可能经历过清风朗月，也可能经历过波澜壮阔，总之，其中都隐藏有故事。

金牛村的很多标志性建筑或者历史遗迹，比如母鸡堰、塚子湾，甚至金牛村的村名和金牛村的精神"善学勤耕，崇德尚贤"，也刻录在石头上。如同米公祠、习家池廊壁上的碑文一样，以期永流传。这些刻字的石头，是精神载体，被赋予各种意义。

奇石在时光中不老，村落在发展中变迁。幽静的金牛村，流传着神奇的传说和一个个振兴的故事，吸引了很多游客，人气来了，经济发展便活起来了，投资商也充满了信心。在未来的规划中，有个投资商准备投资一个亿，把金牛村打造成康乐中心，还有投资商也闻风而来，准备建立绿色采摘园等。不管未来怎么发展，在乡村振兴的旅途中，奇石馆已率先成为金牛村的一张文化名片，村民捡到好的石头也放在那里，既是展览也可以出售，并已经创造了经济价值。现在，金牛村的石头是文化与经济的融合，它的故事在继续流传，它的魅力也在不断扩散，它将作为一个支点，撬动乡村的文化昌盛，经济繁荣。

有一种滋味叫家乡

宋小词

我的家乡是松滋市万家乡腰店子子村，一个普通得不能再普通的小乡村。小的时候我很嫌弃我的家乡，又穷又破又脏，我盼望着有朝一日能远走高飞，一辈子也不跟这破地方有任何关系。长大后真的离开了家乡，在城市里生活打拼，孤独缠绕，偶尔听到一两句乡音竟觉得十二分的亲切，家乡竟成了我魂牵梦萦的一团愁绪。

我常常在半夜里想起我的村庄，想起我家门前的稻场和柳树。那柳树根下有时会长出一窝菌子或是木耳，那是一顿美味。再往前是橘园，终年青翠，村里有孕妇喜酸，我家橘园的橘子从来都

没留到皮黄之日。左边是堰（池塘），里面有翘刁、鳊鲅、草鱼、鳢子、螺蛳和青蛙，有时半夜里能听见"嘭"的一声巨响，那是母鱼在水面板籽的声音。右边是田，到了冬季稻子收割完后一般会种上油菜，开了春，漫天油菜花开，金灿灿的，引来一群群蜜蜂。父亲爱读宋词，母亲爱唱戏，黄昏时，鸡鸭上了笼，父亲就会吟诵几首诗词，母亲则教我唱戏，唱花旦戏《卖水》："清早起来什么镜子照，梳一个油头什么花儿香，脸上擦的是什么花儿粉，口点的胭脂是什么花儿红。"尖着嗓子唱得跟乌鸦叫似的。

小的时候睡觉逢到有什么动静的时候，母亲总是说，别作声，听听。我便躺在母亲温暖的怀里张着耳朵听。我听到远处的狗叫，听到穿过竹园和树丛间的风声，听到村尾吵骂和嘤嘤的哭声。这些乡村的动静滋养着我的想象，激发了我黑夜里编故事的能力，这些动静也使我在懵懂中开始懂得村庄的秘密，隐晦的富有意味的秘密。

　　今年"五一"长假期间，很多乡村小视频都在晒一种只有农村才有的美食，我们那儿叫梦子。梦子是当地的叫法，至于学名叫什么，我一直没有去求证过。大抵就是鲁迅先生笔下的覆盆子吧。梦子是一种带刺的灌木，开黄白色的花，果实模样有点像草莓，但其个头比草莓要小得多，哪怕是发育再好的果实，大的也不过拇指尖那么点。但吃起来比草莓更味美，汁水也更足，酸而不冲，甜而不腻，入口即化，直沁心田。以至于这么多年来，每当看到"望梅止渴"这个成语时，我脑海里竟然不是杨梅，而是一大片红灿灿的梦子画面。

　　梦子味美，但不经存放，最好的办法是采下来后，直接入口吃。但因为有毛虫爬，或者其他诸如灰尘、动物粪便等之类，大人们总是反复告诫我们：一定要用容器装好，带回家洗过了才能吃。所以，小孩都是带个水瓢或者细篾篮子，散布到山上分头采摘，然后约定下山返家时间地点，各自拿出自己的器皿，比比看谁摘得更多。如果谁获得了第一名，那自然比在学校得到老师的表扬还要高兴，所摘的梦子吃到嘴里，也更加觉得香甜无比了。

　　梦子也给我留下过一些遗憾烙印。有好几次，在跟随父母长辈去田间劳动的路上，每当他们半天劳作完毕，要回家吃午餐或晚餐时，我们几个小孩意犹未尽，仍然满山遍野地在寻觅。这时候，他们便会用惯用的伎俩来"劝诱"我们：快回去！等明天再来，专门抽出时间为你们去摘两碗，吃个饱。在孩童眼里：大人的话是可信的，大人亲自出动的力量是无穷的。于是小孩们飞奔着跑下山来，跟着回了家。而睡过一觉，第二天一起来，大人们或是因为有别的劳作，或是因为天气变化等原因，不再带小孩入山，昨日的承诺就自然无法兑现了。

　　小时候，因为老人们经常讲他们口口相传的"鬼故事"，再加上后来电视剧《聊斋》的影响，小孩们对鬼都是很害怕的。真正的鬼大家都没见过，但是鬼的诞生地——坟墓，在山间地头，却随处可见。黑底朱漆墓碑上红色的字，似一双双血红的眼，盯得让人寒彻入骨。坟头上迎风飘荡的纸幡似游魂一般，似乎随时可以将小孩勾走不见。正因为此，小孩子们的活动场所基本都会远离坟墓。但恰恰就是在坟墓边，有的梦子树却长得特别茂盛，红果压枝，煞是喜人。可是单人不敢近前啊。怎么办？放学后，几个胆大的玩伴一合计，决定抱团取暖，结伴前往！

于是三五个好友，壮着胆手牵手来到坟头，相约谁也不能先撤，大有一种视死如归的气概。大家刻意不去看那令人发怵的墓碑，只盯那红灿灿的梦子挂在枝头，几个箭步冲上去，也不顾上平日里称兄道弟的感情了，一个个开始疯抢，全往各自的书包里装！小鸟在林间追逐嬉戏，我们在坟头手忙脚乱，抢得不亦乐乎。待到某一个人感觉摘得差不多时，突然大喊一声：鬼来啦！几个小伙伴便吓得魂飞魄散，以超过百米冲刺的速度，迅速撤离现场，只剩下身后山风呼呼作响……

孔子曰：食色，性也。吃对于我们来说，是人生最重要的组成部分之一，而童年的味道，更是陪伴终身的味道。人生到处知何似，应似飞鸿踏雪泥。倏然一晃，离开家乡10多年了，这些年间，回家乡次数屈指可数，也从来没有一次赶上过摘梦子的季节。

细细想来，许多家乡的人和事，都已尘封于脑海深处，成为我心中永不褪色的温馨！

如今到了这大城市里了，过上了朝九晚五的生活，到了周末开了Wi-Fi往沙发上一躺手机一拿，手指上下滑动，时间一长，我感觉我的生活像一枚不见光的瓜果一样，有了糜烂的征兆，这是一种荒废，城市里的高楼、灰尘、噪声、形形色色的人让我生出一种厌倦之感，这种厌倦与日俱深，恨不得即刻就与这生活决裂，可是现实情状种种，又不得不按部就班地向前挺进着，如一截行走的木桩混迹在如潮水般的人群里，面目模糊如一团污浊的墨迹。

在乡野里长大的人身上会有野性的基因，是不受束缚的，到了一定的年岁，这种基因会被唤醒，会在你体内鼓捣。在钢筋水泥中、在市语微哗中，你会想起老家，想起堰边的水牛，想起儿时的伙伴，想起坟地和草垛，这些你少时急于撇清的东西，原来已经溶进了你的骨血里。开始喜欢起一些平淡中见真滋味的诗句，如："故人具鸡黍，邀我至田家。绿树村边合，青山郭外斜。开轩面场圃，把酒话桑麻。待到重阳日，还来就菊花。"（孟浩然《过故人庄》）如："结庐在人境，而无车马喧。问君何能尔？心远地自

偏。采菊东篱下，悠然见南山。山气日夕佳，飞鸟相与还。此中有真意，欲辨已忘言。"（陶渊明《饮酒·其五》）

当我慢下来的时候，静坐的时候，当口味与喜好发生变化的时候，我知道我开始"返祖"了，人从哪儿来还是要回到哪儿去的，内心强大了，才有勇气洗净铅华，露出本来面目，从前多么怕人嘲笑自己是乡里人，穿衣打扮上各种跟风，把自己的户口拼命往城市里转，如今，却生怕别人不知道自己是乡里人，家里所有插花的瓷器统统换成了乡村里惯用的粗陶，那些孤光激滟的东西，我再也不喜欢了。唱戏也不再唱快板、流水、二六等一些快节奏的段子，转而唱慢板、摇板、散板等板式，唱一句晕半天，一个腔在口里拖着、迂回着、婉转着，像是走不到头似的，也不再喜欢铆着劲站在台上满宫满调唱给人听博得一些掌声，而是更喜欢把自己关在屋子里，自己唱给自己听，唱一句"饥饿了就该把战马宰杀，身寒冷就该把大衣焚烧，宝雕弓打不着空中飞鸟"，直把自己唱出两行热泪来。

也开始越来越喜爱家乡的口味了，炸胡椒、烂盐菜、腊肉粑粑，特别是冬月里年猪肉炖白菜萝卜，怎么做都好吃。然后这些记忆中的味道，长大后无论怎么做却再也品不出当年的滋味了。我不明白这是怎么了。成长所丢失的东西，无论怎么寻找也寻找不回来了。失去了就永远失去了，留下的只有遗憾与愁绪。

如今家乡与我的联系除了儿时的记忆，淌在血液里的基因外，就是父母的坟头了。多少次在梦中我站在四周衰草连天的村庄公路上，在雾气蒙蒙中前行，前方传来亲人们的声音，可是我无论怎么追赶也追赶不上，孤独与无助袭来，醒来后，常常热泪双流。

自此才深深懂得，这世上有一种刻骨铭心的滋味叫家乡！

襄阳好风日

婉　清

行走在襄阳街头，不禁想起王维的千百年来为人们传诵的诗句："襄阳好风日。"而就是这平实的一句诗，道出了襄阳人的乡愁。襄阳人的乡愁，是一座古城，一池碧水，一碗碱面，一壶黄酒，是亲人的守望，湾上的炊烟；襄阳人的乡愁，是所有襄阳人的"根"，是对襄阳的深情大爱，是对襄阳的文化认同。

遥想当年，唐朝大诗人王维从洛阳经襄阳南下，专门拜访他的千古知音——同为盛名的本土诗人孟浩然，他在这里逗留了数日，他们一起写诗，一起寄情山水，一起归隐山林，一起

"行到水穷处，坐看云起时"。某日，王维极目远望江水，突然间风起浪涌，所乘之舟上下波动，眼前的襄阳城郭也随着波浪在汉江中浮浮沉沉。风越来越大，波涛越来越汹涌，浪拍云天，望着磅礴水势，他俩唱和，王维便吟出了这流传千古的诗作。"襄阳好风日，留醉与山翁。"山翁，即山简，晋人。《晋书·山简传》说他曾任征南将军，镇守襄阳。当地习氏的园林，风景很好，山简常到习家池上大醉而归，王维便与他共谋一醉。诗人直抒胸臆，对襄阳的山景和人都流露出无比热爱之情。

汉水苍苍，古城悠悠，源远流长的江河文化，瑰丽多彩的诗文华章，在襄阳这个地理区位上，聚合为一个明丽的亮点，它流经陕西汉中、安康，湖北十堰、襄阳、荆门、天门、潜江、仙桃、孝感，到汉口流入长江。诗题在元代方回的《瀛奎律髓》中题名为"汉江临眺"，临眺，登高远望。汉江从襄阳城中流过，把襄阳与樊城一分为二（合称"襄樊"），以及襄樊周围大大小小的无数城郭（包括襄阳城门外的许多"瓮城"）。临泛江上，随着小舟在波澜中摇晃，感觉远处的天空都在摇动，这一美景，难怪王维对这座古城如此陶醉！再加上有充沛的活水资源，有江河流经贯穿，有悠久的历史文化沉淀，这座城市的面貌和形象就让人刮目，犹如人体既有了经脉气血的畅通，又有了颜面风华的雅致，这是襄阳之幸。

汉江穿襄阳城而过，形成宽广平缓的河道，成为天然的屏障护城河，最宽处达250米。天下护城河以襄阳的最宽，堪称华夏第一城池。自古就有"铁打的襄阳"之说，如今它还是那么雄伟壮观。汉江，长江最大的支流，循名责实，水因地而名，或者更有一种寓意。汉江的发源地在我国的秦岭山脉，水质极好，最适合为饮用水，是一条水清如镜，受污染最小的

大江。当年楚国的重心，如今国家南水北调西线的起源地，以及三国以至宋明以来的兵家征战之地，都与这汉水不无关联。借助便利的水陆交通网络，南来北往的船只从汉江和长江云集襄阳，一时间"往来行舟，夹岸停泊，千帆所聚，万商云集"。盛唐诗人张九龄坦言："江汉间，州以十数，而襄阳为大，旧多三辅之家，今则一都之会。"杜甫有诗云："即从巴峡穿巫峡，便下襄阳向洛阳。"白居易亦云："下马襄阳郡，移舟汉阳驿。"由此奠定了襄阳"南船北马"的繁荣盛况。

而与汉江接通，不远处就是护城河，我住的南湖宾馆旁边的街头公园就可以进入江水的景点，小道上人流摩肩接踵，微风轻拂，波光倒影，影影绰绰地映照出车水马龙式的繁华，河里的水是那样清，清得可以看见水里的沙粒和已经发黑的树叶。整个护城河面宽如湖泊，碧波荡漾，似巨型的翡翠和玉璧环绕着古城。不远处，街头广场数百人聚集，唱跳舞蹈，或缓或急，声浪鼎沸，喧闹的节奏与静静河水形成强烈反差。但正是如此，使得这座城市总有种出世入世之感，想必这也是深厚的千年文化支撑的底蕴。

"东津绿水南山色，梦寐襄阳二十年。"我同醉翁欧阳修一般，被襄水之阳的那座城魂牵梦绕了多年。时常在

书卷中张望，看着关于这座城的文字堆叠演绎成故事，勾勒出一个关于襄阳的梦。1000多年之后，我又循着王维的足迹而来。9月尽管早已入秋，然而风日之好，气候宜人，汉江、城墙、阁楼、水塘、花树，真实地铺开在你面前，古城的强大魅力由此凸显，它们仿佛都被蒙上一层低饱和度的滤镜，在我的眼前形成颇有质感的画面。禅意深、古意浓。每帧每幅，皆是故事。

有人说，襄阳多战事，这座城是千古英雄的坟场。关羽水淹七军在此，刘备马跃檀溪在此，南宋的几世荣光也因此城的失守而终结。"夫襄阳者，天下之腰膂也。"腰膂是人的腰背，襄阳是天下的腰背。它地处南阳盆地和江汉平原狭长通道的核心位置，是中原地区南北陆路交通的重要中转站，还是沟通中原和长江水路航运的关键节点。清代顾祖禹在《读史方舆纪要》中称，襄阳"北通汝洛，西带秦蜀，南遮湖广，东瞰吴越"，可见其地理位置的重要性。

"自汉以来，起中原而争天下者，惟晋以楼船出巴蜀，沿江东下取吴，外此，这出师之途无过二：曰淮北，曰汉南。而江不与，淮北不得志，则汉南重，而襄重起东南者亦然。"襄阳扼守着南北交通的咽喉，本身三面临江，背靠岘山，军事价值不言而喻，但自古乱世出英豪，襄阳这座多战事的城，自然是天下英豪的聚集地。诸葛亮归隐于此，刘备为平定天下三顾茅庐；岳飞大破金兵。收复襄阳，面对这精忠报国的一腔热忱，金人虽众又有何为？李自成攻破襄阳，彼时的襄阳成了襄京，见证了闯王斩将，纵横驰骋的灼灼风华。

然而最初我知道的襄阳的英雄传奇，却是一个少年，他从纸上跃然而出，经过我的心上。暮鼓晨钟，黛瓦朱门，是谁按停了时钟？世上千年，唯独在这儿遗落了江湖，是那个看似愚钝少年坚守了30多年的执念。

少年携着他心爱的人儿，在江湖上走过一遭，没有归隐桃花岛，做那江南柳枝上的双飞燕。他挡在了襄阳千万生灵与蒙古铁骑的刀锋之间，他并不聪明，甚至固执得像块愚木，不懂得如何从那乱世中脱身，与爱慕的她做对神仙眷侣，他不愿负了江湖人尊称的一声"郭大侠"，便舍下了自我，却唯独觉得苦了自己的心上人。

她虽不似他那般，但面对襄阳战事，同样义无反顾。在苦守襄阳30多年的漫长岁月里，她从少女变成了妇人，敛去了锋芒，收起了小女儿顽皮的心性，不再逍遥行于世间。他在襄阳，襄阳便是她的江湖。

从那时起，已不见那对悠游天下的江湖小儿女，只有立在襄阳城下不畏生死的夫妇。一声声"靖哥哥"，一声声"蓉儿"，从弱冠唤到古稀，一如既往，初心亦从未改变。走出半生，再无正茂风华，可他们依旧坚守在这座城，着一袭古裳，行走古墙，一步刀光剑影，一步儿女情长，仿佛仍是当时少年郎。

在这座古城门上的西北角处还有个"夫人城"，上面有尊雕像，这又是另一个女中豪杰——韩夫人。这位女士姓韩，出生于东晋时期，她的儿子叫朱序，是东晋名将，曾被任命为梁州刺史，镇守襄阳。

太元三年（378年）二月，前秦皇帝苻坚为消灭东晋，独霸天下，令其长子、长乐公苻丕率领17万大军，分四路大举进攻东晋重镇襄阳。此时，守将朱序手下兵员紧张，连守城都顾不过来，他的母亲见儿子忙于全面防务，便亲自登城巡视，察看地形。韩夫人，早年曾跟随丈夫朱焘南征北战，看出城西北角地形险要，必先受敌，便带领家婢和城中妇女，夜以继日筑起一座新城。

西北角果然最先被敌军攻破，守城将士移驻新城继续战斗，保住了襄阳城。为了纪念韩夫人筑城抗敌之功，襄阳人把襄阳城西北角那段城墙称为"夫人城"。千百年来，韩夫人这位巾帼英雄的壮举一直为后人所缅怀，夫人城也屡获修复。

夫人城的正门入口，在临汉门的内侧，拾级而上就能看见二层楼制式的城楼。站在城楼之上，向外远眺可以看见汉江奔流不息，以及两侧汉江大桥和长虹大桥的壮阔。向内望去，穿过熙熙攘攘的商业街，远处的明昭台和古城楼遥相辉映。我到这里，已是落日余晖时，在夕阳的照耀下，古城墙显得特别的耀眼，浮光跃金。

尽管眼前的景色温暖且绝美，可若隐去襄阳城的烽火硝烟，透过阻挡敌军的铜墙铁壁，又有谁言襄阳苦？当脱下铠甲，想必当年的他们都是这城中的逍遥郎。那些奋勇当先的殊死搏斗，不过是为了再无弥漫的硝烟遮住眼，再无刀枪剑戟的声音灌入耳，让襄阳不再是襄阳，也让襄阳永远是襄阳。

我摸着斑驳的城墙门，一处处古迹，如无言碑雕，记录着历史，大漠英雄的挽歌，每一寸尘土还唱着：誓死抱守终不渝，生有威，死不悔。

《神雕侠侣》里当杨过问郭靖襄阳是否守得住时，郭靖沉吟良久，手指西方郁郁苍苍的丘陵树木，说道："襄阳古往今来最了不起的人物，自然是诸葛亮。此去以西二十里的隆中，便是他当年耕田隐居的地方。诸葛亮治国安民的才略，我们粗人也懂不了。他曾说只知道'鞠躬尽瘁，死而后已'，至于最后成功失败，他也看不透了。我与你郭伯母谈论襄阳守得住、守不住，谈到后来，也总只是'鞠躬尽瘁，死而后已'这八个字。"

其实"南阳诸葛庐"在襄阳，襄阳人对于诸葛亮的感情很深，有以他命名的广场，还有以他命名的文化节。隆中山里草木翁郁，几座草庐宅堂散落其间，一眼井水汩汩地流淌，设想当年孔明先生若真居住于此，倒称得上是闲云野鹤了。虽然整日躬耕，却笔耕不辍，时刻思考着天下大事，这种心系天下的胸襟着实令人钦佩。隆中对后追随刘备辅佐刘禅20余年，一步一步将蓝图转化为现实，一次次北伐使得原本弱小的蜀国占据战略的主动权，最终由于操劳过度病死军中，使得后世英雄泪满襟。在古隆中的楼牌两旁，分别刻有他的名句"淡泊明志""宁静致远"，名臣的一腔情怀，肝胆相照，超迈高义，拳拳赤心，历经千百年，成为中华文化的一部分，被人们视为智慧与忠义的化身。很多地方都建有武侯祠，大概也是出于对他的敬仰之情吧。

晚饭后去北街周围漫步，在护城河的映衬下城门显得高大和独特，微风夹杂着江水的沁凉，好不惬意。孩子们在码头边嬉戏，好多青年男女在放孔明灯，一点烛光将微薄的纸映得透亮，飘飘摇摇地上升，越过汉江飞上天空，点缀漆黑的夜。灯火万家城四畔，星河一道水中央。

站在东南角一处以建安七子之一、王仲宣之名命名的仲宣楼向下望，护城河与城墙相间的葱郁石子路，假山桃树林，襄阳人叫它阳春门公园，是白居易住过的地方。李白专门赋诗称道的"孟夫子"孟浩然有诗，全中国的人都会背：春眠不觉晓，处处闻啼鸟。就是在襄阳写下的春。

鲜衣怒马，把酒天涯，哪个仗剑少年的心里，不藏着一座襄阳城？唐诗5万首，十分之一有襄阳，襄阳小儿生来会背诗，会讲三国，因为他们生在古诗里，生在好风日里。

归去来兮

胡 晴

"我们到遥远的地方寻找青鸟，可青鸟却在我们的出发之地。"

——莫里斯·梅特林克

陈陈是在农村出生长大的，乡下的夜晚漆黑而安静，只有仲夏的虫鸣和蛙叫，寒冬的北风和落雪伴他入眠。那时候总嫌弃得不行，睡前常常想象着城市夜里的热闹喧哗，灯火阑珊。家乡的宁静安放不了他年轻鼓噪的肉体和梦想，在全家的支持下，他一心一意努力学习，考上了武汉市的一所211院校。大学本科毕业后，他理所当然地留在了武汉城区，并在外企找了一份待遇不错的销售工作。

一切都在向他希望的方向前行，努力工作赚钱，在双亲和兄长的支持下，陈陈在工作的第五年终于在汉口安了家，贷款买了一套商品房，80平方米左右的两居室，那个小区里最小的户型。他把自己的新家选在了28楼的高层，哪怕比低楼层贵上十几万，仍甘之如饴。他向往着一切与农村截然不同的城市里特有的风景，期待着晚上可以站在阳台上眺望远处细长马路上的车水马龙和灯光闪烁。

和大部分城市里新建的楼盘一样，陈陈所在的这个小区房子是板塔结合的混凝土结构高层建筑类型，典型的层高低、隔音差。刚住进来的半年，楼上是空着的，除了隔壁左右偶尔孩子的哭喊和大人的吵架声，一切都还好。陈陈本身也不是一个太注重细枝末节的人，睡眠质量一直很好，下雨刮风甚至是打雷都影响不了他平静的睡眠，从大学集体寝室到毕业租房，就算环境很嘈杂，他也从未被噪音困扰过。

陈陈的工作是销售，每天必须和形形色色的人、密密麻麻的数字表格打交道，沟通、报价、售后……幸而从小在农村养成良好的生活习惯，白天才能元气满满地应对这些琐碎而细致的事情，还不出丝毫差错。

住进新房半年后，楼上邻居的装修队入场了，开始了好几个月不分昼夜地搞装修，经常大半夜还在敲敲打打。有天晚上快11点了，楼上还在叮叮咚咚地不知道敲什么，惊醒了刚入睡的陈陈。低频的噪音或偶尔的异响影响不了陈陈优质的睡眠，但这一段时间尖锐噪音的持续惊扰，瞬间让他脑袋发胀，胸口闷痛。联系物业，十几分钟后终于安静了，可第二天晚上哐哐当当还在继续。

物业电话成了陈陈的热线，物业也很无奈，跟他诉苦，说物业的身份比较弱势，没有管理约束业主的权力，只能提醒、规劝，最终只能靠业主的自觉和公德心。陈陈无可奈何，只能自我调节，想着装修一般最多就半年吧，忍忍就过去了，都是邻居还是不要撕破脸比较好。于是在网上买了降噪耳塞，睡前往耳朵里一塞，声音能小一点是一点。

装修的噪音渐渐没有了，然而桌椅的拖拉声、跑跳声、物品掉落声……噪音此起彼伏，陈陈依然无法安稳睡觉，和楼上邻居数次沟通，无果。对方还讽刺他，这么早就睡觉，是老年人吧！陈陈对楼上的邻居恨得咬牙切齿。他想过很多办法，各式各样的，比如报警，警察表示制造生活噪音不是违法行为，没有法律规定，也就无法约束邻居的行为，最多帮忙调解一下；比如购买镇楼神器，但是镇楼神器还会影响其他邻居休息，激化邻里矛盾，他这么做就和楼上缺德邻居一样了，不可以；甚至想过干脆把房子卖了，再换个顶楼的二手房，然而看着手机里的还款通知和存款余额，只能无奈叹息。

冷漠的城市及人群，让置身其中的他，也渐渐失去原有的热情。夜晚烦躁不堪无法入眠的时候就站在阳台上看着远处细长马路上的车流，车灯闪烁明明暗暗，像蚂蚁一样匆匆忙忙来来去去。在繁忙城市的夜里，仔细地去思考自己忘却了些什么，那些不知不觉中被遗弃的珍贵情感，更多时候却连自己思念些什么也弄不太清楚。

偶尔会想起家乡的那条溪流，也是又细又长，夜晚明亮的月光洒在水面上，也是明明暗暗，一眼看不到头；偶然还会想起自己曾经努力学习一心往城里奔的理想，总不免带着惘然；更多的时候，却是想投入那仿佛能包容一切的黑色怀抱中，张开双手，深呼吸，然后轻轻一跳……

每天，每天的每一天……陈陈忍受不了地从床上弹了起来，暴躁地跑去厨房拿了一把菜刀，想把楼上这群这么晚还不睡觉的噪音制造者给剁了。同时，脑子里还在思考，应该走安全通道的楼梯上去，电梯肯定不行，里面有摄像头……满腔愤怒血冲头顶地打开房门，被冷风一吹的瞬间，突然清醒过来，出了一身冷汗，这是在干什么呢？差点就做了无可挽回的傻事。

陈陈知道自己病了，好像还挺严重。时而暴躁狂怒，时而消沉抑郁，并对噪音有了非常敏感的反应，非常介意睡前哪怕一点点的声音。楼上的脚步声、拖拉桌椅声、物品掉落声、讲话声、开关门声，甚至是马桶冲水进下水道的声音，都能听得清清楚楚。到后来发展到不管白天晚上，都全神贯注地听楼上的动静，对噪音投以无

法自控的强烈关注。有时候明明被电视或阅读所吸引，突然听到楼上的脚步声，就会迅速集中精神，去捕捉楼上的噪音，甚至可以通过各种声音，判断楼上业主在哪个房间，可能在做什么事情。一阵噪音过去后，他心里又开始猜测，后面会不会还有，刚想睡下，楼上又传来声响，反反复复心一直悬着放不下，等待随时出现的各种噪音。原本早睡的陈陈，每天只能熬着，总想等着楼上彻底没有声音了再睡。每天凌晨一两点才能入睡，早上五六点又被吵醒，心慌乏力疲惫不堪，再也没有以前那种早起后精力充沛的感觉，又是难熬的一天啊！

满脑子都是噪音，工作也不能集中精神，时常分心，很多特别熟练的事情都开始出现差错。做报价表，数字后多打了一个零，或者小数点放错位置，这种严重的错误，以前是绝对不可能发生的。与客户沟通，也尽量少说话，以前会耐心细致地去解决问题，现在害怕自己一下不注意，控制不住就跟别人吵起来。下班后更不想回家，经常在车里一坐就是几个小时，感觉那不是家，是让人身心俱疲的大麻烦……

即使如此，日子还是要过。人，还是要往前走。一直沉溺于痛苦中的人是无法活下去的，纵然那些事情摆

脱不了，却也要学着更加坚强。让所尝到的磨砺化为助力让生活继续。

陈陈听从了心理科医生的建议，远离噪音环境，隔绝刺激源头，并辅以药物治疗。他决定搬回乡下老家住一段时间，原本开车十几分钟就能到公司，住乡下后每天来回通勤时间得花三个小时以上，还不包括堵车时间。但渐渐地，他确实感觉到自己的状态在慢慢恢复，精神也越来越好了。

陈陈的老家是在黄陂的一个小村子里，距离汉口有30多公里的路程。黄陂是武汉市乡村面积最大、农村人口最多的区域。

在陈陈的眼里它贫穷、落后、缺乏娱乐，除了景区没有任何吸引力，当然还有土里土气的乡里人，他自己也是乡里人，虽然他曾经奋力跃出农门，极力想要摘掉这个标签。所以，在他努力考上了大学后，只有在清明、国庆、春节的假期回老家小住，然后又匆匆忙忙离开，好像从来没有在意过家乡的巨大改变。

人的记忆真的是非常奇妙，以前身在其中时，眼里往往看不见当时身边的任何美好风景，一味地嫌弃，一心向往着别处。也许对当时的他来说，那些在一旁呈现的衬托是怎样的都无所谓吧，只想着自己的追求和想要去的地方。当时不会在意的那些细节，也没有想到在若干年后，往往却是记得最清楚、最难以忘怀的。

记得小时候，进出村子的那条几百米长土堤，狭窄、泥泞，又高又陡，两旁还没有护栏，一下大雨就又湿又滑，很难通行，就怕一个不小心摔倒滑到堤下，人可能就没了。就算安全通过，也是一身泥水，狼狈不堪。

又过了几年，政府提倡"要致富先修路"，乡政府出钱把堤加牢加宽，浇筑了水泥地面，可以容纳一辆小轿车单向通行。开始还好，村子里没有几户人家有能力买得了车，进出车少，一个车道足够。随着村里人的生活条件越来越好，很多村里的年轻人都在黄陂城区，甚至在武汉中心城区买了商品房，买了代步车，进出村子的车就越来越多。便会经常看到两辆车，一辆进村一辆出村，在单车道的堤上面对面杠上了。如果都是同乡人、熟人还好说，一进一倒，其中一车让一让，虽然花的时间多点，也能顺利通行；如果碰到不认识的，双方又都不愿意退一步就比较糟糕了，冲突在所难免。

前两年，这个问题也解决了，一个村里走出去发家致富了的老乡，响应国家号召回乡搞建设，投资了十几万元，加上村里人集资的钱，再次把堤加固扩宽。小土堤变成了小马路，平实的水泥地，两边安上了结实的护栏，左右两股车道，路窄的地方还有专门的车位，用来停驶让道。

以前深褐色的土屋，也在不知不觉中慢慢消失了，村里前前后后可见的全是三层四层的小洋楼，楼前屋后一圈，种花种树、种果种菜，全看屋主喜欢。

几年前，陈陈的大哥把家里的老房子推了，建了一座三层的小楼，两三百平方米，虽然很多房间用不上，空置着成了摆设，但也为改变乡村面貌做了贡献。蹲便器、空调、电视、网络……该有的都有，和城市里的便捷生活真的没有多大区别。大哥也不知道为了什么，在一楼的堂屋（客厅）还添置了一个跑步机，最终沦为了置物架。家里的老人们住一楼，方便；大哥一家住二楼；陈陈选了三楼的一间房做卧室，明亮宽敞，最重要的是开窗就能看到远处那条又细又长的溪流。

屋前的空地，一部分用来做停车位，两三辆车同时停一点问题也没有。每年的清明节，各路远近亲戚都会回来祭祖扫墓，陈陈家就成了接待站，偶尔几家人同时过来，车子好几辆，也不怕没地方停。

靠近大门的空地上是一个压水井，虽然早有了方便的自来水，但他们很多时候还是更喜欢用井水。特别是逢年过节，早已在城市安家的远亲们带着自己的儿女、子孙回来，那些在城市里长大的孩子们，见到这口井都高兴得不行，把它当成一个新奇的玩具，争着去压水，长长的把手被争来抢去。孩子们抬高手臂使劲一压，压水井就发出咯吱咯吱的声响，然后井水就哗哗地从地底下流了出来。井水沁心的凉，把孩子们激得直哆嗦也不舍得放开手。

屋后用栅栏围起了三四十平方米的小菜园，规规整整地划分成一块一块，种着自家人常吃的蔬菜。丝瓜喜水，一场小雨后就一个劲地往上长。豇豆也不甘示弱，藤蔓爬得老高。还有笋瓜，实在是太好养了，村里人都喜欢种它，一茬接一茬地长出来，吃都吃不完。还有圣女果、奶油生菜、南瓜……施农家肥，天然健康。

菜园旁边还砌了一个小鱼塘，四五平方米，里面养着鲫鱼、鲢鱼、草鱼和一些小杂鱼。饲养简单，鱼鲜肉嫩营养丰富，足够自家人换着种类吃。每次城里来的亲戚朋友，走的时候都会捎上几条。

院子里还种着几棵两三米高的小树，季节到了就能结出非常好看的花。陈陈一直都不太在意这些东西，所以并没有记住它的名字，刚种下时大哥给他仔细说过，树苗多么珍贵难得，是花了大价钱，还租了一辆卡车给拖回来的。旁边还有两棵橘子树、几株栀子花……

又是夜晚，天空无星无月黑沉沉的，却异常温暖。陈陈就这样一直躺在床上，什么也不干。屋外的背景音乐中不时传来一声声鸟鸣虫唱，周围的一切都显得那样包容，即使满身心的疲惫仍旧无法消除，却能触摸到一种宁静和安慰，就像倦鸟归巢的感觉……

远处是夜色旖旎下的那条又细又长的溪流和一片片的农田，那里不仅有田埂、虫蛙、飞鸟，更远处的高地上还有陈陈家祖祖辈辈的坟头。

这片土地从陈陈有记忆起便在，再熟悉不过了，看着她变化，承载着一代又一代的时光。哪怕成年后一直远走他方，每到一处都是陌生，而家乡是亲切的，是家，是不需要奋斗就有属于自己的一方容身之所。

"春有百花秋有月，夏有凉风冬有雪。"这便是人间美好吧，一切都是宁静和谐的，心里便生出了从容、坦然，更有了温暖……

早睡早起的作息习惯逐渐恢复，精神也饱满起来，陈陈慢慢适应了早上开车一个多小时进城，晚上再开车一个多小时回乡的生活。每天下班回家，从岱黄高速上下来，没多久就能看到高高的花木兰雕像，看见这雕像，烦扰一天的心就静了下来，就知道快要到家了。虽然不久后雕像被移走，但这块地界，这处大转盘，一直都在那里。

进了黄陂区，宽敞的马路两边是新建的商品房和商铺，还有大型商圈，超市、商场、快餐店和奶茶店随处可见……同其他任何一座城市的一隅没有什么差别。在陈陈心处远方的这20多年，黄陂真真切切地发生了翻天覆地的变化。

每一天，陈陈开着他的日系代步车行驶在家乡平坦而宽阔的马路上，看着近处的高楼，远处的农田慢慢掠过眼前，感觉心也宽了，脑子也和这道路一样越来越开阔。

人生的路不止一条，乡里人也挺好。

以前"乡里人"是贬义词，是很多人挂在嘴边骂人的话，语气里充满了轻慢和鄙视，是满身泥土的落后脏乱，是讲话沟通的蛮横不讲理，是所有的不合时宜。如今却完全不一样了，城里乡里区别越来越小，早已相互融入，边界已经模糊，再也没有人会用这个词来骂人，反而"乡里人"往往成了别人羡慕的对象。就像某部电影里说的"家中有屋又有田，生活乐无边"。

乡村越来越美，乡村里的人们越来越富足，住着宽敞的大房子与花鸟鱼虫为伴，呼吸着清新的空气，吃着没有农药的果蔬，享受着干净舒适的便捷生活……没有无处不在的PM2.5和各种噪音，没有内卷焦虑，还不用成为社畜……为什么不值得羡慕？

"或许，可以回来……"陈陈想着。国家现阶段实施的乡村振兴，政府有惠农政策，回乡创业只要把握住了机会，就一定会有所作为。另一方面，还能便于照顾年纪越来越大的父母。

或许，跟着大哥学养蜂，这也是一条很好的路子。陈陈开阔的眼界和销售经验，也许能起到很大的作用。

或许，还是应该和楼上的邻居好好沟通一下。陈陈加了几个微信群，都是关于"反噪音"的，大家在群里分享自己与噪音抗争的经历，也有一些成功案例。把这些经验综合学习一下，再把相处模式改一改，从城市邻里的冷漠，转变成乡下邻居的嘘寒问暖。这样的话，对方再制造噪音时就会有所顾忌……

无论接下来的路如何走，陈陈觉得都很好。

如果能像这条长长的马路一样越来越平坦，是最好不过的。

可惜大多数人的人生不如意事十之八九，但是不管好与坏都是重要的经历、过程、获得，都是组成独特自我不可或缺的成分。

剩下的一二，应该常想，是生命的品质、境界的高度，是面对生活各种磨难的勇气和力量。

鸟倦飞而知还，幸福无须仰望，回首即是梓乡。

情归科尔沁

忽 兰

一

我的科尔沁血统的巴拉哥告诉我：内蒙古大地这几年变化很大，荒漠和盐碱滩治理得挺好，绿色越来越多。

长久以来我想去漠北看一看——那里的草原人民如今过着怎样的一种生活呢？

从北京大兴机场出发，进入内蒙古大地的第一站是赤峰。

与其说我是因为发现于赤峰的国宝——碧玉 C 龙动念，过燕山，迈入大漠，不如说，我是为了西拉木伦河，先到了赤峰。

西拉木伦河是科尔沁人民的母亲河。

西拉木伦河的源头在赤峰西边——克什克腾旗大红山北麓。出来即是红山文明发祥地，翁牛特旗。而碧玉 C 龙就是在翁牛特旗发掘出来的。

命运的一定，我若不亲自走一下，是不能亲身切实梳理出来的。

西拉木伦河流过赤峰，向东行，过阿鲁科尔沁，过奈曼旗，入通辽，与老哈河接上头，成为西辽河。

奈曼旗从乃蛮部来。

乃蛮部在漠北草原西边的新疆。赤峰出租车司机说有一个蒙古人想租他的车，从赤峰开到阿勒泰，3000 多公里。

我就在想这个亲自征伐道路的蒙古人，一定有一个成吉思汗西征的情结。

飞机上看燕山，不是很高大，宽阔连绵，山上有梯田。赤峰虽在西拉木伦河水系里拥有广袤的草原，但着陆赤峰市看见，这座城市的自然与人的融合做得不到位，楼林密集，城市的样子单调干巴。

赤峰人爱吃包子饺子馅饼肉夹馍。面食和肉类为主。每条街上都有牛肉干卖，是主打旅游食品。

蒙古帝国时代，成吉思汗岳父的弘吉剌部迁至赤峰。核心区在西拉木伦河源头克什克腾旗，它的意思是亲兵和护卫。

一下飞机，我的头发就腾起，我被猎猎大风团团裹住了。

风，是今天漠北送给我的礼物。

风，或许是唯一的礼物。

因为大地上舞动的古老而美好的影子，果真太少了。碧玉 C 龙是仿品，真品去了国家博物馆。

我在傍晚站在赤峰哈达街十字路口，那里的风更大，似乎风在把消息递交四方，包括我回乡的消息。

一夜黑甜，清晨起来，方向明晰，漠北第一站，我气定神闲，站在大街上吃下一碗金黄浓郁的苞谷糁子粥，三个黑面酸菜馅蒸饺。

赤峰博物馆

赤峰南火车站开往通辽的列车，要向东走四个半小时。我会在正午抵达巴拉哥的母校——内蒙古民族大学，旁有西拉木伦河公园。今晚我住那里。

赤峰的出租车司机对我说过，他记忆里小时候看见的西拉木伦河水面很宽，太宽了，那个宽啊！

华夏文明源头的祖先，他们的母亲河就是西拉木伦河。

西拉木伦河当之无让，是中国的祖母河。

二

我乘坐的火车正在进入通辽，如西拉木伦河在通辽与老哈河握手拥抱融汇，汪洋大水，构成"辽河内外"。

通辽就是曾经的科尔沁。

科尔沁的位置——蒙古高原是

一条腾飞的龙，它在龙的头部和颈部——呼伦贝尔市、兴安盟和通辽市（从前的哲里木盟）的一部分，合称为科尔沁大草原。

科尔沁是泛指的地域，而现在的建制上的科尔沁，是通辽市的一个区。

这个区并不对应明清科尔沁的地域。

科尔沁是蒙语"弓箭手"的意思。他们的祖先是也速该的次子哈撒尔。哈撒尔是一位神箭手，助力成吉思汗完成统一大业。

科尔沁被清帝王称为"草原上最忠诚的部落"。满蒙皇族世代联姻，成为一家。孝庄皇后就是科尔沁的女子。

巴拉哥的出生地是内蒙古哲里木盟科尔沁左翼后旗甘旗卡。

1999年，哲里木盟改名通辽市。

通辽火车站一出来看见，街边铁

科尔沁大街回纹栏杆

栏杆使用了回纹做勾花。

蒙古人传统花纹里的一种，回纹。

回纹，平直线条向里直角勾回，出入平安、被守护及回来之意，也有坚固之意。

草原上的人们在很多世代里，驻扎草原，即使出门往现代文明里，终要回来，方得结果。

科尔沁24楼房间，打开窗，大风如呼啸的笛音，千龙万凤汇聚，从草原大山河流而来。

大地上舞动的古老影子，真的只剩下风了。

风或然就是精魂。

我不善于说"通辽"这个词语，我善于说"科尔沁"。科尔沁的出租车司机和我说到巴拉哥的先祖哈撒尔，我的眼睛就一亮。

科尔沁的地气太洁净了，所以800年后的通辽城没法不洁净。这座城大大的，平平的，建筑物疏疏朗朗，错落有致，舒展大方，辅路的砖缝都是干净的。不怎么见到围圈的大工地，仿佛一切都落定了、清明了，正好我赶回来。

我去到西辽河大桥，在城北；我蹲到河边摸着西辽河清澈温软的水，这水是西拉木伦河和老哈河的融汇，这水养育了巴拉哥，这大河在哲里木陪伴巴拉哥度过四年大学时光。

科尔沁一角

科尔沁小巷

午饭去的罕山餐厅。

我想到的是不儿罕山，黄金家族的始源地。那里有阿兰和她的五个儿子。五个儿子的后裔里有成吉思汗。

通辽汽车站在火车站对面。有火车往科左后旗去，20分钟车程。

左翼后旗，在科尔沁称呼为科左后旗。

蒙古人称东为左。

那就是面对大南方站立，背对大兴安岭北方，左手为东。

身后者为祖居地。面向者为他乡。如此如是。

科左后旗，在科尔沁的东南部。

科尔沁正东面，是吉林和辽宁。科尔沁与长春和沈阳构成三角形。科尔沁北面是黑龙江。

一个出租车司机说：真正的蒙古人也是一口东北官话，和吉林黑龙江一些地方的口音几乎分不清，饮食习惯也一样。

我乘坐的班车终点是库伦，我将在半途的甘旗卡下车。甘旗卡是科左后旗政府所在地。

1小时20分钟，通辽班车到了甘旗卡。

送我到汽车站的出租车司机说：我们通辽是福地，天灾人祸极少。

福地的特点：孩子多，长慈子孝。

班车上我身边坐的老大爷，他一个微信一个微信语音报平安，他的一个女儿说：爸，我给六姐说好了时间，她在车站接你。

老大爷有多少个孩子呢？

老大爷和我说话，他说他是蒙古人，但是不会说蒙语。他是库伦人，40年前去了科左中旗，这次是经通辽回老家看看。

出生于20世纪40年代的老大爷不会说蒙语。出生于20世纪60年代的巴拉哥也不会说蒙语。其实在科尔沁，汉族和蒙古族已经融合为一家，这是我此次专程出行才感知到的。

三

在科左后旗的向阳乡，有一个蒙古族女子名叫琪琪格。她嫁的男人是蒙古族男子，他们在20出头的年华先后生下了两个女儿。

她不到30岁的时候去呼和浩特，跟随一个来自蒙古国的服装大师学习传统手艺。

手艺学成这一年是2019年秋天，她回到甘旗卡，在蒙一中旁开了这家服装制作店。

开店之后她一直想在当地找个帮手，但是总找不着合适的，蒙古服装对手工技艺的要求很高。

所以她店里的衣裙都出自她自己之手。2021年6月12日夜里，她完成了一条黑色及踝的盘扣长裙，领和袖绲金边。

13日清晨我推开琪琪格蒙古服装店的门，我穿上这条金边阔摆长裙，严丝密合，宛如定制。

琪琪格把腰带的搭扣缝制上，这是蒙古长裙的最后一道工序，我到来方完成。琪琪格为我束上腰。

琪琪格一家四口的大照片挂在服装店的内室，很大的炕，阳光充沛。

我一边试裙子一边想，她有两个女儿，真幸福。

琪琪格说她和丈夫已经在甘旗卡镇十字街买了一套房子，首付10万元。这10万块是她的丈夫在向阳乡种土豆赚来的钱。之后的贷款不会有压力——琪琪格的裁缝店已经有了老顾客。甘旗卡街上的女人说到琪琪格会说：那个跟随蒙古国师傅学成手艺的裁缝。

琪琪格说她的哥哥也是一位手艺人，是个银匠，传统手工制作镶嵌宝石的银饰、戒指、手镯、耳坠。也打制喝酒的银盅、洗手的银盆。

草原上的人，尤其是内蒙古，喜爱绿松石、青金石、南红玛瑙、珊瑚、红宝石、蜜蜡，它们可以护身，又带来吉祥安康和心灵的富足。用这些宝石制成银镶嵌首饰，是家中女孩出嫁时候需要置办的。

手工老银饰的特点是：构件非压模，而是手工打制附属件，镶嵌和焊接在一起。

我在甘旗卡街上走，看见过两家手工银饰店，招牌上写"银镶宝石"。新疆的蒙古人也喜欢金银镶嵌各种宝石。

你不会看到一个蒙古人脖子上戴一条大粗金链子，或者腕上一个粗金镯子，这与审美的羞涩心和不以暴富

琪琪格全家福　　　　　　琪琪格制作的蒙古女袍　　　　琪琪格制作的蒙古男袍

为荣有关。

　　琪琪格的哥哥的银店开在市场最集中的十字街上，那是一间不大的店面，门上挂着招牌：巴图尔手工银饰。定制一只银镯，原料加手工费1000元左右。手工银镯的边缘圆润光滑，留有手工的敲痕，是这个时代珍贵的精神财富。

　　科尔沁草原上的人们生存生产的主要方式是：种地，放牧牛羊，手艺人，旅游。

四

飒。

他们形容一个人爽快干脆。

嗯呢。

他们听别人嘱咐一个事，就用"嗯呢"表示"是的，好，就这样，我记住了"。

科尔沁大地上的人们又飒又温柔。

都说很柔软的东北官话，但比东北话更慢更柔。

边思考边说，慢慢说，不撑人，不怨人，不伤人。

悠然和气。

活着，就要像大地上的万千种生灵，植物动物——它们的性子有多随遇而安呢。

我从甘旗卡回来，夜里睡不着——拜谒大玉儿，此行重要的一件。

孝庄园并不远。通辽往东北方向行五六十公里就是。甘旗卡在通辽的正南方向。

通辽有班车到舍伯吐，这里属于科左中旗，是个镇子。舍伯吐再搭车10多公里就到孝庄园。

路上和出租车司机闲聊。司机姓包。

这几天我遇见的蒙古人，有姓韩的，姓毛的，姓贺的，姓白的，姓包的。

姓包的就一定是孛儿只斤家族的吗？男子憨憨一笑说：反正祖祖辈辈是科尔沁人，至于贵族不贵族……我家也并不是什么贵族。

这个姓包的男子，90后，双胜乡人，拥有许多老顾客，手机消息不断，他妥善统筹着与顾客的约定时间地点。他的腕上戴了串黑玛瑙配金珠子。他有两辆车，一黑一白，擦洗得干干净净。他敦实到胖，但精神气十足，很满意自己的人生，活得理直气壮，不亦快哉，善于说"嗯呢"。外在的草原粗犷和内在的细腻柔情交相辉映，是蒙古男人的性格特点。

巴拉哥说，科左中旗是科尔沁的核心。

也就是说，成吉思汗的胞弟哈撒尔后裔主要集中在这里。

保康是科左中旗政府所在地。舍伯吐在科左中旗西边，保康在科左中旗东北，相距一两百公里。沿路都是广袤的庄稼地和茂盛的林地。

进孝庄园，我一个人慢慢走，不辨什么，穿过大门中轴线，向右拐，穿出一间大屋子，再向右拐，看见一个小侧院。

这就是孝庄皇后的寝院。

孝庄园在一大片野生老树林里。这个位置不是随意选址。哈撒尔的后世孙从海外回来，给出精确的位置，和王府当年的布局图。

大玉儿的父亲宰桑和其子的达尔罕王府，在20世纪40年代末被毁，只剩下一对石狮子是400年前的。

现在的建筑，完全是重建。

中午我出园子，往野树林走，两个汉子带着黑背牧羊犬赶过去一群羊和一群牛，他们在马背上说汉话，聊家常。

我在一棵华盖老树下，请风吹我。吃着随身带的芹菜羊肉包子，喝热咖啡，我可以坐在这里千年万年的。

五

科尔沁的任何一个饭店，无论大小，都有酱腌的苤蓝咸菜丝，客人用小碟自取。

这种咸菜草原西部的人们也吃，我们小时候母亲亲手腌制，叫它大头菜，有咬劲，脆。

家里有咸菜，米面，冻肉熏肉，土豆白菜卷心菜大葱黄萝卜青萝卜，零下三四十度的冬天也从容如常。

我在科尔沁吃到酱腌苤蓝，就仿佛回到了童年布尔津隆冬大地。

科尔沁人吃牛羊肉搭配的是生蒜瓣。新疆人搭配生洋葱。我问甘旗卡羊杂馆的老板娘要洋葱，配我点的清水羊头。老板娘说他们没有洋葱。我还点了七八根棒子骨，吃里面的骨髓。

科尔沁人口重，炒菜，羊汤，都很咸。我在通辽长途汽车站吃过两次青红椒炒土豆片，味道很好，色泽金黄，就是偏咸，这家的羊肉芹菜包子也咸，烤鹅蛋自然是咸的，出油多。即使咸，还是觉得好吃，他家的酥皮糖饼也好吃，我去孝庄园的那个清晨先专门搭车来这里，吃了土豆片然后打包糖饼烤蛋包子，旅途吃。

我在舍伯吐汽车站旁要了份土豆丝，也是一嘴咸。他家的锅包肉做得真是好，酸甜酥香，菜单上没有，我问他们能做吗，老板说30行吗，我说行。

巴拉哥最爱的饸饹面，几样咸菜酱汁倒进碗里调和着吃，咸香咸香的，粗面很软糯。

蒙古馅饼的皮非常柔软，有点像烫面饼。纯牛肉或者猪肉大葱馅都好吃。咬一口下去，因为偏咸所以味真足。

在科尔沁，一个外来者闯入，就像一块鹅卵石打起一串水漂。

你的口音一听就不是我们这儿的。

你从哪里来。

你是要去草原？

不去草原你这么几千里跑来？

为什么会来，到甘旗卡！

我必须交出一个令科尔沁人相信的理由。

我想说：我的前世是科尔沁人。

他们肯定不信，所以我憋住不能说。

我说：我爱人的老家在科左后旗，所以我回来看看，他有事暂时没一起来。

他们全都彻底信服了——我之所以会蓦然出现在他们的地界。

否则我就是个谜团——不去草原的观光客，大约有不明情况！

一个通辽出租车司机说：

沈阳人都上咱通辽来买房呢，为啥？通辽夏天凉快，沈阳潮。通辽干净，东西也好吃。

通辽人爱吃，来了朋友一天吃

饸饹面和蒙古馅饼

三四顿，酒店也去，饭馆也去，家里也做着吃。朋友走了，这一个月白干，你想还得订酒店还得拉到草原上啥的。

黑头羊那可吃不起，出口的，一只羊六七千。

到草原上吃肉，感觉可不一样。

草原上的蒙古族人，家家几百亩草场，草打成卷也拿去卖，几百只羊，光这些就值十几、几十万。

蒙古族男人喝酒厉害，花钱厉害。冬天啥活儿都没了，雇个人看着家里的马牛羊，蒙古族男人自己揣着钱就去北京了。干吗去，花钱去，几万、十几万都花了，然后回来了。

蒙古族男人那谁的话也不听的，那谁能制服他们。他们的老婆？那也不行。

蒙古族女人晒得黑，高原上紫外线厉害，草原上风大。

蒙古族人有的也到通辽城里买房，孩子上学啥的。

通辽最好，夏天真凉快。我就觉得通辽最好。房价老厉害了，冲七八千了。也有便宜的，二手房老小区，四五千也能买到。

西辽河大桥边的新楼精装修得漂亮，但那边不能住，河边蚊子多。

太阳出来得早，4点多天就亮了，8点才黑。

六

我在甘旗卡的那个清晨，琪琪格说，五月五要到了，我太忙了，你看，这盘子奶豆腐干是甘旗卡妇联主任昨天送来的，她做两件蒙古袍。

琪琪格说科左后旗的人五月五都去阿古拉，赛马摔跤射箭，民族特色的商品和美食，大家都会穿最好看最新的衣服往阿古拉去。

科左后旗著名的风景区是大青沟，那里有峡谷和草原。阿古拉则是科左后旗另一个著名的景区，它有一个巨大的无从知晓来历的敖包，和阿勒泰青河县的巨大敖包相似，有一座清代白塔，和北京的白塔一模一样，还有一片清代就有的喇嘛庙，与北京的雍和宫气势一致。

敖包，白塔，寺庙。所以阿古拉与普通风景区不同的是，它拥有一颗朝圣的心。

信仰萨满、敬拜长生天的科左后旗蒙古人，最热烈前往的地方当数阿古拉。

科左后旗阿古拉蕴含着悠远的精神宝藏，它被世人尊为"英雄上马的地方"。

清末名将僧格林沁就是地道的科左后旗阿古拉人。他是成吉思汗胞弟哈撒尔的第二十六代孙，黄金家族之正传后裔，出生在普通牧民家庭，后成为清王朝一员大将，抗击英法联军，剿灭太平军，立下赫赫战功。

僧格林沁 54 岁英年战死沙场。慈禧语：他一亡，清朝就亡了。

琪琪格惊讶地说，难道你不知道阿古拉？五月五我要去的。

我加了琪琪格的微信。端午节这天，我在微信上看见琪琪格已来到阿古拉，那里敖包上飞舞着洁白和彩色的哈达，男人们骑在马上奔腾，或在草地上赤膊摔跤。琪琪格穿着艳紫的蒙古袍，摆了一个摊位，上面铺展开男人女人儿童的袍子，一律绲边盘扣，织锦面料色彩夺目。琪琪格的面容很是端庄自信，她是科尔沁女子中普通的一员，也是特殊的一员。

塬上·春日

王剑冰

上 篇

一

这是我在塬上度过的第二个春天了，去年来时只赶上个末尾。

塬上的春天比下边来得要迟一些。但是好饭不怕晚，你要是这个时候来塬上看，就会看到不一般的景象。

寒冷早已退却，到处散发着一种湿润的气息。连阳光都有了这种气息。这个时候，三道塬上的每一块土、每一个皱褶都在打开。不定哪里，都会钻出一个小小的生命。你会听到吱吱泠泠的响，那是拔节的声音。整个的塬，所有的生命都在拔节。就像农家女孩的日子，有无数憧憬在闪，无数丰盈在动。你就看吧，这里那里的，到处都在起变化。昨天是一个样子，今天从地坑院上来，发现又变成了另一个样子。微风中，你看着铺展在蓝天下的塬，土布衫子样，一时间缀满了深深浅浅的黄、蓝、粉、红。

渐渐地，你会闻到一种香，一种似

有似无的、说不出什么味道的香。这种香没有桂花那么浓，没有女贞那么黏。这是一种幽香。我问塬上的人，是什么发出的味道，他们竟然说没有感觉到。我才明白，他们在这种香里沉浸得太久。后来就发现了，这种淡淡的、甜甜的香，就是从一个个地坑院以及它们周围散出的。这种味道属于北方，说白了，就是那种塬上的味道。

二

你还会感到一种惊奇，不知从哪里一下子来了那么多鸟，好像是一夜间来的。我认定有些鸟儿不是塬上的。它们把春天的快乐，写满了山塬的天空。

塬上人早已熟悉了鸟的叫声。该逗孩儿的逗孩儿，该睡觉的睡觉。啥时候一阵小风刮过，才想起那些鸟来。鸟在塬上总是很随心，很舒展。你看，你看着那些鸟从天上跌下来，眼看就跌得头破血流，竟然一扭身，挓挲着翅膀又旋了上去。很多鸟都会玩这样的把戏，有的像一块土坷垃直直地向你砸来，你都想着躲闪了，它却猛然现了原形。它们恣意得很呢。有些鸟喜欢聚群，树叶子一样，呼啦啦从树上刮下来，又呼啦啦地还原到树上。

我最初听到鸟叫天还没亮，一只鸟在靠近我窗外的梨树上，把我叫醒了。我开门出来，紧贴着窑屋轻轻走向过道。它果真没有发现我，只顾在那里叫，好像这个坑院是属于它的。

我上来坐在一块靠近坑院的老树疙瘩上。这个时候你就听吧，满塬都是鸟的叫。像小学在晨读，像剧团在练声，还像是在赶露水集。那个热闹！好像它们知道这个时候就该热闹。简直热闹成一疙瘩蛋了，跟年夜塬上的鞭炮有一比。但是并没有聒噪感，反而让人有一种兴奋，你要是只鸟儿，你也加入进去了。

各个坑院各个树上都有鸟叫，你不知道那是些什么鸟，也不知道它们怎样发声。仔细听的时候，又会发现其中的特点。你能听出它们的性情，它们的语调，它们之间的意趣。

一只鸟尖着嗓子在拉腔：咿——咿——咿，那边也有一只亮着嗓子随和：吡——吡——吡。一个压着声音问候：咋啦，咋啦？接着一个沙哑的回应：不咋，不咋。有的很干脆又很亲切：你吃啦，你吃啦？那边回答：没有，没有。有的鸟很能让舌头绕弯，那拖着的长音像是懊恼和埋怨：你要把人急死哩，你要把人急死哩！下边你等着，还真的跟来一声不紧不慢的闷音：别慌，别慌……

这些都是同一类鸟吗？不见得。

但是在这群鸟大会上，你听见的鸟声怎么就那么默契。

有些鸟叫的声音，像是谁的布衫子被树枝挂了一下，挂住了又猛地一扯，很清脆，又很拖延。有的声音像是往瓶子里倒玉米籽，扑扑叮叮的，扑叮得人心里痒痒。有的声音像老婆儿咳嗽，咳又咳不出来，听着都为它着急。

春天的鸟儿一准在恋爱。它们也是有感情的，知道像人一样，该主动就主动，该配合就配合。不过，也有失意的，这是自然界的自然。我是在夜晚获得这个秘密的。两只鸟没有在一块儿，中间隔着好几个坑院。这一只离我很近。它们都把坑院里的人忽略了，或者说已经顾不得许多。

这边的看来是主动搭讪的，但不知为什么不到另一只跟前去。开始还不错，它刚说完，那边就回应了。但回应的声音没有它洪亮。我先以为是它的声音在远处的回音，后来才分清楚，那是另外的一只。这样你一句我一句地说得还可以，让人渐渐忘了那是说的鸟语，竟感觉听懂了那话语的内容，而且听得真真切切。不过，不久却听出了问题：这位说完以后，那个回应消失了。为什么消失了？难道哪句不合意，就不想说了，或是飞走了？你听，无论这位如何重复着那声亲昵，那边就是不再有声音。这一个

为了召回那个声音可谓耐心至极，它叫得有些拖音，甚至有些沙哑。我都有些感动了，你看它刚才还是柔情满怀，现在却伤感满腹了。

它还在沙哑而吃力地叫着。又叫了好一阵子，突然停止。最后的声音在夜空中画了一圈，在哪个地方消逝。就像谁关掉了开关，整个世界霎时静寂，静得有些苍凉。

三

这些天，我对于鸟鸣格外敏感。在东凡塬，我听到了一种新奇的鸟叫。像是布谷，但是布谷鸟一般是芒种时节才会飞来，声音像泥咕咕吹的，"布谷布谷"四声。眼前这鸟却只是短促的两声。我说，这不像布谷吧？他们说在哪里？振宇说，我也听到了。于是都支着耳朵等待。又听到了，是"咕咕"的两声。

老赵说，哦，是咕咕。咕咕是什么鸟？朋娇说俺这里就叫咕咕。老赵说，这鸟叫的声音会改变，三月就这么叫：咕咕，咕咕。到了五月，叫声就成了咕咕——噔，咕咕——噔。看到他认真的表情和形容，大家都开心地笑了。

这时我又发现了一只鸟，它扑棱着翅膀，从一座毁弃的坑院飞上去，

挂在了崖顶。我赶忙又问。于是大家又往那里看。振宇说，看见了，不小呢，好像是喜鹊。朋娇说，是乌鸦吧？但是那只鸟并没有显形。我们再次走近，这下它呼啦一声从乱蓬蓬的崖上腾起来，落在一棵枣树上。终究没让人看清。

我说这个时候还有什么鸟叫得欢？斑鸠。老赵说，斑鸠是灰色的，鸽子大小，却比鸽子有着一副好嗓子，音域很浑厚。还有一种不大的鸟，叫金翅，黄色夹着黑色的那种，喜欢落在柏树上。为啥？柏树密呀，好做窝。老赵说，再过些天，就会听到"吃杯茶"的叫唤了。

我知道这种鸟，大清早四五点的时候就开始叫，光怕你听不见。其实勤劳的人们那时正起来下地。农家五月人倍忙，一地的麦子赶着人呢。劳力少的人家，总有外边工作的回来攒忙。你还没进村，就听见吃杯茶的叫声。那声音亲切哩。它一边在你的前面扇着翅膀，一边不停地叫："吃杯茶，吃杯吃杯——茶！"早晨的阳光里，老人守在村口，一脸的笑。茶早就倒好了。塬上人管白开水就叫茶。麦忙季节，人们拿着镰刀担着水到地头，钻进麦垄里可劲地干，不多时就汗透衣衫。慢慢伸直累酸的腰，就听到了吃杯茶的叫唤，走到地头舀起一

碗水咕咕咚咚喝下去，那个舒坦。

我在塬上还认识了一种鸟，叫的声音是"吃馍喝汤"。那个"吃"的发音是"乞"。这里的人说"吃"都发"乞"的音。"乞馍——喝汤"，声音在乞馍的后边拐一下弯，先乞馍后喝汤，我学不来，你一想就想出那个音来了，"乞馍——喝汤"。叫得很细很甜，像一个女人在喊，喊那个人回家吃饭。走一路喊一路，也不说名字，那个人就知道是喊他的。不过，听到这声叫喊，很多的人都有了回家的感觉。

四

春天里，每一株草都在蓬茸，那是一种个性特征，一种无法遏制的生命状态。它们自身存在的巨大能量，只有泥土知道。

惠特曼说："哪里有土，哪里有水，哪里就长着草。"草不开花，草只长叶子。开花的草都有名字，不开花的只有一个名字，就是草。其实草跟草也是不一样的，可是它们依然被称为草，因为人们记不住它们，它们也就一直无名。无名地生，无名地长，然后无名地枯。

实际上，草供养着这个世界，装点着这个世界。草最善良，以草为食的也最善良。牛、马、羊，都是最后

把皮也要贡献出来。草知道它们，草总是放量地喂养它们。然后，无声地留存它们的痕迹。

五

有一些人也注意到了这些可爱的生灵，目光里带着温柔，当然也含着激动。那是一些女子。她们想留住它们，想着将大自然中的美直接拿过来，让它们长在农家土布上，让草叶以另一种生命形态，在生活中永不枯萎。

最初听到"捶草印花"，我听成了"春草印花"。就想着春日里，一个女子，一根棒槌，一片青草，一块土布，组合成诗样的景象。

捶一捶，就能让草叶印成美丽的花布？可真是大俗大雅，亦梦亦幻。当我们走进朱秀云的屋子的时候，就觉得这是一个不可思议的事件。是啊，塬太大，长久地不通外界，高高地隔着天地。在中原，哪有塬上会发生那么多新奇古怪的事情？每一次遇见或者听到，都会呆愣一阵子。

也确实，人的智慧，在生活的闭塞与困顿中会发挥到极致。陕塬的女子自小到大，都要学习如何种棉，如何纺线织布，如何缝制衣服。原材料少得可怜，又什么都要一个好，什么都要试一试。你可以相信，农家女子即使再没文化，那种自带的慧心也能让她们成为生活大师，在黄土中长知识，增见识，然后汇入愉快与满足的日子。那日子稠着呢，生儿育女，缝补浆洗，春耕秋作，什么不会能行？

人马寨的朱秀云，一看就是位热情向上的人。春天来到的时候，她又如那些花草，有了蓬勃的憧憬。

一块农家自制的土布铺上案桌。你看见来自乡间的绿草，被朱秀云随意地摆放着、搭配着、调换着组成内心的所想。一切感觉满意了，就压上塑料纸，拿起棒槌，轻轻地捶打起来。一时间，满屋子都是清脆的声响。清脆中，草在布上鲜活地舞动，绿色的汁液在一点点释放。它们终究要释放成什么姿态呢？似乎全在了一颗心上。

朱秀云屏息静气地做着，大家屏息静气地看着，看着她作法一般。

是的，这一切就像一种仪式。轻轻地净手，轻轻地择草，轻轻地摆放，轻轻地捶打，轻轻地呼吸。没有其他声音，只有这轻轻的声音。没有其他气息，只有这青草的气息，心绪起伏的气息。

春天的风在门口徘徊。有一些花影徘徊到了窗子上。时不时有鸟的鸣叫在哪里响亮一下。响亮带着花木的芬芳渗透进来，整个地氤氲成了一种氛围。

当塬上的"捶草印花"传出去的

时候，很多人是带着莫名其妙的感觉来的。包括我，只是我来得有些晚。那个时候，朱秀云已经被确定为非物质文化遗产的传承人，并且去了国外现场表演，获得了不少荣誉。人们说，这个有心的女子，可是将塬上失传了好多年的土法技艺找回来了。

以前都只是在老辈人的口中传说。90多岁的乔改苗记得小时候，母亲就是捶草印花，给她做花布衣裳穿，做嫁妆用。朱秀云也是听母亲说过这种塬上独有的手艺。只是到底是怎么一回事，她不清楚。母亲去世多年，她只能去找乔改苗多唠唠。按照说的意思，凭借想象去摸索。

那些个日子，她就是跟棒槌和花草过不去了。采了捶，捶了采，一次次地希望，又一次次地失望。坑院周围的花草几乎都被她采光了，还有各种树上的叶子和果。那些个日子，她盼望着春天，又等待着秋实。人家听说她要找回塬上的老手艺，来了看了，又摇头走了。只留下她，再次去到田野里，再次回到小桌前，拿起沉沉的棒槌。

人们说得没错，成功绝对是眷顾那些辛勤者。多少年过去，这个倔强的女子，终于将草的灵魂安妥在了一块块土布上。

六

现在，捶打的声音已经停下。经过了木槌的敲打，谜底终于要揭开了。

朱秀云正在揭下蒙在花草上的覆盖。屋子里静得出奇，揭下的刹那，土布上赫然现出了想象不到的奇迹！那些草，那些柔嫩的叶脉纹络，已经清晰地印在了白色的土布上，印成了好看的天然图案。图案散发着一股青葱的芳香。而且，连草叶上的小虫眼儿，也被捶印在了上面。几个连在一起的天然虫眼儿，真就是体现了生活的真实。

这之中的一种草形引起了我的注意，似乎它在唱主角。它就像个啄木鸟，张着尖尖的嘴，在图案中格外出彩。我听了半天，才听清朱秀云说的它的名字：鸽棒棒草。我上网查了半天也没有查到。这是塬上特有的草吗？为什么叫这个名字呢？

朱秀云说这种草的果实形状就像是啄木鸟，塬上人把啄木鸟就叫作鸽棒棒，也就将它叫成了鸽棒棒草。我拿起了一棵没有经过捶打的鸽棒棒草，感觉它的确有点特别，尤其那伸展着长嘴的饱满的花果。朱秀云说除了鸽棒棒草，还有红蒿、白蒿、红薯花、野菊、西番莲、胡萝卜叶都能敲上。另外具有染色功能的还有拉拉秧、爬墙虎，以及槐树、石榴、月季等花瓣，捶打后都能产生效果。

这个时候，我看到朱秀云又在一块块方巾上摆放着花草叶子。曾经的一个时期，捶草印花而成的方巾手帕，成为人们使用最广的物品，尤为女孩子喜爱。它甚至成了表达感情的信物。谁如果得到这样一块精心制作的花布，一定得到了一片芳馨纯雅的心意。

我拿起那个木头棒槌，还是挺有分量的。可以感觉，她们每每拿起那根沉沉的木棒，就首先面对了自己温婉的内心。每一件各不相同的捶草印花布，都是塬上清活灵动的标本。越是如此，就越是不断培养着才情与性情，美心与美德。这就是塬上人的生活态度，把一件看似简单的事情，当作一种郑重的仪式来进行。

在染色方面，朱秀云说，用石榴皮、洋葱皮、竹叶、茶叶等，可以使色泽光鲜并且持久。最后还要抹白矾或黑矾水。如果放进污泥里再浸一个小时，就更不会掉色。朱秀云说，在没有染料的年代，塬上人就是这样着色，后来有了染料，如果还想要其他颜色，先用石榴皮汁或者白矾、黑矾加到草叶图案上固色，再根据喜好，放到颜料锅里煮上十几分钟，底色就可以是粉的、黄的，或是其他颜色，而先前捶打上去的草叶图案，就成了黑色。

说真的，这个程序并不复杂，但是我从来没有在其他地方见到过。这种古老的印染技艺，应该比蜡染和扎染都要早。我看过塬上的另一个女子秦仙绸的扎染，那也是来自民间的手工染花技艺。但比之捶草印花，要先进一些。在明、清直至民国初期，大部分地区的印染技术已经进化到了新的阶段，陕塬上却仍然流行着这种带有原始色彩的捶草印花。

是较强的地域性隔断了交往与流传吗？翻遍厚厚的中国印染史以及民间印染技艺书籍，竟然都没有关于它的一痕墨迹。

一块光秃秃的农家白布，瞬间就变成一块女子向往的花布，这是多么有趣的制作？草随处可采，没有成本，无须花费。为了审美需求，女子们凭了喜好，选取草叶在土布上设计心爱的花样，榨汁渗印，自制出彩，留住永久的芳菲。那些芳菲缠在头上，缝在鞋上，穿在身上，盖在床上，套在枕上，成为特有的勤劳与智慧的展示，使得封闭的地坑院，有了新的生机。那个时候，捶草印花一定是像剪窗花一样，成为乡间女子的一门功课。

你能够想到，坑院里的鸡鸭早已入窝，小虫子在哪里轻轻地叫着，韭菜、菠菜在周围长着，南瓜、丝瓜在院墙上爬着。猫狗卧在脚边。女人忙完了一天的事情，在月光下静静地摆弄着香花野草，然后就是木棒的敲击声。那声音里有多少意趣，多少迷情？或在此时，一曲眉户调轻轻哼起。曲调缠绵，随着暗蓝的云气飘向很远。

是的，时间长河中的一个个女子，她们那带有着塬上人特有的巧手与心思，为一棵棵草找到了永恒的归宿。留在棉布上的何止是草的芬芳，也包括她自己的美丽。这是乡间的诗，是塬上的《草叶集》。

七

跟着朱秀云来到地坑院的上方，那里连着一片田野。田野里到处都是逢春而发的青草和野花。塬上的女子对于这些花草再熟悉不过。她们不仅是为了捶草印花，还为了生计，为了养猪养兔养羊。

我因为享受过它们的赐予，看到这些生灵就心生爱怜，总是问它们的名字。那些名字都在心里藏着呢，只要一听见，立刻认亲似的蹲下去好好看看。雁麦草、苜蓿花、江波波、灰条、狼尾巴、野麦、苦曲、扫帚苗、灰灰菜、艾草、荆苕……

我们走着看着，指着说着。这里蒲公英的花是黄的，他们叫黄黄苗。野菊开很小的白花儿，散着清香，掐

下来有一股汁水。红蒿二三月生长，到十月才结籽，霜降后枯黄。还有猪耳朵，张着莹莹的大叶子，煞是喜人。紫色的荠荠菜他们叫刺刺草，生长得到处都是。还有小蒜，也就是那种野蒜苗。看到小蒜，我身旁的人拔了就吃，说"二月小蒜，想死老汉"。以前当地人春天里没有啥吃的，就等着这野蒜苗在嘴里调味了。

朱秀云采起一把嫩草，说好吃的还有茵陈，裹上面可以蒸着吃，还可以做面团，做花糕，都说"二月茵陈，五月蒿"。到了夏天就变成茵陈蒿了。茵陈蒿营养更高，蒸吃、凉拌都行。朱秀云说，还有面条菜、粽粽花，都是人们喜欢的。

这些同人类同生共长的生物，在地坑院四周似乎更加显得自然、和谐。人们想吃什么了，走上坑院就会采到，比到菜园子和地里都要方便。

我看到了车前草，车前草是路上最多的一种草，也是人们最常见的一种草。人们拉着车，赶了车，低头都会看到它们。它们被人踩着，被牲口踏着，被轱辘碾着，它们不怕，它们有一颗负压的心地。车前草，人们旅途的伴儿。还有锁草，紧紧地扒着泥土的一种圪巴草，就想要将大地锁牢。你薅它的时候，尤其费劲，它有一种不屈的性情同你较劲儿，你薅不动，

只得放弃。大片的锁草锁在塬上，使得塬密实坚固，不怕风雨的侵蚀。

朱秀云还告诉我绿色的燕燕草，红色的步步高。现在，朱秀云比他人更加在意那些野花野草。她知道各种花草的生长时令，在不同的季节，去采摘不同的花草，捶成不同的花布。

我竟然看到了鹁棒棒草，它们就绿在百草之中，那独特的模样一下子跳入了我的视线。

塬上，多么让人沉迷的土地，多么独特的大书，这里永远有认不完的东西，学不尽的知识。

八

养蜂人这个时候该出门了，他们会在一个没有人知道的时间来到塬上。那些蜂箱是如何带上来的，更是没人知道。蜂箱像战场上的炮弹箱子，整齐地摆放成几排。蜜蜂们会很自觉地上战场，它们知道该到哪里去，去采什么样的蜜。养蜂人只管在蜂箱旁边搭一个小小的窝棚，等着它们胜利归来。

在这个春天里，阳光温暖地照耀着大片的土塬。塬上各种好看的花儿，杏花、桃花、苹果花、槐花、枣花、山楂花，到处都在笑引着那些精灵。蜜蜂们飞撒出去，将自己嫁接在一朵花上，悄悄地说着体己话，而后张扬着翅膀离去，在另一朵花蕊送去只有它们自己知道的秘密。

实际上，来到塬上的养蜂人还是少了。人们看到他们，总是热情地上前搭话，上了？上了。吃了？吃了。窑院里喝茶？不了。今年花开得早哩？可不是嘛。

养蜂人一般都不是塬上的。他们走南闯北，一年也不大有长久落脚的时候。你真正跟他聊了以后才知道，他带着他的"人马"会在一年内穿越大半个中国。到的地方可是多，都是开花的地方。

塬上的人说起来也可怜他们，毕竟不如在坑院里待着好啊，老婆都顾不上，跑个什么？花是见了不少，不顶舒坦不顶饱暖。想到这些，也就很满足了，就会带有怜惜同他们聊聊，或者送上一个南瓜、葫芦之类。

下雨的时候，养蜂人就急急地忙碌一阵子，然后钻在窝棚里发呆。这个时候还会有人来，送一两个馍馍或一两块红薯。养蜂人总是说，塬上的人好啊，待人实在。养蜂人也不是没有良心的人，走的时候，会留下好大一罐子蜂蜜或者蜂王浆，让你尝尝鲜。实际上养蜂人的那些蜂蜜，有不少都被塬上人买去。然后你还是不知道他什么时候走了，怎么带走的那几十个大蜂箱子。

又一年过去，塬上人发现养蜂人变成了一个女人。他们惊奇地围上来，当然不是成堆地围上来。也就是那几个没事的、好事的，其实也是善良的、热心的。因为他们认识那些蜂箱，也认识那个早就变成帆布帐篷的窝棚。然后他们就唏嘘着离去，说一些怜怜惜惜的话语。

原来那养蜂人年根上死去了，留下一堆蜂箱不忍闭眼，婆娘应承下来，才吐出了最后一口气。婆娘就在春天到来的时候，踩着养蜂人的脚印到塬上来了。婆娘说自己跑不了那么远，也就是到这塬上来放放，终归是顾不了。谁要是能承接这些蜂箱，就是行了大好了。塬上人互相传递着这个信息，但是没有谁来接她的热情与可怜。塬上人已经习惯了塬上的生活，他们不知道外边的世界有多大，他们怕这些蜜蜂把他们带野了，回不到这塬上。最后怕老婆也像这婆娘，剩一个可怜的孤独灵魂。

我看到一大堆蜂箱的时候，同样是一个春光明媚的早上。我去了那个崖边。但是没有看到养蜂的人。蜜蜂早就出去了，静静的只有一堆的箱子。我听说的养蜂人的故事，不知道是不是属于这堆箱子。

傍晚我再次经过那里，还是没有见到养蜂人。三角形的帆布篷前，放着两个萝卜和一棵白菜。像是谁送来没见人，放下的。我有些失落，不知道为什么。而且我也没有见到蜜蜂归巢的景象。

九

在塬上走，在意的自然还是地坑院以及坑院里的生活，虽然都差不多，但有时还是能看出其中的差别。你看这个坑院，就同一般的坑院不同。它极好地利用了三面环绕的高高土塬，只在一面缺口垒了一道墙，墙上开着门，门外竟然是塬中间的沟壑。从上面看去，一院子的阳光，都聚拢在窜出来的白炫炫的杏树上，那个欢实劲儿，一下子就扯住了人的脚步。

我说怎么下去？老赵说得从那方走。说着带着我们拐向了一条小路。小路在塬崖一侧，很窄也很陡，平时怕很少有人走，尤其是村子里的老人。最后断掉的一段，还是跳下去的。然后我就看见了那道深沟，宽宽的，铺了一沟的明朗。明朗里有高高的槐树，还有杨树枣树什么。

老赵指着一些崖上凌乱的藤条说，这是啥知道不？荆条啊，这要是以前，早就有人砍了。细的时候最好用，编篮子、筐子、箩头什么，现在没人在意它。他叹息着。你看，都多粗了。

我看着那一丛丛的枝条，每一根都是直煞煞地，以柔韧的身子指向蓝天。

我说我知道，那个时候，荆条编的物件集市上卖的很多，几乎家家都用。老赵说，为了赶到集上卖，也就是在荆条开花的这个时候，赶紧编。这一带编筐的好手，该是老赵头。人家那家什编的，方圆都知道。带到集上很快就卖光了。现如今，没有人再侍弄那玩意了，用不着了，再过些年，这样的手艺人都没了，老赵头早不在了。

荆条与乱蓬蓬的酸枣棵子形成了反差。它们混在一起，显得又乱又疯。在以前，那些酸枣树也会被人砍光，扎院墙或烧火。它们的下面，有荒了的靠山窑院。有的连门也没有了，里面一丛乱草，倔强而快乐地生长着。

这是一条夹在断崖中的峡谷。峡谷并不直，曲曲弯弯通向远处。如果在过去，就是个设埋伏的好地方。不知道当年和鬼子斗，这里是否被塬上人利用过。日本人当时在这一带驻扎了一个师团，塬上有很多的地理优势。我明白了，我刚才在上边看到的窑院，就是在这样的峡谷中挖出的。这种院子，类似于靠山窑，但又比靠山窑多了三面的合围，加上靠门的地方垒一堵墙，从上边看还是地坑院。

我问当过村干部的老赵，为什么这里的窑院同地上挖坑的窑院不同。

老赵想了想，还是回答出来了。我在心里感谢振宇找来了老赵，他还真是个乡村通。老赵说，你看，那么长的岁月，不少村民是从外边迁来，先来的就先找了地方，家族扩大了，也会再选地方。找不到地方了，就只有在这样的崖下挖靠山窑院。

我认为老赵的回答是对的。由于各种原因，人们在不同的年代聚集于塬上，条件的选择自有不同。即使这样的窑院，也不知过去了多少代。

一个院子的边上，开着一簇紫色的小花，紫得亮眼，就问老赵是什么花。老赵还真被我问住了，说让我想想，就在嘴边，就是说不出。他上前掐下来，手里举着，远远地见了谁就大声说，来，我问你，这是啥花？男的女的都问过，就是没有人知道。老赵就笑着，举着那一束紫色，满村地走。

虽然春节过去了好久，坑院门上的春联都还新着。按照塬上的传统，不管住人不住人，都是要在新年贴上门对儿的，除非这座窑院真的没人了，或者毁弃得实在不能住人了。

十

偶尔有院子开着街门。我们走进了在上面看到的那个院子。

老赵一推门就喊叫起来，他喊叫

窑院人的名字。从下面再看院中的杏树，更亮眼了，白中渲粉的花，没有一朵不是盛装出场，好像这样才对得起透亮的阳光。院子里有三个女人。门口洗衣服的年岁最长，一边和老赵说着话，一边把我们往里让。我说，现在的水多凉，为什么不用洗衣机？老人笑了，说没事，闲着也是闲着。另一个手里织着毛线的女人说，她都是用手洗，除了被子。我知道，这是农家的习惯，能节省一点就节省一点。

我问织毛线的女人，老人是她婆婆还是母亲，她说是母亲。她叫王当霞，只有一个女儿，出去打工了。我说为什么不让留在身边呢？王当霞说，现在的年轻人哪个愿意守着家，能出去的都出去了。自己自由，挣钱花着也安心。再者说，家里也没有啥活，留在家里也窝心。我问在哪里打工，王当霞说倒是不远，就在山下。那就是三门峡了，有空的时候，还能经常回来看看。

院子里摆着几口大缸，盛满了水。老赵说，现在这个时候，几乎家家都在培育红薯苗，到时候用水量很大。虽然村里通着水渠，家家接了水管，但还是不能救急。

就看见当院里有一个垒起来的长方形池子，里面是黑色的肥土，土下面可能就是红薯了。老赵走上前去，伸手就在土里扒开了，还真从里面抠出来一块。老赵说这是新品种，西瓜红，可甜了，好看又好吃。我看着那红薯，确实不同于以往所见，这种红薯带着名副其实的色光。红薯还没有滋芽，老赵把它埋进去，又扒出来一块。这一块已经滋出了几个小芽。老赵说，用不了几天，就会长出一篷的芽来。

热心的老赵还在土里扒着，他终于找出一块长出长芽子的红薯，举在手里让我看。我说看明白了，赶紧让老赵埋起来。感觉是一个正熟睡的婴孩被拎出了热被窝。老赵说，这没事儿。可我看几个女人也都有了心疼的样子。老赵说，等芽子长大了就会钻出土来，一般是3月培育，到5月10号差不多就长成了。

朋娇说，方圆里种红薯，主要用东寨、东凡几个村子的红薯苗，都是出了名的。以前这是村里的一项主要收入，一到5月，集上卖红薯苗的都是这几个村的。我问为什么。王当霞说，俺村上培育红薯苗有传统，培育的苗壮实，栽到地里好长。你看这土，都是掺了牛粪的。再说塬上的光线也足。

经过他们的讲说，我知道培育红薯苗不能上化肥，必须使用牛粪。羊粪呢？羊粪性热，烧得慌。鸡粪、猪粪没劲儿。那人粪呢？以前都是用人粪尿肥田。大家就笑了，说不行，没有用人粪的，放在家院里不卫生，而且出苗的时候也脏。我倒是没有想到这一点。人们赞扬牛，说它全身都是宝，生来就是为人类做贡献的。牛粪不但养分高，而且温和，透气性好，正是育苗的好肥料。这是人们在长期的生产实践中得来的经验。

我说，需要经常浇水吗？王当霞说，只要苗一露头，就该可劲儿浇了。俺这几口大缸，就是为了给红薯苗浇水。水浇得勤，阳光照得足，长得就欢实。

想王当霞的那个后人，小时也会对于红薯苗的生长充满好奇与期待。后来长大了，还是走出了地坑院。那么，这个不太复杂的育苗传统，会传到什么时候呢？

往外走的时候，看到王当霞的母亲还攥着一件衣服。就说，水太凉，现在用用洗衣机，等暖和的时候再手洗吧。王当霞的母亲就堆起了一脸笑，说没事，习惯了。

回头告别，王当霞她们全立在门口，说着再来的话。她身边站着一个比她大的妇女，说是塬头养蜂的，过来说说话。忘了同她聊几句。

老赵还没有忘记问王当霞的母亲，手里的花叫什么。王当霞的母亲也答不上来。老赵就笑着说奇怪，开在村子里的花，竟然都不知道名字。

拐过弯来，一个衣着鲜艳、扎着小辫儿的女孩儿正在路上玩，听见声音，扭过身子看我们。阳光将她的轮廓完全地透视出来，古朴的窑院和四周的野花成了很好的衬托。孩子的家人从门里出来，笑着打招呼，而后招呼孩子去了。

临别的时候，老赵终于高兴地说出了花的芳名：兰荠荠花。

他是从一个老人那里知道的。看到慢慢走过来的一位老人，他举着上前去问，终于如愿以偿。他大着嗓门说，我觉得就是兰荠荠花嘛，脑袋就一时想不起来。这种花能排毒，治疖子，脸上身上长了什么，用它一抹就好。

下 篇

一

我经常起得很早，从地坑院上来，在塬头站着。我喜欢这样站，每次站立，都会有某种快意的收获。其中就有天籁样的塬声，那声音能使气韵通爽，内心敞阔。

太阳尚未出来。氤氲的雾气中，

渐渐有了人的走动。踢踢踏踏的，感觉是一点点到了坡下。另一条道上，传来汽车引擎的声响。也是上上下下的，去远。

光亮渐渐透明起来，渐渐地能够看到塬下，看到远处的黄河，它也是刚刚醒来，喧腾着一层水汽，绕过沉厚的土塬，莽莽东去。

淡蓝的云光在更远处勾勒出天际线，一条长长的孤云，似刚刚卷起的纱帘。纱帘启处，太阳带着红晕羞涩地起来了，感觉它仍有"浓睡不消残酒"的慵懒。

这时再看那条大河，竟然泛出一层炫黄。

二

后来遇到了老贠，老贠说今天村里有人娶亲。

不知道早起的人，是否在为这事张罗。现在在坑院办喜事的少了，年轻人多是选择在塬下的酒店。老贠说，要是以前，搁塬上可是村子的大事，一个女人嫁进一座坑院，就注定要在这坑院里，拉扯着日子直到终老。

顺着小路拐过去，就看到碾上、树上贴着的一方方红纸。凡是拐弯的地方、挡着的地方、高出的地方、有坑洞的地方，都贴上了。红纸一直贴到村子的一个角上。

太阳老高了，新人还没有到。娶亲的坑院里，上上下下早忙起来。

院子里垒起了穿山灶。有人正在生火，抱来一堆的劈柴棒子，风箱拉得呼嗒呼嗒响。等火着旺，风箱就不起什么作用，穿山灶优越的吸引能力，绝对保证七个灶口旺旺的。有人在叮叮当当地备料，各种食材该切片的切片，该切块的切块。开剥好的大鱼，摞在一个大盆子里，就等着下锅。从哪里借来的几大篮碗筷，哗哗啦啦放在水池边，一件件再过一次水。有人这里走那里串，关心着什么事情。最后问到执事人那里，执事人自然是村里德高望重的，披一件外套，手里始终夹着一支烟，不停地在忙乱的人群里哼哼哈哈地指导着。那派头，类似宫里的李总管。

结婚的娃儿叫赵林，女方叫方翠翠，两个人是在郑州认识的。年轻人回塬上结婚，一是让老人高兴，二是图个新鲜，让新娘子感觉一下塬上的婚俗。今天是阳历 3 月 28 日，阳光明媚，空气透亮，百花飘香。正是好日子。

坑院上方的场地里，有人或站或坐地看着，说着，高兴着。大家的话题，多是同喜事有关。

我见到两位老人，他们是一对夫

妇。一位叫张留贵，一位叫贠么花，聊起来，他们记得日本人是"四三年"过来，"四五年"投降后不见了。张大爷说，1948年，那年是鼠年，我14，她16。她家是张村的，离这里也就一里多地，两人是照老辈的规矩订的婚。"四八年"塬上安静了，就把事儿办了。

我问是不是也要花轿娶媳妇。张大爷说都那样，咋着也得雇个轿子，找几个吹手。不了人家娘家说嘴，庄户人也笑话。一辈子的事。

大家都感了兴趣，让张大爷说得细致些。张大爷说，老根来（早些年）规矩可不少。先说搬嫁妆，迎亲前，男方要到女家去搬嫁妆。嫁妆有桌、椅、箱、柜、脸盆架子什么，5—7件不等。要是12件，就叫半份，一般家境不错的会准备。要是24件全份，绝对是大户人家。箱柜里都是满的，装着给姑娘的衣服被褥。另外还要备一个马搭装馍，根据去的人数装，不能装少了。再放一大块熟肉，让搬箱的半道吃。嫁妆抬到男方家，就要亮箱展示。无非是让大家看看那些衣裳物件，亮亮新娘的手艺。咱戏里的"亮相"，就是从这儿来的。

有人问贠大娘还记不记得当时的陪嫁。贠大娘说，好像不多，那个时候都不富裕。

张大爷说，迎亲前夜，新郎要在祖宗神位前演习礼仪，以防去到女家丢丑。迎娶当日，叫一人担着装米面的盒子先走，米面盒上挂两瓶酒，手里拿着写有"迎亲大吉""一路福星""天作之合"的路条，逢岔路、水井、古树什么，就贴上红条，跟现在差不多。迎亲的时候，炮手持三眼铳一路放炮，炮声惊天动地。伴郎和新郎还有两个迎姑，骑马在前面走，牵马夫必须是结过婚的全人。后面就是花轿。这样一路浩荡，到女家，女家执事人安排迎亲人入宴席。宴罢再引新郎到女家祖神牌位前插花插香，行八拜九叩礼，礼毕登马。这个时候新娘头戴凤冠、身着霞帔，由兄长抱入轿中坐定，手拿两棵连根葱、不分瓣的两骨朵蒜和一面明镜，意为聪明伶俐、能打会算，脚放在牡丹莲花剪纸包着的脸盆上，脸盆里放棉花籽、单枝一对儿的石榴，还有糖果、小钱，意为莲生贵子、甜蜜富裕。这就上路了，花轿前是男方家两个迎姑，后面是女家派的两个送姑。再后是女家送亲的亲戚，送亲的人越多，越显得光气。让男方家看了，不敢欺负人家闺女。

大伙就说，怪不得张大爷对大娘这么好，一定是让大娘家的人给镇住了。大爷就笑，说可是哩。大娘也笑，不说话。

张大爷接着说，规矩都是塬上传下来的，一切都有执事人操心。新娘下轿时，男家姑婶持一盅蜜往轿里新娘嘴上抹抹，意为到家甜甜蜜蜜。下轿新郎从新娘头上摘下一朵花，意为采花。然后双方长辈会面，敬酒三杯，互致礼仪。举行结婚大典，先在正堂桌上放一斗小麦，放一根织布绳，插一杆秤，再摆上新娘拿来的葱、蒜和明镜。地上铺着苇席红毡，新人站在上面，在喜庆吹打中，由司仪主持三拜大礼。礼毕入洞房。双方长辈再进洞房相聚，说些劝导儿女孝敬父母过好日月之类的话。

这时有人问贠大娘，那个时候闹洞房吗？贠大娘是个开朗人，笑着说，闹，咋着不闹，就怕闹洞房。原来听到这事就害怕，农村女人没见过啥世面，一听说"新房三天没大小"，就问怎么个没大小？娘就说不分长幼辈，都可以闹着玩。听了心里就慌，不想走这一回。嫂子、婶子的就陪着劝，你还能咋？说得众人更笑了。

当过村主任的老李说，结婚就是闹。一般闹到夜深，等妇女小孩走散，剩下结过婚的过来人，就出些男女亲密接触的节目，像"吃包子""推磨""点炮""栽老杆"，都是些对两口子的暗示和引导。虽说不是太文明，但是以前塬上农村闭塞，很多人婚后

不懂夫妻生活，有些长期不生孩子，长辈们也愿意这样闹闹。

一位老人插话说，有的娘家陪嫁，还有和合枕，中间有窟窿，叫桂花孔。白天是装饰，夜晚是身子的用品。

农耕时代的生活，也蛮有意思。不久会有新生儿诞生，那是塬上的下一代，尖锐的哭声撞在窑洞的穹顶，再通过坑院的方喇叭直冲云天。满塬的笑便起来了。人们顺着一条亲情的小路走来，一直走下扬着红布条的窑院，冲着糊着红纸的窗子高声地祝福。窑院的婆婆笑不拢嘴地接领着，那祝福不多时会堆满一院子。

张大爷说，娶回来直到20岁她才有第一个孩子，接着就不断线了，一直生了三男四女七个。贠大娘说，那个时候不懂计划生育，坑院里能知道啥？就是生孩子，生了就养，累得不行。张大爷家里有十几亩地，土改的时候，划了个"下中农"。后来的日子过得还凑合。

就这样，大家问着，说着，有的就说起了自己。几位八九十岁的大娘，她们的家在黄河边上的辛庄、城村或大营。说花轿抬上塬头的时候，心里就跳个不停。说了都露着豁牙的嘴笑。

为什么都愿意嫁到塬上来？她们说，塬上人实在，不欺生。有的说，塬上稳当，没那么多事儿。有的说，

塬上敞亮，透气儿。还有吗？地坑院啊，窑屋多，安逸。这回大家齐声附和，唠唠着塬上的好。看得出来，这些老人，到现在还是那么满足、自在。是啊，塬上成了塬上人的宗教。

这一户一家的喜事，为大家提供了相聚的机会，唠唠嗑，叙叙旧，温暖而温情。每一个镶嵌在塬上的地坑院，都会适时地镶嵌这种温暖与温情。这是极好的乡村盛事，也是传统的民俗民风。让人觉出一种不灭的精魂，使古塬风雨不弃，日月常新。

三

响器班子来了，老远就听见了叽叽哇哇的唢呐，呼呼嚓嚓的锣鼓家伙。还有掺和在其中的嗡嗡嘤嘤的高笙。快到塬上时，唢呐的声音更加高亢起来，那是吹手换了更大的喇叭，将喇叭对着天空，把一身的气量都用在了那个扁嘴上。这一吹不打紧，敲鼓的打镲的也都把劲头铆得十足，声音把整个塬都给震动了。

一群的孩子嗷嗷叫着，跑着迎接去了。

看见了，露头了，从塬下一直吹打着上来了。怎么，今天吹响儿的，是一个女子？真的是一个女子，一个姑娘家！人们更欢了，一齐跑上前去，又一齐往两边让开，让那姑娘把一支大唢呐吹得天地摇荡，花鸟飞扬。

姑娘长得这般水灵，齐耳的短发，花色的上衣，头上还扎着一只好看的头花，同这喜庆满配嘛。你看，姑娘她不单单是吹着，她是在表演。她将唢呐一忽对着大地，一忽摇向蓝天。她的脚步迈得多轻巧，那不是在迈步，那是在舞动，舞动得浑身都是喜庆因子，满眼满脸都是盈盈笑意。你听，那笑从铜喇叭里飞出来，变成了耶耶耶耶，哈哈哈哈……人家可真是有一手！

就有人说了，这不是袁霞吗？袁霞从小就跟人学吹响儿，后来就这里那里地上台，再后来就被哪家团体招走了。没想到又回到这塬上，哪里也不去，就给人吹响儿。凭着那名气，谁家请，还得排号哩。

塬上娶亲，来了女子吹响儿，可是个新鲜事。于是更显得热闹，孩子们跟着不停地跳脚欢呼。

人们的眼睛不够使了，袁霞那唢呐班子前头领着，后面就是长长的仪仗队伍，有喜庆的大红灯笼，张扬的龙凤彩旗，再后面才是四人抬的轿子。抬轿子的到了跟前，故意做出各种各样的动作，一忽走，一忽停，把个轿子弄得颤颤颠颠，惹得众人也就跟着颤颤颠颠，朗着声地笑。

鞭炮在这时炸响起来。人们又是

躲让，又是捂耳朵，又是推嚷。新人方翠翠在轿子里坐着，一个人六神无主，把牢了扶手，不知道怎样地晃悠，怎样地激动，怎样地慌张。

轿子正在往下走。轿夫们大声地喊着，看好了呀——看好了！走稳了呀——走稳了！终于要到了。方翠翠顾不得往外看，只让幸福随着号子，随着斜斜的坡道流进坑院里，流进骨髓里。自此后，她就同这坑院同这坑院里的人，有了息息相关的联系。她的生命会在里面脆亮，在里边开花。

当然，现在的新人都是用一下地坑院，还会走出去。他们稀罕塬上的喜庆，也顺应老人的心思。哪个老人不希望孩子能像他们一样，在这坑院里来一场惊天动地的婚礼，扎扎实实体会一下黄土窝窝的滋味，体会一下塬上的十碗席，体会一下窑屋的大炕头，体会一下城里人体会不到的热闹。那喜庆气氛也就深深地扎进了你的日月里，你就是走得再远，也不会忘记了。你就会想，就会念，想那个"回"字一般的坑院，念那个平展硬实的热炕。就会经常回到这塬上，回来看看乡亲，看看娘。

四

坑院上下、窑屋内外都是人。那些人里有亲戚朋友，有乡里乡亲，还有看热闹的。这个时候，只要是来的，都欢迎。认识不认识的，见了都喜气洋洋地笑。笑是前提，是一个标准。塬上今天遇到好事了，谁遇到好事都是好事呀。

新娘的头上也像过去一样，给蒙了一副盖头。揭开盖头的一刻，人们叫开了，说这新媳妇，六月蜜桃似的，像咱这儿的妮子，一看就近乎，不会耍心眼儿，满配赵林那小子。新娘翠翠让塬上人一下子就喜欢上了。也确实，这姑娘眼里的羞怯与温润，是一种自带的光芒，可以想象，那光芒遇到感情时，会多起作用。

闹洞房还是塬上的老一套，老一套热闹啊，塬上人就等着谁家有喜事去凑个热闹。而有喜事的人家也是张皇着凑个热闹。你不来热闹，还显得不热闹哩。这是塬上生活的佐料，是塬上生命的狂欢。你看那一个个心里猫抓似的，不安分地挤来挤去。

跨了火盆，拜了天地，拜了高堂，一应仪式举行完毕，一说进洞房，那股子潮水就挡不住了，全涌进了窑屋里，里里外外挤得不透气。这个"洞房"可是实打实的。让人想了，难道最先说的入洞房，就是指的这地坑院的窑洞？

再看那些人，已经闹腾疯了。他

们让新郎赵林抱着新人方翠翠上炕。让新郎给新娘脱鞋还要脱袜。让新郎吻新娘的光脚丫。新郎还能配合，新娘则不好意思地缩来缩去。

他们让新郎新娘咬苹果叼柿饼吃山楂。让新郎把蜂蜜舔进新娘的嘴里。让新娘咬着辣椒再让新郎一口口吃掉。无论谁一个提议，众人都嗷嗷地赞同。无非是要个热闹，甚至要个好看。

这还不算，还要吊夯。把新郎吊起来扔下去，扔下去吊起来，最后把新娘扔到新郎身上，蒙上被子。你看那些个大小子，还有那些个平常秀秀气气的女孩子，怎么都那么坏。一个个你推我拥，伸进手去，嗷嗷地笑闹。几个年长的，也在人后，挤着扛着，掀着波澜。

直到几个娘家亲人，拼着老命将流着眼泪的新娘抢出，保护到另一个窑屋里。这时看赵林和方翠翠两位新人，脸上头上身上早花成了一片。

唢呐响器还在吹打，快乐被地坑院放大。人们上上进进，拥挤穿梭。糖果、柿饼、花生、大枣可劲地撒，可劲地吃。满坑院的红，满地的碎花花。

人家就说了，赵林这小子，事儿办得光鲜！有人说，他娘攒了半辈子，都花他身上了。有人说，那又咋，老婆儿痛快！

直到很晚，还有人围聚在坑院里。

那些小孩子们，也是一忽上到坑院顶上蹦跳，一忽钻到新洞房里笑闹……

地坑院最大的好处，就是隐秘。隐秘才能保守人的隐私。谁在地坑院里，都会感到十分安全，不必防着外人。农村结婚，听房是个常见的事，门窗你是防不住的。但在地坑院里，闲人却靠不到近前去。地坑院里进了洞房，那是真的进了洞房，谁也别想听到什么。人家两口子洞房里怎么说笑怎么游戏，都不会成为第二天公开的秘密。

闹够了，散了场子各回各家去，洞房里就是两位新人的天地。你有什么想，也只能在自家热炕上去想。

五

后来，我又偶然见到了新娘方翠翠。她竟然又回到了塬上，在坑院里守着婆婆住下了。听人说，赵林去了公司在国外的工地。说是那边挣得比国内多，小伙子为了和妻子过得更好些。结婚就是赶在去之前，结婚不久人就走了。本来翠翠还在郑州打工，发现自己怀孕了，就不好再干下去。因为翠翠在美容会所做技师，人家说浓烈的精油之类易导致流产，就只好回到这塬上。

我是在坑院旁边的地里遇到翠翠

的。见到翠翠的一刻，脑子里还会现出喜庆的唢呐、大红的花轿和如潮的狂欢。而翠翠早没了那天的羞涩与慌乱。当然，仍掩不住那种本真的纯然与大方。

翠翠正拿着一把铲子挖苦菜。翠翠说婆婆爱吃这苦菜，每年春天，婆婆都会挖一些。婆婆说苦菜败火、明目、爽心，吃点对身体好，一年中就这个时节是吃苦菜最好的时候，再晚就开花了。前两天跟着婆婆下地挖了一些，婆婆择好，清水泡了，用自己做的豆瓣酱拌着吃，有一股苦味的清爽，比曲曲芽还有感觉。

翠翠说婆婆去打牛奶了，是去养牛的人家买新鲜奶。婆婆说要好好让翠翠加强营养，补补身体，婆婆说翠翠有点瘦。要是照这样下去，还不养胖了？但是翠翠知道婆婆的好，自打婆婆知道翠翠怀孕之后，婆婆每天都会去买新鲜牛奶。翠翠要自己去，婆婆不让，她说还要看着，要最新鲜的才好。这次本想陪着婆婆一起去，婆婆说要么去采点苦菜吧，晌午做菜卷你尝尝。

我想起新鲜牛奶要煮一煮才能喝。翠翠说这些婆婆知道，卖牛奶的都会告诉她，都是煮好了才让翠翠喝。翠翠说以前从来没有喝过新鲜牛奶，真的很好喝。

苦菜在地里并不像其他的野菜长得旺，不仔细看，不大好发现。有时它们会成片地聚集。细窄的叶片紧趴在地上，挖起来，根部会有白色的苦汁流出。我儿时也跟着母亲挖过，那时似乎没有塬上多。塬上的田间、沟坎甚至地坑院周围都有，出门不远就能采到。我找了一根竹片，虽然没有铁铲好使，但战果还可以。

翠翠提着一个荆条篮子很精致，翠翠说是她婆婆新编的。婆婆的手可巧了，编了好几个，都送人了。

我说看得出，你同赵林的感情蛮好的。翠翠说是，但赵林不是她第一个男朋友。翠翠大专毕业去东莞打工，跟老家的一个小伙子好过。那个时候，刚刚20岁的人，什么也不懂，看到厂里有的女孩子，男朋友给买这买那的，就受了些影响，觉得有人照顾真好。那个老乡开始对自己也不错，就跟人家好了，在外面租了房子。

后来感觉那个老乡就是整天玩，过年了也不提去他家或者去自己家看看，忍不住就问他是怎么想的。老乡竟然说没怎么想。这让翠翠没了方向。很多的向往成了虚幻。半年以后，厂里又来了新工人，老员工都成了师傅。翠翠发现那老乡同小徒弟好上了，很是伤心了一场。从东莞辞职回来，有一阵子没再上班。后来在一位老乡的介绍下,才到郑州找了份工作。经受了一次打击,人就有些变了,觉得男人都不可信。而且也不再把容貌当作自信的筹码。

老乡聚会时,认识了现在的老公,老公竟然是大学生,懂技术,在单位里很受器重。接触几次,都是赵林邀请,不是吃饭就是看电影。有一次去开封清明上河园,晚上看了《东京梦华》的实景演出,回来已经很晚,就跟着赵林到他的出租屋去了。

当晚翠翠将自己的经历和盘托出,说如果赵林嫌弃,就算了。谁知赵林也说出了和其他女孩的经历。都不是第一次,也都曾经被人甩过,算是同病相怜了。同病相怜的人很容易就走到了一起。她就跟着赵林一直走到了塬上。

翠翠说,赵林说过一句话,说,不是因为我执着,而是因为你值得。这句话把翠翠感动了好久。翠翠后来问赵林,怎么就想着说这么好的一句话。赵林说也不知道在哪里看到,觉得说到了自己心里,就记住,拿来用了。翠翠就给了赵林一拳头。赵林太实诚,不过翠翠喜欢赵林的实诚。

六

头一回听赵林讲地坑院,翠翠还很吃惊,怎么河南还有这样的地方,从来都没有听说过。第一次跟着赵林来看他母亲,下到地坑院新鲜至极,这里那里看个不停。这种在地下挖坑,然后掏洞的方式,实在是让人赞许。原来想象是陕北那样的窑洞,但那种靠山窑防御性稍差。而住在这深深的地下,就成为一个小天地。野兽下不来,水患到不了,也会削弱雨雪和风沙。即使盗贼也没办法。而且还有一个最大的好处,就是防火。农家的房屋最怕失火,一旦着火,整个家就没了。土造的地坑院却很难发生火灾。就是地震,也比地面上的房屋要安全得多。翠翠在这坑院里高兴得跳脚。

赵林说,你真的喜欢这种窑院?翠翠说,简直是人间奇迹,想不到的美好全藏在地平线以下,隐秘而庞大。谁的主意呢?这让赵林心里很自在,翠翠一点都没有嫌弃这老旧的坑院。这也让赵林母亲的担忧一下子烟消云散。

赵林母亲也是对未来的儿媳稀罕得不行,总是拿眼睛在翠翠身上晃来晃去,而后就合不拢嘴地笑,一会儿给翠翠端上一碗水,一会儿给翠翠递上两个红柿子。翠翠知道,婆婆是喜欢自己的。

当晚,赵林去跟娘要新铺盖。娘说早就在炕上铺好了。赵林说没有看到。原来赵林还想着同翠翠睡一个窑屋。有心的婆婆却早把翠翠的铺盖铺在了自己的炕里。哪有没成家就睡在一个炕上的？这可是在塬上。赵林和翠翠对视了一眼，两人偷偷地笑了。只好按照婆婆的意思，在家里住了一宿。可婆婆对翠翠怎么说的呢？婆婆说，那屋的炕时候长了，没有这屋的暖和。

后来翠翠回家跟妈妈说起，妈妈还赞赏婆婆的举动。翠翠想，难道婆婆知道自己会回家学给妈妈？总之婆婆是个很不错的婆婆，从来不说翠翠，而是提醒儿子。婆婆还跟翠翠说，咱们女人家，在这塬上，要是以前，那可是苦命得很，什么也见不到，去趟镇上都得走半晌。天天在这坑院里做，没孩子忙，有了孩子更忙，反正一天到晚不识闲。等把孩子忙大了，孩子又走了，一年半载回不来一回，回来待上一半天，就又不见了。这时你就转吧，坑院里到处都是他的影子。说着的时候，婆婆就有泪水落下来。翠翠就赶紧拿纸巾给婆婆。翠翠想，这哪里是说的女人家的事，分明是说的婆婆自己。

塬上的老人这一生也确实是不容易。翠翠后来在赵林出国之后，决定来在这塬上，也是出于自己的内心。父母身边还有弟弟呢。她是真心要替赵林尽一尽孝心，守着婆婆好好待上一阵子。还真是，自从翠翠来了以后，婆婆整天高兴着呢，想着法给翠翠做好吃的，翠翠能感觉不到？翠翠就将心比心，好好地同婆婆相处。

外人说，看着两个人还真的不像是婆媳俩，像是一对母女。翠翠在美容院里是技师，就给婆婆按按背、搓搓腿的。婆婆欢喜地说，这辈子养了一个儿子，儿子孝是孝顺，就是到不了娘的跟前。这下好，等于引来一个闺女。闲了的时候，婆婆也关心翠翠的工作，问些美容院里的事情，翠翠说那是专为女人办的美容院，男人是不让进的。翠翠当然知道婆婆的想法，婆婆担心城里，塬上就有人说有些按摩城乌烟瘴气。翠翠说自己知道什么是好赖。

翠翠说，在塬上住着长知识了，跟着婆婆认识了不少事物。知道南坡开的是杏花，北坡是苹果花。杏花先开，苹果花后开，苹果花落了开枣花。花期各不一样，枣花能开一个月，核桃花也就开十天。知道了桃树开粉花，茱萸开黄花，柿子开的是黄白相间的花。山楂开白花，樱桃、梨、李子也开白花。村南那棵扑棱成一大片的是皂角树，以前人们常用它漂衣捶布洗头发。庙后最老的核桃树，已经数百年。

翠翠说，你看，还有一片片的连翘黄和野枣花在塬的四周围着。如果没有事，住在这塬上，真的是一种享受。可惜自己不可能长久地住在这里。

翠翠说着这些的时候，手一挥一舞地配合着。这种配合，就将一整座塬给指点、给带动了。实际上也把我的视线、我的感慨给带动了。

七

和塬上的人慢慢熟悉了，白天晚上的，就经常同他们说话，听他们聊天。他们聊的，无非是过去怎么怎么，以前咋着咋着。你一言他一语的。有的还相互指着，出些小时候的洋相，逗得人笑。我在这说笑中，感觉他们的所想和他们的畅快，并且将自己融入进去。

每天都有不同的话题，总是开始的一段时间是空白的，你的心思可能在一个烟圈里，他的心思可能在一片叶子上。不定谁说了句什么，有人搭腔或没搭腔，再有谁说了句什么，搭腔的人多起来，这才像找到了毛线头，嘻嘻哈哈地倒腾了。

有时候像说正事儿，上到天文，下至地理，盘古开天，三皇五帝。你说他补充，你错他纠正，争执是一定的，争执也是乐趣。

这天就扯到了黄河陕塬，再扯到陕塬东西的洛阳长安，慢慢就又扯到了唐明皇和武则天。

于是就有人说，杨玉环还是咱这一带的女子哩，那是有谱可查的。杨玉环是个漂亮女子，也就有地方争抢。有说这儿的，有说那儿的。但是塬上人说起来，可是论真的，他们说杨家庄就离这里不远。当时宫里到这一带挑人，就把杨家的玉环挑走了。你想宫里挑人会去远的地方，挑一些说话侉侉的，连皇上都听不懂的？不会，还是长安周围的女子皇上看着顺眼。后来就说杨玉环没有死，又回到了这一带，隐姓埋名重新过起了农村时光。有人描绘得有鼻子有眼，说有个村的女子就是杨玉环的后人，一个个长得水灵着呢。

接着就有人又说出一个女子，上官婉儿。说杨玉环有人争，上官婉儿可实打实是咱陕州人，陕州出美人哩。咱不说她爷爷上官仪，咱就说上官婉儿，从她的聪明慧敏来说，历史上没有几个能比过她的，14岁就被武则天重用了，从大的方面说，杨玉环都不及她。有人随着说，那可是，人家还会写诗哩，这谁都知道，光《全唐诗》就收了她30多首。有人知道得更多，就又扯开了。

今晚，扯到以前的生活，他们笑了，食欲及精神的欢愉是塬上最基本的生命追求。为了这一点，他们狠劲地劳作收获，拼命地挖院掏窑。然后娶一房媳妇，一切就都满足了。"油罐儿离不了油勺，老汉儿离不了老婆。"物资贫乏的时代，塬上人的愿望朴素而现实。

在这个高高的三道塬上，天是这么低，低到了伸手就能采摘星星的程度。过去的时光，月亮成了地坑院最亮的灯，满院都是银光一片。你在院子里搓玉蜀黍，修理农具，做鞋，纺线，做什么都能看见。那灯让一村一村的人都有事情做。一直做到很晚，才回屋里去。再做着不要月亮的事情。

还别说，外边的人走上塬来，看到如此宽敞、安全、自在的居住和生活条件，会有少见多怪的惊讶。有人便放下行李不走了。最开始是找一处崖坡，挖一孔简单的靠山窑洞，然后给塬上人帮工干活。但凡这样的人都是精明的，敢吃苦，肯下力。等塬上人慢慢接受了，就将努力也往能娶来女子的地坑院靠拢。"小瓷盆，腌萝卜，我去塬上找个活儿。活儿做了三年整，没人知我热和冷。咬咬牙，狠狠心，娶个老婆待我亲。"直到有一天也在哪个角落，打下自己的梦想。不久你就会听到，一声啼哭从那新筑的坑院里嘹亮地传出。

然后就是塬上女人都会唱的摇篮曲了：嗯哦哦，娃娃睡，明天上地掐麦穗。掐一垄，磨一磨，给咱娃娃烙馍馍……

春天起，人们开始收拾场院。场院就在一家家的窑屋上面，该垫的垫，该碾的碾。夏秋时节，那里是最繁忙的。好在守着窑院，渴了下去喝水，饿了下去吃饭，累了下去睡觉。倒也方便。有的时候，小伙伴们也会相约着跑上地坑院，到场院一同玩游戏。那些游戏早就被大人玩过了，因而大人们是支持和理解的。去吧，早点回。他们知道，他们的孩子不会跑丢，因为是在塬上，远离喧嚣与危险的塬上。

我知道，他们扯着这些情景时，神思早回到了趣味无限的当年。其实在这样的时候，都会觉得时间并没有走远，就好像是在昨天。

早年的事情还有哪些？有人就又扯到了窑上。

原来塬上也有窑，我还真的没有看到过。塬上很少用到砖瓦，尤其是早些时候。后来人们为了美观，才在坑院顶上用砖代替土坯做拦马墙，用瓦搭一圈滴雨檐。为了不跑得更远，塬上才有了窑。那窑不在这个村，却是方圆都知道的。

有了窑就有了烧窑的人。有了烧窑的人，就有了人的故事。我听到的故事，里边竟然有翠翠的婆婆庞杏花。

这真是个意外发现。翠翠的公公

很早就去世了，翠翠不大熟悉公公的事情。只知道公公比婆婆大不少，是一个编筐能手。有赵林的时候，公公已经40多了，而婆婆杏花才20多。公公后来一直是婆婆照顾的，可以说是照顾到养老送终。婆婆对此没有一句怨言，公公走时对婆婆是感激的。村里人都这么说。村里人说，那女人命苦啊，人活得太不容易。

翠翠知道后，并不背婆婆。她跟婆婆交心，就像在家跟母亲一样。她把这些话说给婆婆，婆婆就掉泪了。一个响着春雷的夜晚，两个女人说了很久。婆婆没有拿这个懂事的媳妇当外人，实际上自打媳妇进地坑院的那一天，婆婆杏花就觉得是年轻的自己回来了。或者是回来了一个年轻的姐妹。那是一棵树上的两朵花，无非一朵先开了，另一朵后开。

怎么就那么喜欢这个媳妇，是因为太喜欢儿子的缘故？而儿子不太会跟娘交心，只会做些表面的事情。他不懂一个母亲一个女人。多少年的相处，儿子就和他老子一样。

现在好了，来了一个替代品，或者是代言人。什么都跟你说，拿你当亲娘待，有时候像老姐妹。这个鬼妮子，直掏人的心窝子。

婆婆就像跟自己述说一样，把多年沉埋在心底的石头样的往事，给掏了出来。掏出来也就轻松了，敞亮了。要么这一辈子，跟谁说去！

雷声已经停了。窗外有了一层月色。这中间翠翠还烧了一回水。她听着婆婆的讲述，就像眼前在过电影。

八

村里的窑场是一个受人看重的场所。窑场里干活的也是受人看重的。师傅是从外村请来的，人们都叫他五爷。五爷平时带着两个徒弟，出窑的时候需要人手了，村里会派人来。平日里窑上冒着青烟，远远地吸引着人们的目光。

那个时候，窑场周围经常会有一群孩子跑着嚷："挖新土，烧新砖，烧了新砖垒窑屋，垒了窑屋娶媳妇。"

那个时候杏花总是跑下沟来，瞧那窑场的热闹。五爷手不离烟袋，眯着眼睛看着两个徒弟做活计。装窑的时候却不敢怠慢，烟袋往腰上一别，钻到窑里，亲自码坯。两个徒弟推着小车，一车一车地将砖坯和瓦坯推到窑里，再一块块递给五爷。

杏花从窑旁的小门伸头进去，看那些砖瓦在巨大的窑膛里码得一圈一圈的，一直码到高高的窑口上。然后封了窑口，在底下点火。五爷伸手接坯的时候看见扎着小辫子的杏花，就吼叫起来，小妮子家，离远了去！

二堆就把杏花往外推。杏花说，二堆哥，让俺看看，让俺看看！二堆说，小妮子家，快去，烧窑不兴妮子家看。杏花就奇怪了，烧窑为啥不兴妮子家看？是因为他们都穿得少吗？杏花看见二堆油亮的脊背，一层层地渗着汗珠珠。

杏花还是被撵得远远地站定了，看着五爷和两个徒弟点火、搬柴，直到把窑烧旺。五爷上到岽梁上看看窑顶，而后就在那里吸那个大烟袋子。

杏花放假没事，一天天真的就把烧窑的事情看下了。开始烧窑时，先用柴烧一天，然后再加煤，连烧七天七夜。等五爷观察到了火候，就喊一声，停啦！二堆他们就赶忙用砖块堵住窑门和烟囱，糊上泥巴。然后从窑顶一点点涸水冷窑。冷窑需要好些天，等窑完全冷却了才出窑。

下午没事的时候，杏花还会跑到窑上来。杏花家离窑近，趸下沟就到了。杏花就看见二堆趁闲在那里脱坯。二堆弯着汗油油的脊梁，挽着裤腿儿，光着脚丫子，把坯模在桶里过一下水，放平，摔上泥巴，填满后一下下用拳头杵紧塞实，再洒点儿水，刮板一抹，端起坯模的把手，稳稳一脱，三块漂亮的砖坯就脱在了地上。

二堆头也不抬，就那么手脚麻利地闷着头做。一会儿工夫，就有了一长溜好看的砖坯晾在天地间。有时候杏花看到的是另一道工序，砖坯晾上两天就可以改换姿势了，二堆将砖坯一块块立起来，一会儿就让它们立成了折线形。杏花看到阳光和风在里面窜来窜去，几只鸟儿也在上边跳房子。又过了五六天，二堆又将砖坯一块块、一堆堆地码起来，在上面盖了玉蜀黍秆。

杏花看着二堆做这些的时候，觉得二堆棒极了。有时候杏花想，二堆整天这样不吭不响地做，怎么就有那么多使不完的劲？二堆那时在杏花眼里很大，而杏花在二堆眼里很小。二堆总是说，小妮子，快去一边玩去！不，俺就要在这儿玩。杏花说。这儿有什么好玩的？快回家吧，你娘叫你了。二堆说。不，才不叫我哩，俺就在这儿玩，俺看你。杏花噘着嘴说。杏花最讨厌二堆叫她小妮子。听了就小声说，就你大？你大你咋不娶媳妇？！

杏花喜欢听二堆唱戏，二堆在没事的时候，会站在窑上亮嗓子：我这走哇过了，一洼呀又一洼……洼洼地里头好庄稼，俺社里要把那电线架，架了高压，架低压……

那声音直撞到塬头上再撞回来，嘤嘤嗡嗡的。杏花就觉得二堆好能，二堆应该去戏班子唱戏。

杏花听五爷跟二堆说，二堆呀，

攒点儿钱让你爹给你说个媳妇吧。二堆说，俺不，俺就跟五爷干。五爷就笑了，说，傻小子，娶了媳妇不耽误你跟着我干。我只是让你有个知冷知热的，别像我。

二堆说，谁愿意跟咱呀？

杏花听了说，我，我愿意跟你。

五爷哈哈大笑起来，手里的烟袋锅子一抖一抖的。

二堆回过头说，去去去，小丫头片子，去一边玩去。

那时杏花才9岁，嫩杏柔枝一般，而二堆都17了，壮壮的像头小牛。

九

杏花着实喜欢二堆，喜欢在窑上玩，杏花把二堆和窑连在一块喜欢了。有时杏花会拿大半个馍馍递给二堆，说自己吃不了。二堆正被坏模掏空了肚子，看了看就将泥手在身上抹两把，接过来三口两口地吞下去。有时杏花还会在馍馍里夹几片酱瓜咸菜，那是娘精心腌制的。

其实杏花能感觉到二堆也喜欢自己。杏花去窑上的时候，二堆会把捉到的一只小麻雀递到她手里，麻雀脚上绑着线绳。二堆还会捉几只蚂蚱，在火里烧了给她。娘让杏花够桑葚，够桑葚的钩子脱了，杏花到窑上找二堆，二堆就给她弄一根更长的柳棍，重新扎好。

二堆对她的好她都能记住，杏花就是恨自己长得慢，她想着，什么时候长到能嫁人的年龄就好了。只是还没到那个年龄，杏花就出事了。杏花那年16岁。

其实杏花学习还是可以的，但她上完初中就不上了。她怕上高中以后就不能经常见到二堆。高中要去县上，从塬上下去要走半天时光，那时还没有城乡公交，一个学期都会住校。再说了，高中毕业不还是回到这塬上？杏花没有别的心思，就是二堆这一门心思。她就像一棵土塬的葵，一天天盼着为他伸节，为他开花。她不知道她守护的那个独有的世界，是一个易碎的世界。

出事的地点就是窑上。那时窑已经停了，二堆去了镇里的砖瓦厂。但是杏花还是喜欢去窑上玩。她觉得窑上有二堆的汗，二堆的喊，二堆的唱。她只要一来到窑上，就觉得见到了二堆。杏花挎了篮子去挖野菜，走着走着就会走到窑上。窑上窑下都生长着密密麻麻的野菜，尤其是杏花和娘爱吃的苦菜。

也就是那天黄昏，杏花出事了。杏花的事老丑，娘都不敢说出去。可还是有人传了闲话。还有人把她落在窑坑里的小衣裳挑在了窑的烟囱上。

杏花就是那年嫁人的。嫁的是这个村编筐子的老赵。后来就有了赵林。赵林还没成人，老赵就死了。

杏花多少年都不回自己的娘家去，娘就总是来看她。她恨那个地方，恨那孔窑。那个地方、那孔窑毁了她的梦。

二堆一直难受了很长时间。他有时会觉得杏花是在开一个玩笑。杏花曾经生气地躲在麦秸垛后面，让他找不着。但是这个玩笑开大了。他曾经来找过杏花，杏花就是不见，也不找人捎什么话。生米煮成了熟饭，二堆只有在几年后娶了媳妇。那媳妇比杏花能生，给他生下三个闺女……

十

这个女人，她是怎样将自己的爱恋自己的愤恨狠狠咬碎，在这深深的窑屋及漫长而粗鄙的光阴里，让水亮的青春艰涩地生长，而后枯萎？不能向谁说，不能给谁解释，只将一腔酸楚，一次次反刍又一次次咽下。翠翠简直要哭了。是的，翠翠哭了。翠翠陪着婆婆杏花一同哭。翠翠甚至比婆婆哭得还痛。

翠翠想到了自己。翠翠已经忘了那是婆婆在述说，那就是自己在经历。

翠翠恨婆婆，你怎么能那样选择自己的道路？可那时不同于现在，那时的观念那般保守，一个女人的贞操比生命都重要。你自己不在意，唾沫星子也能把你淹死。如果不是为了娘，婆婆杏花也许早把自己挂在了塬下。有人还说杏花怀上了孩子，怕显了身子没有人要，才草草把自己嫁了。在那之前，就有一个女子，不知跟谁好了，把个肚子弄大了。冬天穿着棉袄还好点，慢慢脱了一层层的皮儿，再藏不住，被家里嫂子发现。嫂子本来就恶，散布出去，让这家无脸见人。先是小姑跳了崖，后是婆婆挂了树。

但是赵林是杏花嫁给老赵几年之后才生的。有人便又说先前怀的掉了。他要给编荆芭的生一个真正姓赵的儿子，不断地喝老赵给她煮的荆条汤，终于把那丑喝下来了。喝下来她疼得死了一样，老赵拉着她去了镇上。

翠翠对这些知道得不是太清楚，婆婆有的讲了，有的没有讲。

塬上有塬上的道德观、价值观和审美观，那是一种普众心理，或也固化了塬上长久的民风。就像那厚厚的黄土，沉郁而瓷实。而民风也包括淳厚，小风吹过几季，便又安静地过自己的日子，什么时候想起来，话语中反有了一声惋惜。

叫杏花的这个女人，竟然就这么

过来了。她跟着老赵打下手，学编筐。把个老坑院收拾得干干净净，日子过得不让外人笑话。后来有了儿子。后来送走了老赵。后来儿子初中毕业，再送他去塬下读高中，上大学，参加工作。后来就盼望着儿子回来，回来又无奈地将儿子送走。

翠翠还记住了婆婆的另一些话，那些话像石头子一样，敲疼了翠翠：唉，有时候想起来，就嫌自己的命长。你说一个人，守着这么个坑院，一天到晚的，有个啥意思。翠翠把婆婆换成了自己，自己也会这么想。坑院好是好，可对于一个单个人尤其是单个女人来说，反而正是它的深幽，让人有愈加的压抑和孤独。人在孤独中是会胡思乱想的，胡思乱想久了，不定生出什么念头。

翠翠体味过那种感觉，那是从东莞回来的一段时光。一个人，一个房间，抱着一大堆孤独，简直就是拱在坟墓里。年轻人原来不懂，老年人也会寂寞孤独？年轻人觉得，老年人已经变成了另一种物质，这种物质经历了无数岁月，具有了抗孤独的属性。原来老人同年轻人一样，他们也有着喜怒哀乐，也有着生活的渴望，哪怕那种渴望，只是清清浅浅的一层波光。

善良的翠翠明白于此，恨不能与婆婆永久地守在一起。翠翠就说了。

翠翠说了婆婆自然感动。但是婆婆还想着儿子赵林。她也不能把一个年轻娃子拴在这坑院里，那不太自私了？翠翠说那等以后就跟着我们离开这里。可婆婆说也不是没有跟赵林去过城里，咋着都不舒服，磨不开身子，没人说话，没地方去。还得回到这塬上来。

也是啊，塬上是祖辈认定的精神方位，他们这代人已经离不开这里。他们的身上，烙印着千百年的塬土黄和芳草绿。

十一

翠翠说婆婆一直没有说那个害她的人是谁。翠翠说，她不说，不知道是认识还是不认识。也许认识但不敢说，也许根本就没看清。唉，但愿那人后来遭了报应。

翠翠有些想见见那个二堆。想知道他后来的境遇，以及现在的情况。翠翠觉得一切都谜一样牵扯着她的心。她现在还不能告诉赵林，赵林这个家伙太傻小子气。他只懂自己的女人，不懂生养自己的女人。

翠翠觉得婆婆对自己比亲娘还亲。翠翠不会忘记，第一次进地坑院，婆婆慌得埋怨赵林事前不说，家里什么都没准备。婆婆去做的手擀面。翠翠端着吃的时候，从碗底发现了三个煎蛋。婆婆还一个劲儿地给自己添菜，那是坑院里种的萝卜、南瓜和菠菜。人是将心比心的，尽管翠翠把两个煎蛋偷偷夹在了赵林碗里，但婆婆的好意翠翠收下了。婆婆自己养的鸡，一天到晚听着鸡咯咯哒，省吃省穿都为了儿子。容易吗？

夜里睡觉，翠翠能感觉到婆婆给自己披了几次被角。天不明就早早起来倒了尿盆。看着翠翠醒了，就给脸盆倒上了开水。不是头一次回家这么对待自己，直到现在也是如此。

婆婆还说，为了给她和赵林布置新房，专门找个日子把炕盘了。盘炕是有讲究的，不能随意说盘就盘。婆婆让人择了带"七"的日子，盘炕的尺寸也是带"七"的：长六尺七，宽四尺七。婆婆看得可仔细。婆婆说，带七是因为"七"和"妻"同音，是"与妻同炕，偕老百年"的意思。塬上人还是很传统的，把娶来的妻子看作是家的一部分，要好生对待。婆婆坚持这样的传统，希望赵林好好待翠翠，使生活长久幸福。婆婆感叹，唉，有个一起走到底的人，就是前世修来的福分。翠翠觉得婆婆的这些话，不单是说给自己的。

知道了婆婆的良苦用心，翠翠眼里就含了泪水。感情是相互理解相互给予的。打这之后，翠翠更加敬爱婆婆了。

我见过翠翠的婆婆，她中等个儿，人长得很匀称。儿子结婚那几天，不停地忙上忙下，总咧着嘴笑。知道我是外头来的，让我多上来走走，晒晒太阳，需要啥了，说一声。让人感到了塬上特有的温情。

但我无论如何不能从她身上看到那个活泼可爱的杏花了。她经历太多的磨难与苦痛、压抑与寂寞。岁月已将她变成一棵表面还在颤动实则已经空洞的老杏树。只不过儿子的新婚与新添的儿媳，让她有了纾解与释放，有了触动与活泛。她其实并不老，才50多点儿。

十二

我是在一个阳光明媚的上午找到老庆的。二堆是老庆的小名，很久没有人叫了。

这个时候，塬上人都在忙着，不是浇水施肥，就是插枝打杈。对这片土地，他们总是不停气儿地捯饬，捯饬得田野都带有了艺术性。

老庆正在地里给果树嫁接"红富士"。阳光里的老庆，高高的个子，留着平头，背稍微有些驼，但很矍铄。见来人找他，就热情地笑，说要不咱回家去？我们坚持要陪他忙完。老庆家里有八亩地，种着小麦、苹果、桃和核桃。三个闺女都出嫁了，平日都来不了，也就是老庆一个人在忙。

老庆拿着一把手锯，将一棵黄香蕉的树杈锯断，然后顺着树皮开一个小口，把一根红富士的细枝削扁，轻轻插进割开的小口里面。一根树杈，插上两根新枝后，用胶带缠紧，再去掉枝头，套上小塑料袋。老庆做得很认真。他的手磨得有些粗糙，大拇指上缠着胶布。

一棵小树要锯掉三四根树杈，嫁接七八根新枝。整片地里，老庆已经完成不少。老庆说前几天就开始忙了。我有些好奇，树是人家黄香蕉的，这样插个枝子，就长出红富士了？老庆说，枝子的基因是红富士的芽基，结的自然是红富士了。那为什么要嫁接呢，是要改良这些果树？老庆一边忙着一边说，这就是科学，小麦棉花都是靠种子，种子好坏决定收成的好坏。果树就不同了，果树的种子繁殖出苗木后，经过嫁接，才能长出好品种。要是不嫁接，一是很晚才挂果，二是果的品质也不好。老庆指着另外一个地块，说你看那一片，都是前年嫁接过的，效果很不错。

这么说，从一棵苹果枝子到一颗好吃的苹果，还真是要经过无数辛苦的历程。侍弄苹果的活也够烦琐的。老庆说，等长出了新枝，还得一个个将塑料袋子去掉，等嫁接的枝子完全结合，再把胶带去掉。够细致了，今年能结果吗？老庆说到明年了。等长出了果实，到落花，再过个二三十天，还要套纸袋子。老庆说，套袋子也很麻烦，就像是给苹果戴上一个头套，一树的苹果，差不多要全套完。干啥都不容易，苹果还没有长成，先期就投入不少钱。

我顺口就问纸袋的价钱。老庆说有好有差，大致五分钱一个。那么一棵树需要多少个纸袋，一亩地算下来呢？老庆说谁家里都会有几亩地，这样的开支还是不小的。但是为了品相和质量，他们还是不会选择塑料袋。这里最好的苹果收购价在四元左右一斤。塬上光照时间长，敞亮，果实就长得好。一到收果季节，就会有大车小辆地来，那个时候，是塬上最开心的。

几个人帮着老庆忙完，便随老庆穿过林间一条土路回家。路曲曲折折，中间不时有低缓的水洼。风在枝杈间轻轻地拉，这里那里的，拉出丝弦般的声响。

十三

到了村里，走过平整的场地，很

快就拐下一个地沟。

地沟的门柜上一副红红的对联，上联是：窑院烟火传薪依厚土。下联是：乡间洞天颐神享淳风。虽然对得不是十分工整，却显现出生活气氛及主人的心境。老庆竟然说是他写的。听我们夸赞，他笑得露出了一口好牙。再往下走，过道两边，贴着各种剪纸画，竟是整地、播种、施肥、浇水、除草、灭虫、收割、晒干、碾场、脱粒、储藏的农忙全过程，一幅幅看去，便了解了塬上的农耕文明。老庆说这是他早年收藏的，因为喜欢，就覆上膜挂在这里。让人觉得这是个有心人，而且是个有情趣的人。

院子里静静的，开着一院子的阳光。一棵石榴树，热闹地配合着。院子虽然不大，收拾得却很整洁。老庆笑着让我们进屋坐，还张罗着倒茶，我们说不客气，看看你的窑院。他就给我们讲说八孔窑屋的构造，拉着我们一个窑屋一个窑屋地看。其中三孔能睡人，炕上叠着整齐的被褥。其余的多是仓房，放着老庆收集的农活和生活用具。每到一个门口，他都认真地找钥匙打开门上的老锁，让人感觉一种"芝麻开门"的郑重，心生奇妙与渴望。

老庆说中央电视台还来过，拍的内容好像是："现在还有人生活在地平线以下的坑院，是真的吗？"节目组在这里拍了一个星期才走，看来做节目也不是那么容易。打开的窑屋里放着石磨、石碓、碓杆、木桶、食盒、礼盒、扁担、筐子、篓子、簸箕、油灯、汽灯、风箱、蓑衣等生活用具，大大小小、新新旧旧堆得满满的。另一间窑屋放着木犁、木耙、抓钩、箩头、镰刀、锄头、锤子、铁锨、手风机、脱粒机、独轮车、马灯、马槽、马镫、马笼套等生产用品。其中还有木锨，那是扬场用的，倒也不大稀奇，稀奇的是另一把木锨，前面半截结实地箍了一层铁，这可是头一回见。如果是场上用，没必要正反面箍铁，这一定是要它发挥更大的作用。老庆说，这就是干重活的家什，可以铲地、挖肥、和泥，不知道是什么年代的。我们看着，议论着，应该是产生于真正意义的铁锨出现之前，人们在木铲上包一层铁样的物质，使其成为一件挖掘利器。一旦能够打制铁锨，这种工具的作用就削减了。看来这件东西跨越了不短的时间长河。

还有一间窑屋，里面放着纺车、纺锤、织布机、捶布石、捶布槌、制绳机、老粗布、老棉帘等与纺织有关的物件。织布机是那种低矮型的，条条框框都做得简陋，似乎并不在乎用料和外观，只求实用，简单到一个人就能搬走，与那种高大笨重差不多占半间屋子的织机形成反差。也就想，这可能是那种大织机的前辈，并且是一般农家的用具。

很多物件都不是单数，让你想到，老庆有事没事的，在这上面花了不少时间和心思。捶布的棒槌大大小小可不少，有圆头的，还有扁头的。以前家家户户门旁都有一个捶布石，浆洗了粗布，要用棒槌在石上捶实打展。洗衣的时候，也会用棒槌捶打去污。问老庆这些棒槌为什么这么沉，老庆说，做棒槌一定要用好料，禁得住敲打，还要禁得住水泡。一般都是用枣木、梨木做成，还有用杏木、楸木和槐木的，多少年都不会变形、腐朽。我想起小的时候，几个孩子为了做陀螺，不知从哪里找了个棒槌，用小锯锯开一段，再用刀削。削的时候，就没有那么容易了，硬是用坏了几把刀子，也没有达到满意。我说，朱秀云捶草印花的棒槌，就是这一类。老庆笑了说，以前攒的，倒比这多。自从朱秀云捶草印花火了以后，不少人来这儿找棒槌，有的还是先前给我的。

说实在的，老庆攒的这些物件，真正值钱的不多。老庆说，值钱的都被塬下的收走了，咱收不起，咱就只能稀罕点这些人家不入眼的。像老犁头、脱粒机之类，堆在过道里落了厚一层灰，人家巴不得送个人情，让你收走。

老庆不知道，他的地坑院，成了塬上的一个文化框，随着时间的推移，这帧文化框会越发显现出它的价值。

在这些物品当中，我还看到了一整套的窑上用具，有筛土的筛子，脱坯的模子，钩火的钩子，出窑的推车，挑水的水桶等。老庆说这是他用过的物件，三四十年了。我们都跟着感慨一番，夸老庆的当年。

慢慢就聊起老庆的生活，问他的老伴，老庆说老伴走了十几年了，老伴比他大三岁，生孩子做出病了，身体一直不好。实际上她从小就落下个病根，气管炎，老是咳。老贠说，老庆不容易，这么多年，一个人艰难，要是早续个弦就好了。老庆说，老贠说得轻巧，你这里三个孩子，谁愿意续你这个弦，来当保姆？

老庆一边说着话，一边烧了水一碗碗倒上。

坐在老庆的炕上，看到老庆炕围子贴的是塬上特有的黑色剪纸，屋顶上也是。墙上还挂着两块捶草印花布，一块是普通的白色，一块是浅黄色，花草的图案摆放得很有特点。老庆说这是人家来找他要棒槌时带来的。

我说孩子们平时回来吗？老庆说，一般都来不了，都不在塬上，远的在外省，近的也在洛阳。怎么都嫁了这么远？老庆说，不是嫁了这么远，是她们外出打工和人家认识了，而后在当地租了房子，老大还贷款买了房。你说，还能回到这塬上来？妮子大了不由人哪，只要她们过得好就行。过年都会回来吧？那也不一定，还有人去男方家呢，有的还加班，再加上都有了孩子，事儿多，很难凑齐。

老庆其实很通情理，也很开朗。熟了，问什么说什么，有时你没问什么，他也说个不停，让人想到，年轻时他真的是一个讨人喜欢的人。

我说你这个坑院里的宝贝不少，又来了电视台一拍，可就出了名了，你可以再收拾收拾，搞个塬上民宿，谁喜欢了就可以住两天。一来增加了收入，二来也可以多结交些朋友。我一说，老庆就高兴地说好，也有人这样劝过他，这样他就不寂寞了。他说一到晚上，老是睡不着，老是倒腾着以前的事情。我们坐在老庆的土炕上，想听听老庆都倒腾什么事情，老庆就笑。

老贠就说，老庆有故事，老庆你说说，大家又不是外人。就引着老庆说，实际上是引着他讲讲年轻时候的事。

十四

那时的老庆，也就是二堆，确实喜欢着一个女孩儿，这个女孩儿就是杏花。虽然那个时候杏花还小，但是杏花长得个子不低，人也机灵，知道对你好，也知道你的好。

二堆后来去了镇上的砖瓦厂，回家却总是会在村头遇到杏花。杏花所站的位置，可以看出去很远，她能看见莽莽的三道塬抱着一道沟又一道沟，起伏在一片烟霭中，一条裤带样的小路在其间时隐时现。起先是看不到人的，等看到了人，那人就总是高高低低隐没于土塬间。无论那个影子怎样起伏出没，杏花都能及早地认出二堆。

有时那粗犷的戏剧老腔先传过来：我这走哇过了，一洼呀又一洼……而后才看到一个人慢慢露头。杏花就更不用辨认了，杏花就会扬着手又是跳又是喊。后来知道害羞了，就会一捂心口，往回跑去，一直跑到大槐树后面停下。

二堆每次遇到杏花，都会给杏花一个惊喜，不是一条新手绢，就是一根红头绳，或者一个头花。总是把杏花高兴得一蹦一跳。杏花也会从身后变出一个苹果，一个馍馍，或是一把红枣。

有一天，二堆把一个新买的绿书包递给杏花，把个杏花高兴得挎着书包原地转了两圈。这时二堆却在地上搓鞋底，而后将一块石子猛地踢出去好远。二堆磕磕巴巴地说话了，那话竟是：杏花，你那时，当着五爷说的，嫁给俺的话……还，还算不?

老槐树下的杏花脸一下子就红了，头一低撒腿就跑，跑得好快，都把二堆弄愣了。杏花跑去的身后，却丢下了长长的话音：算——

那时爹爹有病在床。爹爹希望二堆赶紧说下一房媳妇，把终身大事了了，自己好合眼。但是二堆就是不言声，有主意得很。眼见得杏花长到了要嫁人的年龄，却没想她突然就不见影了，嫁到了外村，而且还是一个老光棍。不打鼓不吹响地把水汪汪的一生，就那么交代了。这不就像是坑院里的树，天天看着长大，好容易看到露出了芳华，那半截，却长到了人家家里。

二堆听说后站在塬头上，流了两天泪水，吼了两天嗓子。他也确实听到了一点风言风语，他却怎么都不能相信。有人说那老光棍攒了半辈子的钱，都给了杏花妈，而二堆家里还有个病恹恹的老爹。这倒让二堆有些信。此前他也曾听杏花说过娘的顾虑，怕杏花过门后受委屈。但是杏花说她是铁了心的，只要跟了二堆，吃糠咽菜都不后悔。难道杏花跟自己说这些是违心的?

当二堆知道一切已不可改变，在爹爹去世前，听了媒人的撮合，同东凡塬一位老姑娘结了连理。日子说不上幸福，但女人还是真心实意过生活的。为了生下个男孩，不顾身子虚弱，连怀了四个孩子，最后一个掉了，再不能生。

老庆聊开了，也就爽快了。我们这个一句那个一句地问着老庆，老庆也是一句一句地回着。似乎都过去了，成了剪掉的旧枝子，说说也就是说说。而实际上让人感到，那个 16 岁的杏花，已经嫁接在老庆心里了。

想过那个杏花吗?

想过，能不想?

记得杏花长啥样?

小时候看不出来，也没在意过，长开了可不一般。就这么说吧，周围村子都没有比的。

去找过她吗?

咋没去过，去了人家不见咱。

后来呢?

后来还偷偷跑着去看过，看杏花抱着孩子从坑院里上来，站到塬头上望。唉，杏花自打出嫁后，就很少回家，除了她娘去世。杏花娘走后，她家的坑院就空了。再后来还塌了两孔窑屋。

塬上的地坑院，生活的一个个缝隙，每个缝隙都填满了无尽的酸甜苦辣。个中滋味，只有自己品味。

有时，我的眼前会在老庆的坑院里叠印出一个身影，透亮的阳光下，这个身影透亮地笑着，八孔窑的坑院被这笑填满了。

十五

我们往外走，老庆跟了出来，通过一道斜坡，上到上边就看到了一片平阔。凡是半截子的树，就知道那里有一个坑院。

我想起了什么，说，老庆的戏唱得好，还能来一段吗？老庆摇了摇头，说早不唱了，提不起气了。

这时我听到了一声清脆的叫。一只鸟隐在树间，看不清是只什么鸟，似乎一片叶子在发声。它不像别的鸟发两声、三声，它比人家要多拖一个音，嘎嘎嘎——咕，就是这个音，但是那个咕声是弱下去的，似乎声音跑着跑着没劲了。没劲了就别喊那声了呗，可每回还都要喊齐全，像一个小学生朗读课文那样机械。

老庆说，有人管这种鸟叫"关公好哭"。我想起来了，我们那里也是这个叫法。关公为什么好哭呢？我进过关帝庙的，出城墙往西去五里地有个关帝庙。要是再远点，到西张进的镇子上去，供销社旁边大柳树下有个更大的关帝庙。庙里总是香烟缭绕，把关帝的红脸膛熏成了黑紫红。有人是先从那棵柳树上听到"关公好哭"的，听的人很快就躲回家了，人们都祈求关公保佑呢，它却叫唤什么关公好哭，真的想不明白。可是后来运动来了，关帝庙被拆了，关公的像毁成了四块。听说拆关帝庙时天上好好的，不知从哪儿刮来一片黑云，空气立时就带了湿潮，没一会儿哗啦一声闷雷，雨就下来了。等下过雨再去看关公，早泡在了水里。那天夜里，大柳树上的鸟叫得特别邪乎，声音听着也凄凉，嘎嘎嘎——咕，关公真的哭了，被这鸟说中了。乡人们说，叫叫叫，都是它叫的。

老庆说，咱们这里也有人叫它"光棍好苦"。说着自己先笑了。等我们走到跟前，这鸟忽地一下飞跑了，跑的时候还不忘把那声"光棍好苦"叫完。这时我似乎看见了它，它的双翅是深灰色，胸脯是白色。

我们这时跟老庆说近乎话。我说老庆，原来热闹的一家子，现在整天就一个人，不单吗？老庆说，单，单有什么法？我说，再找个伴嘛。老庆呵呵地笑，说，说笑话哩，谁还愿意跟咱？老庆说，你不想就没有，想了就有。哦，塬头上那个养蜂的，不是剩下了一个女人？看着也就40多岁，我看可以考虑考虑。几个人听了，也都说是个主儿，让老庆想想，不行找人去说合说合。我也跟着打趣，说人家要是乐意了，那一堆蜂箱说不定就成了陪嫁。

老庆不好意思起来，本来背着的两只手挪到前边来，一只摸脑袋，一只从地上薅起一棵蒲公英在手里搓着，然后朝旁边一甩，让一根根银针在光线里飞扬：别扯了，人家能看上咱？谁说，那可不一定，这年头，就讲究个对眼，这眼要是对上了，可不就有戏了？老庆说，嗨，你们拿我编戏本是不是？不说了不说了！大家就笑。

老庆很快就转移了话题，说有一种鸟你平时听不到，半夜里被梦惊醒，你会突然听到咕咕喵的叫，声音不大，"咕咕喵——"他学了一声，说可瘆人。

我说我小时后院里张大爷得了噎食病，就是食道癌，我们都去看过，后来张大爷瘦得不像样，起来去茅房，他女儿跟着，站在茅房门口等着给他提裤子。张大爷没有儿子，老了得了闺女的济。我们这个院子是个通院，前后有四进院落，早前是个大户，张大爷是大户的后人，房子盖得很高，檩上铺的都是青砖。不像有些人家，铺的是草苫子。房外高墙处有神龛，房脊上是神兽，年数长了，瓦上长出一串串的绿扑棱。那天天黑时光，我猛一抬头，竟然看到一双贼眼在神龛里，初开始我以为是龛里的神像，再一看不对，那眼睛溜圆溜圆的，周围都是毛羽。吓得我撒腿就跑，后来听到咕咕喵不断声的叫，我就把头缩进被子。再后来就知道张大爷不行了，没有多长时间，后院传来了响器的吹打。

老庆说，你这么说就对了，塬上都知道一句老话，"不怕咕咕喵叫，就怕咕咕喵笑"。咕咕喵发单声没事，就怕一连串，那可能就是有人要升天了。

我想起那孔窑，问老庆村里的窑还有没有。老庆说还有，只是太破了。

我们让老庆领着去看看。老庆说，老贠也知道。老贠则一定要让老庆去，说还是你领着去好，可以介绍得更清楚。

老庆在前面走，我们在后面跟着。下到一道坡下，又上了一道坡，再走到坡下。他那不紧不慢的神情，让你感觉他是走在痛苦里。那条土路很长，他的痛也很长。

十六

最后到了一个土坳下，那里有一片平地。老庆默默地说，到了。

我有些惊讶，因为我看到的平地南头，只有一面高高的土崖，并没有什么窑。老庆就领着再往前走，直到到了跟前，才看见一个蛤蟆嘴样的窑口，半边已经被土和野草埋住。

从窑口猫腰钻进去，就像进到一个深广的世界，那是一口窑的肚子。站立其中，能直接看到天空，天空只剩下一个坛口。里面是坛子的内部，下面大，上边小。内壁是青砖垒就，涂的灰泥，由于常年烧制，已经变成了青绿色。两米高的地方有一个平台，是烧窑重地。半腰上还有一处平台，平台两边有拱形门洞，高可容人行走，可能是出窑的地方。我们所站立的，就是窑底了。

真的是年数久了，这窑不仅废弃，还经历了毁坏。烧窑的炉门以及出窑的拱门，已经被土堵死，所以外观看不出模样。也许站在塬上，还有一点形状。

在平整的窑底，有一堆玉蜀黍秆和麦秸，一定是什么人铺在那里的。是闲着的时候玩，还是另有他用？我的眼前出现了各种场面，包括儿时躲猫猫的场面。因为我的童年没有这孔窑，少了很多乐趣。当然也少了很多恐惧。这窑如果一个两个钻进来，着实会心生不安。

这样想着，就想到了一个现场，一个让一个女人悔恨一生、让一个男人迷茫一世的现场。

我匆匆爬了出去。在外面的地上，到处都是砖瓦的碎片，当然是出窑时遗弃的。仔细看了，碎片埋在土里还有不少，甚至两边的沟里扔的都是。拿起半截砖，会看到烧得有些焦灼扭曲，可能临火太近。一窑砖瓦烧下来，总是会有一些残品。听老庆说，大多数残品会被人拉去垫地，剩下的已经很少了。

顺着旁边的坡道上到上面，就是平阔的土塬。窑在这里显现出了土堡状。土堡边上有一处出烟的地方。

细如羊肠的小道环在四周，可能是当时上窑的通道，也可能是闲人留下的痕迹。老窑不远，是大片的麦苗，这个时节正自在地摇荡。

从上面往下看，就看到了一个窑场的景象。窑实际上是依着崾梁建的，崾梁下有的是土，直接取了，过筛，用细土和成胶泥，脱坯，晾干，再送到窑里。我们来时抄了近路，一般人来，可能就是顺着塬上走，而后再下到窑场。

这时我看见老庆一个人站在那里，久久地不动。不知道想着什么，他一定又陷入了回忆。回忆中，一个小女孩走过来，看他脱坯、烧窑。五爷说，二堆呀，攒点儿钱让你爹给你说个媳妇吧。二堆说，谁愿意跟咱呀？小女孩毫不犹豫地说，我，我愿意跟你……

他的心里或就像烧砖的窑，都到火候了，没想全烧残了，一地的碎片。那个小女孩与这孔窑，有着怎样的爱恨情仇？以致远走高飞，再也没有来过。而他二堆也是，也是再也没有来过。不，当他听到那个传闻的时候，一个人来过一次，手里紧紧握着一柄铁锹。

十七

我后来见到方翠翠，就告诉了她我见到老庆的情况。

我说老庆人其实挺好的，乐观开朗，见多识广，不似塬上一般的老农。翠翠婆婆呢，也是一个心地善良、通情达理的人。她当年的举动，完全是站在老庆一边想问题，觉得对不住老庆，而将所有一人承担。这两个人，应该是心里都还有对方。两人都已单身多年，只是刚把孩子的事情办完。我看老庆田间地头、坑院上下的，一个人也比较孤单，翠翠婆婆也是越来越需要个伴儿。那么，如果能把俩人撮合到一块，就使他们结束了各自的孤独晚景，帮他们找回了当年的愿望与幸福。

翠翠听了我的想法，也兴奋起来，说真的可以吗？俩人真能到一起吗？那样可太好了。

没有想到翠翠如此明理，她总是在替婆婆着想，而不考虑其他。她说婆婆说每到冬天都把灶火烧得很暖，把炕烧得很热，然后早早地躺上去，躺上去却久久地睡不着，一天天地睡不着。冬天的塬又是那么沉静，还不像这春天，鸟能叫到很晚。翠翠说我懂婆婆，她就是把灶火烧得再暖把炕烧得再热，她也仍然是缺暖少热的。自己早晚要离开这塬上，那样会更加担忧婆婆，如果婆婆能同老庆在一起，她和赵林就放心了。

翠翠说，赵林前两天视频时还说，以后争取把自己也带出去，工地上有不少一家子的，那样既解决了分居，又安心了工作。我问赵林的公司主要做什么，翠翠说好像是做化工。

翠翠说，这些天赵林总是说，娘对翠翠是真好，而娘以前对他却从没有这么耐心。娘总是督促他，训说他，要他争气。娘甚至还打过他，那是他小学的一次逃学，还有一次是把书丢了。他高中住校，暑假都不让回来，让他读学校的补习班，逼着他一定要考上大学。那几年，赵林就像一匹被驯烈了的马驹，狠下心也要考出去，再不回到塬上来。

通知书下来的那一天，赵林听到娘在灶屋哭了好长时候。赵林没有去打搅娘，也没有去劝娘。上学走的那天，娘早早就起来，备好了赵林使的用的，还给赵林煮了一兜子鸡蛋，烙了厚厚一打子油饼，把赵林一直送到村头。一路上，娘不像以前，总是嘱咐，总是督促，总是操不完的心。一路上，娘什么都没说。村头上，娘把一卷钱塞到赵林手里，赵林不要，学费生活费娘已经给过了。但是娘还是把钱塞在了赵林的书包里。赵林就那么走了，头都不回地走了。赵林一直盘绕到了塬下，好久了，赵林不自觉地回头望，望见娘，还站在高高的塬头上。

翠翠说她听到这里，眼泪一下子流了下来，说赵林，你该冲着塬喊一声，你喊了吗？赵林说没有，赵林就那么梗梗地走了。他不知道，这个女人，把所有的挣扎，所有的不甘，都投注在了儿子身上，当儿子携带着她的满足而去后，她的精神世界一下子空了。

后来，赵林说，自那以后，他再也没有听娘训说过一回。赵林回家看到娘的白发越来越多了，赵林还想，娘怎么就老了呢？而娘每次都是那么欢喜，不是做这就是忙那，哪怕是赵林刚穿的袜子也要再洗一洗。晚上赵林睡醒一觉，发现娘还坐在炕头不吭不响地看着自己。

赵林慢慢理解了娘。越是学习有了进步，工作有了成绩，自己心情舒畅的时候，就越是理解了娘。

翠翠还给赵林说了一件事，说赵林父亲走了以后，婆婆一个月都是恍恍惚惚的，她曾经在过道里的水井跟前转。转到最后，扶着辘轳往下跳。也就那么一瞬，想起还有个上学没回来的孩子。她都把孩子忘了，尽管每天也是给他穿衣吃饭。这个孩子叫醒了她，这么多天，她第一次走出去，一直走到小学门口，一直等到赵林放学，一直把赵林紧搂在怀里，流着泪，说着赵林听不懂的呓语。赵林说他记不起来了，他从来不知道娘的心思。

翠翠并没有把婆婆说的全部都吐露给赵林，但是赵林似乎明白了一切。翠翠说赵林在视频中哭了。翠翠说她头一次看到赵林哭。

翠翠说赵林后来跟自己视频时，也要跟婆婆说说话。赵林说借着这个机会，让翠翠在家好好陪陪婆婆，弥补一下他的过失。

翠翠说真的希望这事能成，希望婆婆迈过那个坎，要么有个什么事，身边连个人都没有。好歹是现代社会了，没有什么好顾虑的。翠翠说找机会就跟婆婆说，探探她的口气，也许开始她不好意思，但是毕竟熟悉了，婆婆她一定会吐露真心的。

我想起刚才在塬上走的时候，看到一个挎着背包的女子，好像是往蜂箱那里去，或许就是那个养蜂人。我将人们跟老庆半开玩笑的话也告诉了翠翠。说老庆心里如果还有你婆婆，自然不会轻易给别人腾出位置。

翠翠听了倒是有些着急，说，谁知道呢，这么多年了。翠翠说她见过那个养蜂的，她跟婆婆还去看过她，给她送过东西。婆婆说回头要买些蜂蜜让翠翠养身体，婆婆说吃蜂蜜对胎儿也好。

那么，我说，我找机会再去会会老庆，看看他的意思。咱们共同努力，争取促成一曲人间佳话。正说着，翠翠的手机响了。她一看，是赵林的微信视频。就同我告别，边往家走，边说话。赵林每天都会跟翠翠视频聊天，并且同母亲说话。翠翠说，感觉赵林并没有远去北非，就在郑州或者什么地方。

翠翠也许会将婆婆和老庆的事情透给赵林，不知道那边的赵林怎么想。

十八

这时，远处响起了一声闷雷。

由于三道塬高居于陕地之上，山阜裹夹，形势险绝，东有崤山，西有函谷关，南北有小秦岭和中条山，再加上一道黄河劈峡裂谷，这里的气候就经常有出人意料的变化。

向天上望去，太阳已经隐入低矮的云层，又将辉芒从云层里挤压出来，像炸裂的焰。旋即起了阵风。古塬敞开胸怀，一切能摇动的都摇动起来。蓝色的光在远方闪烁，将天地焊接在一起。

如果再有一场透雨，塬上，又该是一番新的景象。